날짜 지우는 아이

날짜 지우는 아이

에릭 월터스 글 | 김선영 옮김

에릭 월터스

100여 권이 넘는 그림책과 소설을 집필하며 다수의 문학상을 수상했습니다. 지칠 줄 모르는 강연자로서, 캐나다 전역을 누비며 매년 십만 명이 넘는 학생들 앞에 서고 있습니다. 캐나다에서 국가에 공헌한 시민에게 주는 최고의 영예인 캐나다 훈장(Order of Canada)을 받았습니다. 현재 캐나다 온타리오주에 살고 있습니다.

The King of Jam Sandwishes by Eric Walters

쓰기 어려운 이야기였습니다. 나 자신의 이야기가 많이 담겨 있어서요.
소설의 많은 부분이 내 삶에서 나왔습니다. 이런 질문을 받았지요.
“실제 이야기가 얼마나 담겨 있나요?”
대답은 간단합니다. 많이요.
그런데도 다 담지 못했습니다.

- 에릭 월터스

~~1,628~~ 1,627

하나

"일어나라!"

눈이 번쩍 뜨였다. 아빠였다.

"왜…왜요?"

나는 더듬거리며 물었다.

"얼른 일어나래도!"

아빠는 단호했다.

복도에서 새어 들어오는 빛을 빼면 방은 캄캄했다. 창문 바깥은 그저 어둠이었다.

"몇 신데요?"

"네가 일어날 시간이다. 얼른!"

아빠는 겁에 질려 있었다. 나도 겁에 질려야 하는 걸까?

아빠가 팔을 잡고 끌어내다시피 나를 일으켰다. 나는 침낭에서 꾸역꾸역 다리를 빼내어 침대 아래로 내렸다.

"아래층으로 내려와야 해… 지금 당장… 당장 와라."

아빠의 말은 지시라기보다 애원이었다.

"아침에 가면 안 돼요?"

"아침이면 나는 죽어 있을 거다!"

아빠는 내 팔을 놓고 방을 나갔다. 계단을 내려가는 아빠의 쿵쿵거리는 발소리가 들렸다. 아빠는 다시 돌아오지 않을 것이다. 어쩌면 금방 돌아올 수도 있었다. 어느 쪽일지 알 길은 없었다. 어떻게든 알 길은 절대로 없었다. 다만 무슨 일이 어떻게까지 벌어질지 짐작할 수 있을 뿐이었다. 아빠는 아침이면 죽어 있을 거라고 말했다. 전에도 들었던 말이다. 그래서 이번엔 조금쯤 익숙해야 했다. 그렇지 않았다. 하지만 적어도 이제 무슨 일이 벌어질지는 예상할 수 있었다. 아마도. 나는 그러기를 바랐다.

침대에 걸터앉은 채로 숨을 크게 들이마시고 크게 내쉬었다. 떨리는 몸을 진정시키고 머릿속과 가슴속을 가라앉혔다. 팔을 털고 손목을 위아래로 늘렸다. 서랍 위 탁상시계를 집었다. 3시 9분. 맞춰 놓은 알람이 울리기까지 세 시간 남았다. 그냥 다시 자는 것이 나을지 궁금했다. 어쩌면 아빠가 그냥 내버려 둘지도 모른다. 그렇지만 그럴 일은 없으리라는 것을 잘 알고 있었다. 아빠가 아래층을 서성대는 소리가 쿵쿵 들려왔다. 아빠는 온 신경이 곤두서 있었다. 아빠는 절대로 안정을 찾지 못할 것이고, 따라서 나 역시 그렇지 못할 것이다.

게다가 만약 정말로 오늘 밤에 아빠가 죽는다면? 이번이 아빠를 마지막으로 볼 기회인데 내가 그냥 침낭으로 기어들어 가는 거라면? 그러다 내일 아침이 되어 죽어 있는 아빠를 발견한다면? 그러고도 내가 살아갈 수 있을까? 그런 위험을 무릅쓸 수 없었다.

나는 자리에서 일어나 내 방에서 나와 아래층으로 내려갔다. 최대한 조심히 걸어서 계단에서 삐걱거리는 소리가 나지 않게 했다. 내가 늘 하는 내기였다. 누구한테 들키거나 소리가 나지 않게, 가능한 투명인간처럼 다니면 이긴다. 나는 거실을 지난 다음 주방 앞에서 안을 힐끗 훔쳐보았다. 아빠는 우리에 갇힌 동물처럼 서성거리고 있었다. 그러다가 번뜩 나를 보았다. 나를 보는 눈빛에 광기가 돌고 있었다.

"난 곧 죽을 거다."

아빠가 말했다.

"아빠, 아빤 괜찮을 거예요."

"아침까지 살아남지 못해."

"아니에요. 분명히—."

"넌 아무것도 몰라!"

아빠가 고함을 질렀다.

아빠의 말에 실린 무게에 나는 흠칫 놀랐다가 재차 마음을 다잡았다.

"아빠, 지난번에도 안 돌아가셨잖아요. 그리고 그전에도—."

"꼭 실망했다는 것처럼 들리는구나."

아빠가 내 말을 끊었다.

지금은 무슨 말을 하든 상황이 더 나빠지기만 할 터였다.

아빠의 눈길이 바닥으로 떨어지며 목소리가 누그러졌다.

"이번에는 달라. 난 알아."

물론 아빠는 모른다. 모르지만, 그렇다고 무시할 수는 없었다. 처음 나를 깨워 침대에서 끌어내 이제 시간이 다 되었다고 말했을 때 아빠는 죽지 않았다. 두 번째에도, 세 번째에도, 그리고 그다음에도 마찬가지였다. 이번에도 마찬가지로 죽지 않을 것이다.

"내 심장이 가슴 속에서 날뛰고 있어! 심근경색이야! 심장이 곧 파열된단 말이다!"

"아빠, 그냥 가슴이 두근거리는 거예요. 진정하려고 해 보세요. 괜찮을 거예요."

애써 차분하게 말하는 중에 내 심장은 날뛰고 있었다. 아빠가 매번 그렇게 말한다고 해서 그 말을 완전히 믿지 않기란 힘들다.

"네가 의사라도 되는 줄 아냐?"

아빠가 윽박질렀다.

"당연히 아니지만—."

"열세 살짜리가 건방지게. 지가 제 아빠보다 똑똑한 줄 알아."

나는 또 한 번 깊이 호흡한 다음 입을 꾹 다물었다. 예전에는 아빠에게 따졌었다. 화가 나서 아빠한테 소리를 지르기까지 했다. 이제는 아니다. 그래 보아야 아무 의미 없었다.

"그래, 의사 면허는 언제 딴 거냐?"

나는 대답하지 않았다. 하고 싶은 말을 하지 않았다.

"그때 난 대체 뭘 하고 있었지? 네가 의대에 다녔다면 내가 알아차렸을 텐데 말이다."

아빠는 비웃음을 흘리며 말했다.

나는 치미는 화를 삼켰다. 아빠는 무슨 일이든 거의 알아차리지 못한다. 한 달 전에 나는 며칠간 집에 없었다. 아빠한테 며칠 친구네 집에서 잘 거라고 말했을 때 아빠는 어떤 친구냐고도, 며칠이나 있다 올 거냐고도, 그 친구 집은 어디냐고도, 그 어떤 것도 묻지 않았다. 미리 말하지 않았다면 내가 집에 없는지조차 몰랐을 것이다. 아빠는 사흘 뒤에 돌아온 나를 보고 아무 말도 하지 않았다.

"아빠, 저 자야 해요. 내일 중요한 시험이에요."

"좋다. 그럼 가서 자라. 내일 아침 그 중요한 시험 보러 갈 때 내 시체를 넘어서 가면 되겠구나."

아빠의 말이 빨라지고 있었다. 좋은 징조가 아니다.

"그 시험이 네 아버지보다 중요하냐?"

"아니요, 아빠보다 중요하지 않아요. 저는 그냥 잠깐이라도 자야 한다는 거예요. 내일 학교 가니까요."

"나는 내일 일하러 간다."

나는 불쑥 '죽지 않으시면요'라고 말할 뻔했지만, 간신히 말을 삼키고 태연한 표정을 유지했다.

"언제나 너만 중요하지. 그렇지?"

아빠가 말했다.

"네?"

"아버지가 죽는다는데 넌 시시한 시험이나 걱정하고 있어."

나는 하마터면 웃을 뻔했다. 그렇지만 웃어 봐야 더 슬플 뿐일 것이다.

"내 장례식장에서도 그렇게 잘난 체하며 키득거릴 거냐?"

내가 속마음이나 표정을 생각만큼 숨기지 못한 것이 틀림없었다. 아빠는 늘 사람들을 꿰뚫어 보았다. 아니, 누구나 다 꿰뚫어 보면서 자기 마음만 못 본다고 해야 할 것이다. 나는 접근 방식을 바꾸어야 했다.

"구급차 부를까요?"

내가 물었다. 아빠를 진정시키려는 마음도 있었지만 속으로는 진짜로 무서운 생각이 들기 시작하고 있었다. 지금까지 아빠가 몇 번이나 이런 일을 벌였는지와 상관없이 이번은 진짜일 수도 있었다. 아니어야 할 이유가 있을까? 사람들은 죽는다. 나는 사람들의 죽음을 몇 번이나 보았다.

"내 집에서 죽는 게 나아. 다 여기에서…"

아빠는 말을 하다 말았다. 더 말할 필요 없었다. 이곳에서 살았지만 더는 살아 있지 않은 사람들을 내가 잊은 것도 아니니까.

아빠가 식탁 의자에 앉았다. 예상하지 못한 일이었다. 나는 아빠가 밖으로 뛰쳐나가거나 집안에서라도 이리저리 왔다 갔다 할 줄 알았다.

"너도 앉아라."

앉고 싶은 마음은 여전히 아니었지만 여기서 왜냐고 물어보아야 소용없었다. 이유를 따져 보아야 소용없었다. 아무것도 소용이 없었다. 늘 앉던 대로 식탁의 맨 끝자리, 아빠의 정반대 편에 앉았다. 남은 세 자리는 유령들의 자리다.

"왜 그 멀리에 앉지?"

아빠가 물었다.

"여기가 제 자리잖아요."

"거기서는 이걸 못 보잖아."

아빠는 손가락으로 식탁 위를 탁탁 쳤다.

나는 그제야 아빠 앞에 서류가 놓여 있는 것을 보았다. 좋아, 이건 새로운 상황이다. 목덜미 털이 곤두서는 기분이었다. 새로운 일은 좋은 법이 없다. 나는 자리에서 일어나 아빠

옆으로 의자를 끌어 가기 시작했다.

아빠가 기묘하다는 표정으로 나를 보았다.

"왜 그냥 이 의자에 앉지 않고?"

"제 의자가 좋아서요."

"다 같은 의자야."

아니다. 그렇지 않다. 이 의자가 내 의자다. 모두가 떠났다고 해도 의자들은 여전히 떠난 사람들의 의자다. 나는 떠난 사람들의 자리에 앉고 싶지 않았다.

나는 자리를 잡고 앉아 서류 더미만 빤히 쳐다보았다. 그 편이 아빠를 바라보기보다 쉬웠다. 서류 중의 한 뭉치는 온갖 공과금 고지서였다. 고지서라면 잘 알고 있었다. 가끔은 내가 인터넷으로 낼 때도 있기 때문이다.

고지서 옆 종이 더미는 은행 서류들 같았다. 아빠는 우리 집 재산이 얼마나 되는지 늘 말을 아꼈다. 내가 아는 것은 그저 우리한테는 뭐든 넉넉하게 살 돈이 없다는 것뿐이다.

고지서와 은행 서류 더미 곁에 손으로 쓴 명단 같은 것이 있었다. 그게 제일 궁금한데 다른 고지서에 가려 잘 보이지 않았다.

그때 뭔가가 내 다리를 스쳤다. 강아지 캔디였다. 캔디는 커다란 두 눈으로 내 눈을 살폈다. 나는 손을 뻗어 캔디의 귀 뒤를 긁어 주었다. 캔디가 내 다리에 기대어 왔다. 캔디는 나한테 위로가 필요하다는 것을 아는 것 같았다. 내가 필요할 때면 언제나 내 곁을 지켰다.

"다 설명해 놔야겠다. 네가 혼자서도 처리할 수 있게 말이다."

아빠가 말했다.

나는 화들짝 현실로 돌아왔다.

"공과금은 어떻게 내는지 알아요. 아빠가 가끔 저더러 내라고 하셨잖아요."

아빠가 서류 더미를 쾅 내리쳤다. 나는 펄쩍 뛸 만큼 놀랐다.

"내가 내일 아침에 죽는다니까! 그러니까 이제부터는 계속 네가 내는 거다. 죽은 사람이 돈을 낼 수 있다고 생각하는 거냐?"

나는 고개를 저었다.

"그러면 입 다물고 설명을 들어."

아빠는 먼저 고지서를 들어 상세하게 설명하기 시작했다. 나는 귀담아듣지는 않았지만 때에 맞추어 고개를 끄덕였다. 아빠가 다음 고지서를 들었다. 그다음 고지서도 들었다. 고지서 하나하나 낼 금액이 얼마여야 하는지, 문제가 생기면 어떻게 해야 하는지 설명했다. 다음은 은행 서류 차례였다. 아빠는 비밀번호부터 말했다.

"아빠한테 말해 봐."

"네?"

"비밀 번호를 큰 소리로 말해 보란 말이다. 비밀 번호를 못 외우면 고지서를 낼 돈도 못 찾아."

"알았어요. Chambers170이요."

"좋아."

비밀 번호는 외우기가 어렵지 않다. 우리 집 주소기 때문이다. 그럴 바에는 차라리 'password'나 '123456'이 나았을 것이다. 내가 비밀 번호를 정하게 되면 해킹당할 위험이 적은 번호로 바꿀 것이다. 며칠 뒤에 아빠가 진정하고 나면 바꾸자고 말해 보아도 좋을 것이다.

그렇지만 지금은 아빠와 내가 이런 대화까지 나누고 있는 것은 처음이라는 생각뿐이었다. 아빠는 이제껏 은행 계좌에 대해 말한 적이 없다. 계좌에 들어가는 법을 알려 준 적도 없었다. 아빠는 정말로 죽는 걸까?

통장 내역이 뒤로 갈수록 나는 점점 놀라고 있었다. 충격이었다. 알고 보니 우리 집은 내 생각보다 훨씬 돈이 많았다. 부자까지는 아니지만 그래도 지금보다는 훨씬 넉넉하게 살 수 있었다. 먹는 것만 해도 그랬다. 아빠와 나는 감자하고 사과, 빵하고 잼만 먹고 살 필요가 없었다. 나는 잼만 바른 잼 샌드위치를 싫어한다.

식탁 위에는 봉투도 여섯 통 놓여 있었다. 아마도 돈이 들어 있겠지. 우리 집에는 돈 봉투가 여기저기 숨겨져 있다. 아빠는 은행을 완전히 믿지 못했고, 만일의 경우를 대비해서 돈을 쓰기 편한 데에 보관하기를 좋아했다. 아빠는 봉투에서 차례로 돈을 꺼낸 다음 내 앞에서 세어서 보여 주고 봉투에 도로 넣었다. 봉투에 따라 금액은 천차만별이었지만 나는 아빠가 돈을 세는 걸 지켜보면서 잠자코 봉투 속의 금액을 모두 더했다. 다 합해서 585달러였다. 좋다. 이제 나는 필요하면 은행에서 돈을 찾거나 통장에 돈을 넣을 수 있게 되었다. 아빠가 죽는다면, 분명히 필요하게 될 것이다.

"이제 마지막이다."

아빠가 말했다. 아빠는 손으로 적은 명단을 내 앞에 내려놓았다.

"내 장례식 절차야."

아빠는 늘 자신이 암으로 죽을 거라고 생각했다. 아니면 의사들이 모두 피를 빠는 멍청이들이기 때문에, 자신은 병명을 알아낼 수 없는 의문의 질병으로 고통받게 될 거라고 하곤 했다. 그렇지만 장례식 이야기를 꺼낸 것은 처음이었다. 이번에는 다르다는 생각이 또 한 번 들었다. 어쩌면 아빠는 정말로 죽을지 모른다.

아빠가 손가락으로 명단을 툭툭 쳤다.

"중요한 거야. 꽃 같은 거에 돈 쓰지 말고, 비싼 관을 사라는 소리에 넘어가지 마라."

나는 멍해졌다. 나에게 있어서 최선의 방어책은 대비하는 거였다. 아빠가 다음에 무슨 말을 할지 어떤 일을 할지 예측

하는 거였는데, 이건 미처 생각하지 못했다.

"물론 너는 이제 겨우 열세 살이니까 장례 절차는 네 큰아빠가 맡아서 할 테지만, 형이 돈을 막 쓰지 못하게 네가 잘 감시하라는 의미야."

큰아빠는 아빠의 친형이다. 실없는 농담을 즐기고 성격이 좋다. 누구하고나 잘 지내는 것처럼 보인다. 누구하고나. 우리 아빠만 빼고.

"네가 잘 지켜 서서 아빠 생각을 말해야 한다. 왜냐하면 내가 내 생각을 말할 수 없을 테니까. 나는 한 푼 한 푼 열심히 버는데 네 큰아빠는 돈을 아무렇게나 낭비하거든."

아빠의 이야기는 계속 이어졌다. 장례식에 와 달라고 해야 할 사람과 발도 못 붙이게 해야 할 사람을 줄줄이 나열했다. 아빠는 내가 어떻게 하길 바라는 걸까? 문 앞을 지키고 서서 사람들에게 들어오지 말라고 말하라는 걸까? 아빠는 장례식에서 불릴 찬송가도 몇 곡 알려 주었지만, 아빠는 교회에 다니지 않는다. 엄마가 세상을 떠난 날부터 신을 믿지 않게 되었다고 말했었다. 나는 엄마의 죽음이 기억나지 않는다. 엄마의 삶도 마찬가지다. 그때 나는 너무 어렸다.

할아버지와 할머니가 우리와 같이 살았다. 할아버지는 엄마가 돌아가시고 일 년 뒤에 세상을 떠났고, 다시 6개월 뒤에 할머니가 할아버지 뒤를 따라가 버렸다. 할아버지에 대해서는 기억이 흐릿하지만, 할머니와 할머니의 장례식은 또

렷하다.

나는 식탁 의자들을 바라보았다. 가족들로 북적거리던 집에 돌연 아빠와 나 단둘만 남았다. 아빠는 나에게 남은 유일하게 살아남은 사람이면서, 죽을 거라고 계속해서 협박하는 사람이었다.

"물어볼 게 있으면 물어봐."

아빠가 말했다.

나는 고개를 저었다. 물어볼 것이 없었다. 물어볼 만큼 어리석지는 않았다. 아니, 한 가지가 생각났다.

"저는 어떻게 되죠?"

"네가 네 큰아빠가 장례식에 돈을 다 쓰게 내버려 두지만 않으면 남은 돈은 신탁으로 관리될 거다. 네가 열여덟 살이 되면 찾을 수 있어."

"제 말은 그러니까 아빠가… 아빠가 가신 다음에 저는 어떻게 사느냐는 거예요."

"사회 제도가 널 돌봐 줄 거다."

"사회 제도요? 그게 무슨 말이에요?"

내가 물었다.

"가정 위탁 제도 말이다. 너는 위탁 가정으로 갈 거야. 거기 사람들이 널 키워 줄 거다. 그 사람들은 지원금을 받아. 그게 직업이야. 좋은 사람들일 거다만 흉흉한 소문도 있기는 하더라…. 신문이나 텔레비전 뉴스에서 보니까 말이다."

"큰아빠하고 큰엄마는요? 거기서 살면 안 돼요?"

아빠가 웃었다.

"대체 왜 네 큰아빠가 널 집에 데려다 키울 거라고 생각하게 된 거냐?"

나는 가슴이 철렁했다.

"그 집 애들은 다 컸어. 그 둘이 미쳤냐? 어린애를 또 키우게? 널 왜 데려다 키워?"

나는 대답하지 않았다. 할 대답이 없었다.

"널 그렇게 아꼈다면 애초에 이 집에도 자주 왔겠지."

아빠가 말했다.

아빠 말이 맞았다. 큰아빠와 큰엄마는 우리 집에 별로 오지 않는다. 내가 어렸을 때는 자주 왔지만, 올 때마다 큰아빠는 우리 아빠와 크게 다퉜다. 여름마다 큰아빠네 시골집에서 몇 주씩 머물렀던 것도 몇 년 전부터는 가지 않는다.

"네 큰아빠가 마지막으로 우릴 보러 온 게 언제인 줄은 알아?"

아빠가 물었다.

"몰라요."

내가 말했다. 나는 알고 있었다. 아마 3개월도 넘었고, 아빠가 평소처럼 싸움을 걸자 큰아빠는 큰엄마와 함께 가 버렸다.

"더 궁금한 게 있냐?"

아빠가 물었다.

나는 고개를 저었다.

"좋아. 이제 자러 가도 좋아…. 가고 싶으면 가도 돼."

나는 자리에서 일어섰다. 주방에서 나오는데 다리가 후들거렸다. 뒤는 돌아보지 않았다. 아빠는 하고 싶은 말을 다 했다. 나는 준비가 되었다. 무슨 일이 닥치든 알아서 할 수 있다.

그렇지만 사실 아빠는 오늘 죽지 않을 것이다. 아마 그럴 것이다. 그리고 만약 아빠가 죽는다고 해도 최소한 아빠하고는 대화를 나누었다. 엄마하고는 그럴 기회가 없었다. 가끔 만약 엄마가 죽는 걸 알았다면 엄마한테 무슨 이야기를 했을지 생각해 볼 때가 있다. 가끔 머릿속에서 여전히 엄마에게 말을 건다. 사실은 가끔이 아니다. 자주 그렇게 한다. 살아 있을 때 이야기를 나누던 것이 기억조차 나지 않는 사람과 이야기한다는 게 이상하게 들릴지 모른다. 그렇지만 엄마와 이야기하고 나면 기분이 나아졌다.

나는 계단을 올라가 내 방 침대에 누웠다. 침낭으로 다시 꿈틀꿈틀 들어간 다음 지퍼를 올렸다. 얼굴까지 안으로 집어넣어서 바깥으로 나오는 데가 없게 했다. 숨을 참고 귀를 기울였다. 나는 아빠가 이제 직성이 풀렸기를, 내가 내려간 것으로 이제 얼마 남았을지 모를 시간 동안 나를 자게 내버려 둘 정도로 진정되었기를 바라고 있었다.

캔디의 발톱이 계단 마루에 부딪히는 소리가 들렸다. 캔디가 2층으로 올라오고 있었다. 내 방에 나타난 캔디는 침대로 뛰어올랐다. 나는 침낭 지퍼를 내려 캔디를 들어오게 한 다음 옆에 눕혔다. 캔디는 따뜻하고 포근했다. 강아지 특유의 큼큼한 입 냄새가 나는데도, 캔디가 얼굴을 핥기 시작하자 기분이 좋아졌다.

"걱정하지 마. 괜찮을 거야."

나는 캔디에게 몇 번이고 말했다.

"무슨 일이 생기든 널 계속 기를 거야. 약속할게."

나는 아빠가 내일 아침에 살아 있으리라는 것을 알고 있었다. 그런데 가끔은 어쩌면, 그냥 어쩌면 차라리 죽는 게 나을 거란 생각이 들 때가 있었다. 그러면 최악을 예상하는 일을 그만두고 최악과 잘해 나갈 수 있을 것이다. 기다림은 힘들지만 계획의 일부일 뿐이다.

또 하루를 마쳤다. 또 하루가 가까워졌다.

둘

다음 날 아침 번쩍 눈이 뜨였을 때, 순간 뭐가 어떻게 된 상황인지 잠시 멍했다. 침낭은 어느새 걷어찼고 캔디는 사라지고 없었다. 간신히 잠이 들기는 했는데, 지금 몇 시쯤 되었을까? 빛이 방으로 쏟아지고 있었다. 탁상시계가 보였다. 6시 25분. 맞춰 놓은 알람은 6시 30분이지만, 나는 알람이 울리기 조금 전에 눈을 뜨곤 한다.

전날 밤의 기억은 내가 침대에서 몸을 일으키려 할 때 한꺼번에 밀려왔다. 꿈을 꾼 것 같았다. 그냥 꿈이라기보다 악몽에 가까웠다. 아무리 죽여도 계속 살아나는 괴물이 나오는 영화 같기도 했다. 다만 나의 괴물은 죽지 않는다. 죽는다고 위협할 뿐이다.

나는 집 안의 소리에 귀를 기울였다. 아무 소리도 들리지 않았다. 아무것도 안 들렸다. 아빠는 일하러 가고 없는 것이다. 아빠가 일하는 곳은 시내 반대편이어서 교통 체증을 피하려면 집에서 일찍 나서야 한다. 아빠는 이미 집에 없었다. 아니면 죽었거나. 아니면 죽었거나. 아니면 죽었거나. 아니면 죽었거나. 그 말이 메아리처럼 머릿속에서 울렸다. 아래층에 내려갔더니 아빠가 식탁에 엎어져 있거나 바닥에 쓰러져 있다면 어떻게 해야 할까? 그런 생각은 차마 감당할 수 없었다. 아빠는 출근했다. 그것뿐이다. 그렇지만 확실히 하려면 아래층으로 내려가야 한다. 그런 일을 혼자 하고 싶지 않았다.

내가 휘파람을 불기가 무섭게 타닥타닥 발톱 소리와 함께 캔디가 계단을 올라오는 기척이 들렸다. 캔디는 나를 밀어뜨리다시피 내 품으로 뛰어들었다.

나는 서랍 맨 밑 칸을 열어 옷들을 한쪽으로 민 다음 아래 있던 공책을 꺼냈다. 공책에 볼펜을 끼워 놓은 덕분에 보려는 데를 바로 펼칠 수 있었다. 볼펜을 빼서 1,627이라는 숫자에 선을 그어 지우고 1,626을 썼다. 공책을 덮고 도로 제자리에 숨겼다.

나는 캔디를 데리고 복도를 지나 아빠 방 앞으로 갔다. 잠시 주저하다가 안을 들여다보았다. 아빠는 없었다. 아무도 없었다. 침대에는 사람이 잔 흔적이 없었다. 아빠가 소파에서 잤다는 뜻이었다. 아빠는 자주 그런다. 아니면 아빠가 아래층에 있다는 뜻일 수도 있었다. 죽은 채로.

"멍청한 생각 하지 마."

나는 숨을 죽인 채 중얼거렸다.

아래층으로 내려가 주방 앞에서 다시 한 번 주저했다. 아빠가 죽어 있으면 어떻게 해야 할까? 그냥 학교에 가고 시험을 보고 아무 일도 없는 척 행동할까? 아무 일도 없는 척이라면 내가 잘하는 일이다.

주방을 확인하기 전에 할 수 있는 일이 있었다. 나는 돌아섰다. 거실 창문으로 가서 바깥을 내다보았다. 집 앞에 차가 없었다. 아빠는 출근했다. 아빠는 죽지 않았다. 적어도 오늘은 아니다.

생활은 계속될 것이기에 학교에 가기 전에 해야 할 일이 많았다. 다시 위층으로 올라가는 나를 캔디가 캉캉 짖으며 따라왔다. 캔디에게는 이 모든 것이 다 게임이다. 나는 잠옷 윗도리를 벗고 얼굴을 물에 적신 다음 자투리 비누 조각으로 울퉁불퉁한 여드름들을 씻고 걸레만큼 낡은 수건으로 닦았다.

방으로 돌아와서 바닥 여기저기에 쌓인 빨래 더미를 살폈다. 내가 옷이 많아서 빨래 더미가 쌓인 것이 아니라 집에 세제가 떨어져 세탁기를 돌리지 못한 탓이었다.

바지는 깨끗해서 문제없었다. 셔츠를 집어서 냄새를 맡았다. 불합격이다. 한쪽으로 던져 버리고 다른 셔츠를 들었다. 냄새도 맡기 전에 빨간 얼룩이 보인다. 스파게티 소스다. 방금 던진 셔츠 위로 던져 버리고 세 번째로 다른 셔츠를 들었다. 이번에는 냄새도 얼룩도 통과다.

시간상 캔디를 산책시키고 아침을 먹고 점심까지 챙기면 지각하지 않을 도리가 없었다. 나는 캔디를 뒷마당으로 내보냈다. 캔디는 더 나은 대접을 받아야 마땅한데. 내가 나중에 다 갚을 것이다.

* * *

교실에 진동하는 피자 냄새가 점심시간이 다가온 것을 알려 주고 있었다. 피자데이에는 반 아이들 모두가 평소보다 조금 들뜬 얼굴이 된다. 물론 나는 평소와 똑같이 잼만 바른 샌드위치 쪼가리뿐이다. 피자를 사 먹을 용돈 같은 건 없으니까.

드디어 종이 울리기가 무섭게 아이들이 우르르 교실 밖으로 몰려나갔다. 나도 내 책들이며 소지품을 챙겼다.

“로비, 얘기 좀 하게 잠깐 남을래?”

요먼 선생님이 물었다. 요먼 선생님은 담임 선생님이자 국어 선생님이다.

“어… 네.”

나는 불안했다. 조금 전 수업 시간에 친 시험 점수가 형편없었나 싶었지만, 벌써 채점했을 리는 없고, 더구나 나는 내 점수가 좋을 거라는 사실을 알고 있었다. 나는 언제나 시험을 잘 보니까.

초등학교 2학년 때부터 가장 친한 친구인 살이 내 옆으로 와서 서더니 허리를 숙였다.

"걱정하지 마."

"걱정 안 해."

"물론 안 하겠지. 선생님은 아마 전교에서 널 제일 아끼는 이유를 설명할 거야. 아무튼 교내 식당에서 보자."

우리는 점심을 같이 먹는 친구다. 테일러와 라즈, 그리고 제이까지 총 다섯이 중학교 1학년 때부터 같이 점심을 먹는다. 우리는 매일 교내 식당의 같은 자리에 앉아서 영화나 슈퍼히어로나 학교나 운동 시합 같은 것들을 이야기한다.

"그리고 하모니, 너도 남을 수 있지?"

요먼 선생님이 말했다.

하모니는 오늘 우리 학교에 전학 온 아이다.

내가 바라보자 하모니는 나를 향해 잔뜩 구긴 표정을 지어 보였다.

나는 요먼 선생님 책상으로 가서 마지막까지 늑장을 부리는 아이들이 모두 나갈 때까지 기다렸다. 하모니는 요먼 선생님과 내가 나란히 기다리는 동안 느릿느릿 소지품을 챙기더니 짐을 다 챙긴 뒤에는 더 느릿느릿하게 다가왔다.

"하모니."

요먼 선생님이 말을 꺼냈다.

"우리 학교는 규모가 큰 편이어서 어디가 어딘지 알려면 좀 오래 걸릴 거야. 그러니까 로비, 네가 하모니한테 교내를 안내해 주면 좋겠다. 하모니가 우리 학교에 빨리 적응할 수 있게."

"얘가요?"

나를 보는 하모니의 표정은 완전히 깔보던 것에서 완전히 혐오스러워하는 것으로 바뀌어 있었다.

"제가요?"

대체 요먼 선생님은 무슨 생각일까? 이건 조금도 좋은 생각이 아니다.

"그래, 로비 네가 말이야. 대강 내일하고 또 며칠만 하모니 안내를 맡아 주면 되겠어."

요먼 선생님은 하모니를 바라보았다.

"로비는 믿음직하지. 어른스럽기도 하고."

하모니가 콧방귀를 뀌었다.

"지금이 점심시간이니까 로비가 교내 식당이 어딘지 알려 줄 거야. 로비라면 점심을 같이 먹자고도 할 것 같은데, 로비, 그렇지?"

"네, 뭐, 그럼요…. 하모니만 좋으면요."

하모니는 표정으로 그럴 마음이 털끝만큼도 없음을 분명하게 보여 주었다. 나도 별로 내키지는 않는 데다 다른 아이들이 어떻게 생각할지도 알 수 없었다.

"선생님도 네 나이쯤에 다른 학교로 전학 갔었는데 굉장히 힘들었거든. 그래서 하모니 너도 누가 도와줬으면 할 것 같아서 말이다."

요먼 선생님이 설명했다.

"전 안 도와줘도 돼요."

하모니가 대답했다.

"누구나 도움은 필요해. 자, 이제 가도 좋다. 로비, 네가 맡은 거야. 알겠지?"

"네."

"좋아. 가서 점심 먹어라."

내가 먼저 교실에서 나왔다. 몇 걸음 뒤에서 따라 나온 하모니가 복도로 나서자마자 오른쪽으로 홱 돌아섰다.

"잠깐만, 교내 식당은 이쪽이야!"

하모니는 멈추지 않았다. 나는 요먼 선생님이 못 들었기를 바라며 문틈으로 교실 안을 흘깃 들여다보았다.

"따라가서 하모니 데려가라!"

요먼 선생님이 외쳤다.

좋았어. 어느새 복도를 꺾어 지나갔는지 하모니는 보이지 않았다. 나는 하모니를 쫓아갔다.

"잠깐만!"

하모니가 우뚝 멈춰 서더니 돌아서서 얼굴을 찌푸렸다.

이 아이는 표정이 이거뿐인가?

"교내 식당은 그쪽이 아니야."

"상관없어."

"그렇지만 난 널 교내 식당에 데려가야 해."

"넌 날 어디로도 데려가지 않을 거야."

하모니가 딱딱하게 대꾸했다.

"그렇지만 요먼 선생님이 나한테—"

"선생님 같은 건 집어치우고 너도 집어치워."

순간 화가 치밀어서 '너도 집어치워'라고 고함 지를 뻔했다. 그렇지만 그런 행동은 아무런 도움이 안 되는 것을 알고 있었다. 나는 심호흡했다.

"학교도 이렇게 크고 학생들이 이렇게 많으니까 좀 무서울 수도 있을 거야."

"넌 내가 무서워하는 것 같아?"

하모니는 무서워하는 것 같지 않았다. 하모니가 무서운 것 같았다. 그렇지만 문득 이 아이가 너무 무서운 나머지 그렇게 안 보이려고 일부러 더 강하게 나오는 것일지도 모른다는 생각이 들었다. 속으로 울고 싶을 때 겉으로 웃는 것처럼.

"너도 내 친구들하고 점심 같이 먹어도 돼."

"너한테 친구들이 있어?"

하모니가 물었다.

"뭐라고?"

이 아이는 정말 지금 내가 들었다고 생각하는 그 말을 한 한 걸까?

"그냥 너한테 친구가 있다는 게 놀라워서 말이야. 선생님이 날 네 옆에 앉히려는 이유가 널 더는 혼자 앉히지 않으려는 뜻인 줄 알았거든."

"나는 친구가 많아."

나는 살짝 우쭐한 기분으로 대꾸했다. 아니, 사실 많지는 않을지 모른다. 그렇지만 친구가 몇 명 이상인 아이가 현실에서 얼마나 될까?

"네 제일 친한 친구는 너희 엄말 줄 알았어."

"뭐?"

뭐 이런 꼴통이 다 있어! 내가 왜 이 여자애하고 시간을 낭비하고 있는 거지? 자기가 가기 싫다면 내가 상관이나 할까 봐?

"네가 옷 입은 걸 보면 꼭 엄마가 입힌 것 같은데…, 그것도 깜깜한 데서 말이야."

나는 가슴이 콱 조여왔다. 화가 뭉치려는 것이 느껴졌다. 그래서는 안 되었다. 나는 심호흡하며 마음을 진정시켰다.

하모니가 돌아서서 다시 걷기 시작하자 나는 엉겁결에 하모니의 팔을 낚아챘다. 하모니가 번개처럼 빠르게 내 팔을 뿌리치며 돌아서서 나를 노려보았다.

"다시는 내 몸에 손대지 마."

하모니의 눈빛이 이글거리고 있었다.

나는 어안이 벙벙했다. 일부러 팔을 낚아챈 것이 아니었다. 나도 모르게 반사적으로 나온 행동이었다.

"또 한 번 내 몸에 손대면 코피를 흘리게 해 주겠어."

"코피? 너 만화를 너무 많이 본 거 아니야?"

나는 멋쩍게 웃으며 대답했다.

"나 내버려 두고 좀 사라져. 안 그러면 한 대 칠 거니까."

"이 상황이 마음에 안 드는 건 나도 마찬가지거든? 난 그냥—."

하모니의 주먹이 내 코로 날아들면서 두개골로 짜릿한 통증이 전해졌다. 나는 비틀비틀 뒷걸음질 치며 소리 질렀다.

"뭐 하는 거야?"

나는 손바닥 너머까지 들리도록 외쳤다. 손이 코를 감싸 쥐고 있었기 때문이다. 코에 코피가 흐르고 있었다. 눈에 눈물이 고이는 것이 느껴졌다.

"내가 말했잖아."

"너 미쳤어?"

나는 눈을 깜박여 눈물을 참았다. 코피로도 충분하다. 눈물까지 보탤 수는 없다.

"한 대로는 부족해?"

하모니가 물었다.

나는 한발 뒤로 물러나면서 코피가 묻은 한쪽 손으로 얼굴을 막았다. 만약 이 아이가 나를 또 때린다면 본때를 보여 줄—

"무슨 일이지?"

굵은 목소리가 들려왔다.

나는 돌아섰다. 교장 선생님인 아르시노 선생님이 서 있었다.

"아니, 코가 왜 이래! 무슨 일이냐?"

교장 선생님이 물었다. 목소리는 다그치는 듯했지만 얼굴은 염려하는 표정이었다.

"둘이 싸운 거야?

교장 선생님이 물었다.

"아니에요, 선생님. 저 이제 안 그래요. 이제 더는요."

"그렇다면 이쪽이 때린 거냐?"

나는 하모니를 돌아보았다. 이제는 하모니도 무서운 것 같은 표정이었다.

나는 하모니에게 욕을 하고 싶었다. 한 대 때리고 싶었다. 그도 아니라면 교장 선생님께 무슨 일이 있었는지는 말하고 싶었다. 그런데 그런 일은 하지 않을 거였다.

"아니요, 선생님. 당연히 아니죠…. 그냥 저 혼자 넘어졌어요…. 발이 걸려서 사물함에 부딪혔어요."

나는 내 말을 뒷받침해 줄 증거라도 된다는 듯 사물함 아래 칸을 가리켰다.

교장 선생님은 미심쩍은 표정이었다.

"그래? 정말 그런 거라고?"

"네, 선생님. 하모니한테 물어보세요."

하모니는 잠깐 머뭇거리더니 이내 대답했다.

"어디 부딪치는 모습은 못 봤어요."

쟤는 대체 뭘 하는 거야? 같이 정학이라도 받자는 거야?

"그런데 뭐가 세게 부딪치는 소리는 들었어요. 누가 사물함을 발로 차는 것 같은 소리였어요. 돌아보니 얘가 바닥에서 일어서고 있었고요."

와, 하모니는 말을 얼마나 그럴듯하게 하는지 나까지 그 광경이 눈앞에 그려질 지경이었다.

"그런데 너무 미안했어요. 다 제 잘못이었거든요."

하모니가 말을 이었다.

그래, 당연히 하모니 잘못이었다. 그런데 하모니는 왜 거짓말을 해 놓고 진실로 살을 붙이는 걸까?

"로버트가 저한테 학교를 안내해 주고 있었거든요."

하모니가 말했다.

로버트? 아무도 나를 로버트라고 부르지 않는다.

"요먼 선생님께서 로버트더러 저를 따라가라고 하셨거든요. 선생님께서 제가 틀린 방향으로 꺾는 걸 보셨고, 로버트는 절 교내 식당까지 안내해 주려고 따라왔어요. 로버트가 저를 따라 달려오다가 넘어졌으니 제 잘못이라는 거예요. 제가 처음부터 제대로 갔으면 이런 일은 아예 생기지도 않았을 거예요."

"네, 선생님. 바로 그렇게 된 거예요."

내가 말했다.

교장 선생님은 우리 둘의 이야기를 믿지 않는 표정이었다. 내가 한마디 보탰다.

"만약 하모니가 절 때렸다면 하모니는 정학 처분을 받아야죠."

"그래, 그럴 수밖에 없었겠지. 관련 교칙이라면 네가 잘 알듯이."

"네."

"어디 코 좀 보자."

교장 선생님이 말했다.

내가 잡은 손을 놓자 핏방울들이 바닥으로 떨어졌다. 교장 선생님은 손가락 두 개로 조심스럽게 내 콧대를 잡고 가만히 문질렀다.

"아프냐?"

"별로요."

"그럼 됐다. 어디가 부러진 것 같지는 않다만 행정실에 가서 얼음을 얻어다가 부기를 가라앉히는 게 좋겠다."

"네, 교장 선생님."

"네가 같이 가 주어야지."

교장 선생님이 하모니에게 말했다.

"제가요?"

하모니가 물었다.

"이름이 하모니라고 했지?"

"네."

"전학생이지?"

"애는 오늘이 첫날이에요."

내가 대답했다.

"오슬러 중학교에 잘 왔다. 매일 이렇게 흥미진진한 곳은 장담하건대 아니란다."

"조금 흥미진진한 건 괜찮아요."

하모니가 대답했다.

하모니는 조금은 흥미진진해도 괜찮을뿐더러 그 흥미진진한 사건을 만드는 장본인이 되는 것도 전혀 거리낌 없는 것이 분명했다.

셋

교내 스피커에서 교장 선생님을 찾는 방송이 흘러나왔다. 다른 데서 교장 선생님을 찾고 있었다. 교장 선생님은 우리한테 곧장 행정실로 가겠다는 다짐을 받은 다음 서둘러 자리를 떠났다.

"꼭 안 데려다줘도 돼."

내가 말했다.

"꼭 가야 할 데도 없어."

"그럼 이쪽으로 가자."

길을 걷다가 보니 내 뒤로 아직도 핏방울 자국이 남고 있었다. 아이들 몇이 나란히 지나가는 우리를 빤히 쳐다보았다. 다행히도 내가 안다고 할 만한 아이는 없었다. 더욱 고마운 점은 코피 사건을 직접 본 아이 역시 아무도 없다는 점이었다.

"왜 내가 때렸다고 얘기 안 했어?"

하모니가 물었다.

"나 그렇게 치사하지 않아. 네가 정학당하는 건 싫었어."

"설마 정학까지 당했을까?"

"교칙이야. 싸우면 곧바로 정학인 거. 처음이면 하루 등교 중지, 두 번째면 사흘, 세 번째면 일주일."

"잘 기억해 둬야겠다. 며칠 학교에 안 오고 싶을 때가 있을 때를 대비해서 말이야. 그런데 내가 정학을 받든 말든 네가 왜 신경 쓰는 거야?"

"요먼 선생님 덕분에 내가 네 보호자…잖아. 적어도 앞으로 며칠은."

하모니가 크게 웃었다.

"난 내가 알아서 보호할 수 있어. 아마 너보다 나을걸."

하모니는 잠깐 뜸을 들이더니 한마디 덧붙였다.

"한 방 먹는 건 네가 할 수 있을 것 같지만."

"고맙…기도 하다. 날 놀릴 게 아니라 고자질하지 않아서 고맙다고 해야 할 것 같긴 하지만."

"너는 날 더는 귀찮게 하지 않을 방법을 더 생각해 봐야 할 것 같고. 내가 널 또 때려야 할 일이 없게."

걸어가는 우리를 쳐다보는 아이들이 더 많아졌다.

"그리고 넌 목소리를 좀 낮춰야 할 것 같아. 그래야 누가 행정실에 가서 사건의 진상을 알리는 일이 없을 거고, 네가 교내에서 싸운 일로 정학 받는 일이 없을 테니까."

"싸움이라고? 그러면 넌 나한테 맞은 다음 반격하려고 한 아이가 될 텐데. 온 사방에 코피를 흘리고 다니는 아이가 아니라."

나는 하모니에게 다시 한번 그렇게 나를 때린다면 그토록 바라는 싸움을 하게 될 거라고 말하고 싶었다. 그렇지만 그 대신에 이렇게 말했다.

"그냥 이 일에 관해서는 우리 둘 다 입 닥치고 아무한테도 말 안 하는 거로 하자."

"그러자. 악수라도 하면 좋겠지만 손에 피 묻히는 게 싫어서 말이야."

내 코에서는 여전히 코피가 떨어지고 있었다. 핏자국이 셔츠에 묻고 바지에 묻었으며, 심지어는 왼쪽 신발에도 몇 방울 튀어 있었다.

"다 왔어."

나는 행정실 앞에서 말했다. 안에는 아이들이 몇 명 앉아 있었다. 다행히 모두 모르는 아이들이었다.

"생각해 보면 넌 지금 나한테 학교를 안내해 주고 있는 셈이야. 행정실이 어디인지 알아 두는 것도 분명히 필요하겠지."

하모니의 말과 함께 우리는 행정실 입구의 책상으로 갔다.

"세상에! 로비, 이게 무슨 일이야!"

행정실 책임자인 헨리 선생님이 내 얼굴을 보고 물었다.

"넘어졌어요. 교장 선생님께서 여기로 가서 얼음을 얻으라고 하셔서요."

"그러면 너는?"

헨리 선생님이 하모니에게 물었다.

"저한테는 로버트를 데려다주라고 하셔서요."

"그러고 보니… 오늘 전학 온 학생이지?"

"네."

하모니가 대답했다.

"가서 화장지를 물에 적셔서 가져다줄래?"

헨리 선생님이 하모니에게 말했다.

"제가요?"

하모니가 되물었다.

"그래. 화장실은 바로 왼쪽이야. 하모니, 고맙다."

나는 하모니가 싫다고 하거나 비비 꼬아 대꾸할 줄 알았다. 그런데 하모니는 돌아서더니 화장실로 향했다. 헨리 선생님이 행정실 냉장고를 열고 안에서 작은 아이스 팩을 꺼내서 나에게 건넸다.

"앉아라."

헨리 선생님이 지시했다.

내가 빈 의자를 찾아서 앉자 헨리 선생님은 내 옆에 무릎을 대고 자리를 잡았다.

"그대로 잡고 있어."

헨리 선생님이 아이스 팩을 내 얼굴에 누르며 말했다.

아이스 팩은 차갑고 시원했다.

헨리 선생님은 내 옆자리 아이들에게 말했다.

"너희 둘은 가서 점심 먹은 다음에 종 칠 때쯤 다시 오고."

아이들에게는 두 번 말할 필요가 없었다. 둘은 자리에서 일어나서 복도로 달려나갔다.

"그래, 넘어졌다고?"

헨리 선생님이 나에게 물었다.

"네."

"어딜 짚을 새도 없이?"

"짚으려고 했는데 제가 좀 둔해서요. 아빠가 그러시는데 제가 지금 발에 맞게 몸이 크는 중이래요."

"그러니까 절대로 싸운 건 아니라는 거지?"

헨리 선생님이 물었다.

"그렇죠."

하모니가 물이 뚝뚝 흐르는 휴지 뭉치를 들고 나타났다. 하모니는 휴지 뭉치를 통째로 나에게 내밀었다. 핏자국을 닦기 시작하자 바지로 물이 줄줄 흘렀다.

행정실 전화가 울렸다. 헨리 선생님이 일어서며 말했다.

"그래, 코피는 이제 멎는 것 같다. 그렇지만 완전히 멎을 때까지 거기 있어야 한다."

헨리 선생님은 책상 반대편으로 가서 전화를 받았다. 하모니가 내 옆 의자에 앉았다.

"휴지 좀 줘 봐."

하모니가 말했다. 휴지를 받아 든 하모니가 내 얼굴을 닦기 시작했다. 코 주변은 특히 살살 닦았다.

"고마워."

내가 말했다.

"로버트, 고마워해야 할 사람은 나일걸."

"다른 아이들은 날 로비라고 부르긴 해."

"다른 애들이 너를 뭐라고 부르는지 내가 신경이라도 쓸 것 같아?"

"안 쓰겠지."

"게다가 넌 로비보다는 로버트야."

"무슨 뜻이야?"

"로비는 약간 만화에 나올 것 같은 아이잖아. 항상 웃는 친절한 캐릭터 같은 거로. 아니면 올림픽 마스코트 이름이나. 그건 네가 아니야."

"그건 고마운 말 같은데."

"마스코트는 언제나 사람들을 향해 웃음을 지어. 그건 네가 아니야. 너는, 너는 그런 웃는 얼굴 부류가 아니야. 진지한 부류야. 언제나 뭔가를 파악하려고 애쓰는 쪽."

나는 어깨를 으쓱했다. 틀린 말은 아니지만, 이 아이가 어떻게 그런 걸 다 알았을까?

"교실에서 네가 아이들을 지켜보는 모습을 봤어. 그런데 나도 그러거든."

하모니는 내가 물을 새도 없이 덧붙였다.

"주의를 기울이는 건 중요해. 위험이란 어디에서 올지 모르는 거니까."

"그 말은 오늘 완전히 증명되었지."

하모니가 웃었다.

"넌 웃기는 아이야. 똑똑하고."

"오늘 시험을 잘 봤는지 알려면 기다려야 할 것 같은데."

"넌 공부를 잘하잖아?"

나는 고개를 끄덕였다.

"반에서 일 등…이긴 하지. 내가 제일 어리고."

"너 생일이 12월이야?"

"생일은 3월이지만 다른 아이들보다 일 년 빨라. 한 학년 월반했거든."

"그렇다면 더더욱 로버트가 어울리지. 그 이름이 더 성실한 것 같잖아. 공부도 열심히 할 것 같고."

"이름을 바꾸기로 할 거면 너도 하모니는 아닌 것 같아."

내가 말했다.

"그럼 뭐여야 하는데?"

나는 잠깐 고민하는 척했다.

“흠. 지금까지로만 보면 디스하모니가 더 어울릴 것 같아.(하모니 ‘Harmony’: 조화 – 디스하모니 ‘Disharmony’: 부조화)”

하모니가 또 웃었다.

“너 진짜로 웃긴다.”

“말하는 게 웃긴다는 거면 좋겠다. 생긴 게 웃긴다는 게 아니라.”

“둘 다야. 말이 웃긴 게 반, 얼굴이 웃긴 게 반으로 하자.”

“그래, 반씩.”

하모니는 젖은 휴지로 내 얼굴을 계속해서 꾹꾹 눌렀다. 하모니하고 이렇게 가까이에 있는 게 조금 이상했는데, 특히 하모니가 내 얼굴을 빤히 쳐다보고 있었기 때문에 더 그랬다. 내 내면을 들여다보려는 것 같은 느낌이었다. 조금 물러서거나 고개를 돌리거나 아예 도망치고 싶었지만 그럴 수 없었다. 게다가 젖은 휴지가 코를 누르는 느낌이 좋았다.

“너 자주 싸워?”

하모니가 물었다.

“왜 그렇게 생각하는데?”

“교장 선생님이 꼬치꼬치 캐묻는 것도 그렇고 헨리 선생님이 널 보는 시선도 그렇잖아. 전에 이런 일이 많았나 보다 싶었지. 그래서 물어보는 거야.”

“그냥 날 걱정하시는 거야. 사람들은 걱정을 많이 하잖아.

그런 거지."

"내가 이제껏 봐 오기론 아닌데. 사람들은 걱정을 많이 한다기보다는 걱정할 거리를 많이 주지."

나는 하모니에게 무슨 말인지 이해한다고 말하고 싶었다. 그렇지만 친하지 않은, 더구나 방금 주먹으로 내 얼굴을 때린 아이에게 그런 말을 할 수 있을까?

"됐다. 이제 얼굴도 깨끗하고 코피도 멎은 것 같아."

하모니가 말했다.

하모니는 핏자국으로 얼룩진 휴지 뭉치를 쓰레기통을 향해 던졌다. 텅 소리와 함께 휴지가 들어갔다.

나는 이상하리만치 쑥스러워서 뭐라고 해야 할지, 어떻게 해야 할지 알 수 없었다.

"나 때문에 생긴 쓰레기는 내가 치워야 마땅하겠지."

하모니가 작은 목소리로 속삭였다.

"그래."

나는 미소를 지어 보인 다음 일어나서 들고 있던 아이스팩도 쓰레기통으로 던졌다.

팩이 떨어지는 소리에 헨리 선생님이 고개를 들었다.

"이제 괜찮니? 점심시간은 아직 20분 남았어. 둘 다 뭐든 좀 먹어야지."

"그럴게요."

나는 함께 행정실을 나오며 하모니에게 말했다.

"2학년 사물함은 이쪽이야. 점심 먹으러 가자. 드디어 너한테 교내 식당이 어딘지 알려줄 수 있겠어."

나는 하모니와 함께 내 사물함으로 갔다. 사물함 앞에서 자물쇠를 몸으로 가리고 비밀번호를 돌렸다. 자물쇠가 딸깍 소리를 냈다. 나는 잠금을 풀고 사물함을 열었다.

"와우, 이거 대단한걸. 좀 무섭기도 하고."

하모니가 말했다.

"무슨 소리야?"

"이렇게 완벽하게 정리된 사물함은 처음 봐."

"그냥 뭐가 어디에 있는지 알고 싶을 뿐이야. 뭐 잘못됐어?"

"아니야. 아닐 거야. 단지 내가 아는 사람 중에서 이렇게까지 정리를 하는 사람은 너를 빼면 조이 삼촌뿐이야. 지금 교도소에 수감 중이지."

"난 감옥에 안 가. 대학에 갈 거야."

"아예 갈 거로 정해지기라도 한 것 같다."

하모니가 말했다.

"정해진 거나 마찬가지야. 나는 성적이 좋고, 방과 후에 남는 벌도 일 년 넘게 한 번도 안 받았어."

나는 말하는 것과 동시에 후회했다.

"이상도 하지. 널 안 지 아직 하루도 안 지났는데, 넌 벌써 싸움에 말려들었고 교장 선생님한테 거짓말도 했는데."

"내가 너한테 맞은 건 싸움으로 안 치기로 한 줄 알았어."

하모니가 크게 웃었다. 나는 헷갈렸다. 하모니는 내 말이 재미있는 걸까, 내 꼴이 재미있는 걸까?

나는 오전 과목 교과서를 제자리에 넣고 점심으로 챙겨온 것들과 오후 과목 교과서를 꺼냈다.

"그런데 왜 그게 싸움으로 번지지 않았을까?"

하모니가 물었다.

"나한테 왜 맞받아치지 않았냐고 묻는 거야?"

내 질문에 하모니는 고개를 끄덕였다.

"정학당하기 싫으니까."

나는 거의 2년 가까이 한 번도 싸우지 않았다고 말하고도 싶었다. 그렇지만 그런 말을 했다가 싸움을 안 해 봤다고 비웃음을 살 것 같아 마음에 걸렸다. 그 이전에는 얼마나 자주 싸웠는지 말할 수도 있었을 것이다. 하모니에게 다른 방식으로 깊은 인상을 남기고 싶었다면.

나는 사물함을 닫고 자물쇠를 채웠다.

"네 사물함은 어디야? 네 점심 가져오자."

내가 물었다.

하모니는 대답도 하지 않았고 꼼짝도 하지도 않았다.

"대단한 일을 하자는 게 아니잖아. 네 점심 챙겨서 교내 식당 가자고. 네가 날 때려야 할 상황을 내가 또 만들게 하지 말아줘."

하모니는 웃으며 고개를 저었다. 우리는 함께 걷기 시작했다.

"난 점심 안 가져왔어. 그러니까 내 사물함에 갈 필요 없어. 그리고 난 교내 식당에는 정말로 가고 싶지 않아."

하모니가 말했다.

"그럼 내 점심을 같이 먹는 건 어때?"

"그건 네가 뭘 가져왔는지에 달렸지."

"뭘 먹는지가 중요해?"

"아니. 그런데 교내 식당 말고 다른 데서 먹는 건 괜찮지?"

"교내 식당은 왜 싫은데?"

"그냥 좀 그래. 처음 가 보는 곳에서 어디에 앉아야 할지도 모르겠는데 다들 쳐다보잖아."

"그래서 요먼 선생님이 너한테 나하고 같이 교내 식당에 같이 가라고 하신 거잖아."

하모니가 닥치라는 뜻이 뚜렷이 담긴 눈빛으로 나를 쳐다보았다.

나와 내 코는 하모니가 보내는 무언의 경고에 귀를 기울이기로 했다.

"그럼 교내 식당 말고 어디서 먹고 싶어?"

내가 물었다.

"여기도 좋네."

"이 복도에서?"

"안 돼? 조용하잖아. 성가신 아이들도 없고. 너만 빼면."

하모니는 풀쩍 창문 선반으로 올라앉았다. 나도 짐을 올리고 옆에 앉았다. 사과 한 개와 바나나 한 개, 그리고 잼 샌드위치가 든 지퍼백을 꺼냈다.

"그게 다야?"

하모니가 물었다.

"아침에 늦어서 다른 걸 챙길 시간이 없었어."

"너희 엄마가 점심 싸 주시는 거 아니야?"

나는 하모니에게 나한테는 엄마가 없다고 말할 수도 있었다. 아주 어렸을 적에 돌아가셔서 엄마를 잘 알지도 못한다고 말해 줄 수도 있었다. 그렇지만 말하지 않았다. 하모니하고 상관없는 일이다.

"내 일은 내가 알아서 하는 게 좋아."

내가 설명했다.

"썩 잘하고 있는 것 같지는 않은데."

하모니가 말했다.

"무슨 소리야?"

"너 빼빼 말랐잖아."

"살이 찌지 않은 거야. 빼빼 마른 게 아니라."

"아냐. 넌 말랐어. 네 점심을 나눠 먹는 게 죄책감이 들 정도야. 그거 잼 샌드위치야?"

"딸기잼 샌드위치."

"잼이라면 무조건 딸기지. 난 딸기잼이 제일 좋더라."

나는 지퍼백을 열고 샌드위치를 꺼낸 다음 반을 잘라 하모니에게 건넸다.

하모니는 한입 베어 먹었다.

"이거 맛있다."

"난 커서 요리사가 될 생각이거든."

"그래?"

"응. 특선 메뉴는 잼 샌드위치, 토스트, 삶은 감자로 할 거야."

"먹으러 갈게."

하모니는 내가 채 두 입을 먹기 전에 자기 몫의 샌드위치를 다 해치웠다.

"사과 먹을래 아니면 바나나 먹을래?"

내가 물었다.

"너 뭐 먹을 건데?"

"난 둘 다 좋아해. 네가 골라."

하모니는 바나나를 골랐고 바나나도 몇 입 만에 사라졌다.

"요리사가 되고 싶은 거 아닌 거 알아."

하모니가 말했다.

"어떻게 아는데?"

"아까 대학에 가고 싶다고 말했잖아."

"그래, 가고 싶어."

"그게 참 이상했어. 중학교 2학년이 벌써 대학에 가겠다는 얘기를 해?"

하모니가 물었다.

"누구에게나 계획은 필요해."

"그렇지만 대학교에 간다는 계획이? 아니, 그것보다 애초에 왜 대학에 가야겠다는 생각이 든 거야?"

나는 어깨를 으쓱했다.

"교육은 의미 있는 사람이 되는 길이니까."

"주변에 대학에 간 사람이 한 사람이라도 있어?"

나는 고개를 저었다. 우리 아빠는 고등학교도 나오지 않았다.

"여기서 며칠 있으면서 느낀 건데, 이 동네는 대학에 갈 확률보다 교도소에 갈 확률이 높은 사람을 배출한다고 봐."

반박이 불가능했다. 사실이었기 때문이다. 내가 아는 아이들의 아빠나 형은 지금 감옥에 있거나 예전에 간 적이 있다. 우리 아빠는 감옥에 가지 않았다. 한 일 때문이든 하지 않은 일 때문이든.

"그렇다고 우리 동네가 잘난 구석이 있다는 건 아니야."

하모니는 한 마디 더 덧붙였다.

"그리고 최소한 너는 계획이 있잖아."

"넌 계획 없어?"

"당연히 있지. 내 계획은 위탁 가정에서 도망치는 거야."

"너 위탁 가정에서 살아?"

"그렇게 너무 충격받은 얼굴 하지 마."

"위탁 보호를 받는 아이를 처음 만나서 그랬어. 걱정하지 마. 아무한테도 안 말할게."

"아무나 붙잡고 다 말해도 상관없어. 거기 있는 게 내 잘못도 아니니까."

하모니는 하던 말을 멈추고 나를 빤히 바라보았다.

"게다가 넌 떠벌리는 스타일은 아닌 것 같아. 비밀을 철저히 지킬 것 같기도 하고."

그렇다. 그것이 내 비밀이라면 더욱 그렇다.

"그러니까 사실 점심을 까먹고 두고 온 게 아니야. 안 가져가겠다고 했어. 오늘 아침도 안 먹겠다고 했고."

"도대체 왜?"

"그 사람들이 팬케이크나 베이컨이나 로스트비프 샌드위치 같은 거로 날 꼬시게 하진 않을 거야."

나는 그런 음식들을 언제 마지막으로 먹고 못 먹었는지 기억을 더듬었다. 그리고 사과를 하모니 쪽으로 밀었다.

"그럴 필요 없어."

하모니가 말했다.

"난 아침 먹었어. 너 배고프잖아."

나는 하모니가 싫다고 할 줄 알았지만 하모니는 사과를 받아 곧바로 한입 크게 베어 먹었다.

"이 단식 투쟁은 언제까지 할 건데?"

내가 물었다.

"오늘 그 집 저녁이 뭐냐에 달렸지. 너희 집 저녁이 그거보다 낫고 네가 나를 초대하면 또 몰라도."

나는 웃었다.

"분명 그 집 저녁이 나을걸?"

"너희 엄마 요리 솜씨가 별로라는 뜻이야?"

하모니가 물었다.

또 우리 엄마 얘기다. 하모니는 뭔가 들은 얘기가 있는 걸까? 그럴 일은 거의 없었다. 하모니가 학교에서 누구하고 이야기를 나눌 시간이 없었기도 하지만 그보다 내 사정을 아는 아이도 많지 않다. 나는 엄마가 없다는 말은 꺼내지 않고, 반 아이들이나 학생들의 관심을 받는 타입도 아니다.

"어차피 오늘 저녁엔 제대로 저녁을 먹을 시간도 없어. 대충 먹고 일하러 갈 거라서."

"너 아르바이트해?"

"정육점에서. 바닥 쓸고 진열대 정리하고 배달도 해. 주중에는 방과 후에 이틀 일하고 주말에는 토요일에 일하고."

"그렇게 해서 얼마 받는데?"

"꽤 받아. 재미로 하는 거 아니야."

"그러면 더 헷갈리는데. 너는 돈이 꽤 있는데 옷에 돈을 쓰는 것 같지 않아. 네 꼴을 좀 봐."

하모니의 말이 나에게 얼마나 큰 상처가 됐는지. 왜 잘 알지도 못하는 여자아이가 내 옷을 어떻게 생각하는지에 신경이 쓰이는 걸까?

"너는 고맙다는 말을 이상한 방식으로 해."

내가 말했다.

"난 그냥 있는 그대로 말하려는 거야. 넌 네 바지가 심하게 짧다는 걸 알아야 해."

"아침에 빨리 나오느라 그냥 아무거나 입었어. 난 바지 같은 거에 별로 주의를 기울이지 않아."

"이제부터 기울이는 게 좋겠네."

사실은 진작부터 알아차리고 있었다. 알고 있었다. 나는 모든 일에 주의를 기울이는 사람이다.

"누가 너한테 무신경하다고 안 해?"

"매일 해. 다들 그렇대. 가끔은 내가 정말 꼴통처럼 구나 봐."

"아니라고는 못 하겠다."

나는 고개를 끄덕이고 덧붙였다.

"그렇지만 넌 바뀔 수 있어."

"넌 바지를 바꿔 입을 수 있고. 네가 훨씬 쉽겠네."

하모니가 대꾸했다.

내가 뭐라고 대꾸하기도 전에 종이 울렸다. 대꾸할 말을 생각할 수 있기나 했을지는 모르겠지만. 점심시간이 끝났다.

나는 일어섰다.

"교실로 가자."

"잠깐만!"

내가 멈춰 서자 하모니가 가까이 다가왔다. 하모니의 얼굴이 내 얼굴에 맞닿을 정도로 가까워졌다. 하모니는 한 손으로 내 턱을 잡더니 내 얼굴을 좌우로 돌리며 살폈다. 지금 뭐—

"아무도 모를 거야."

하모니가 말했다.

"뭘?"

"네 코 말이야. 아이스 팩이 효과가 있었어. 별로 안 부었어."

하모니는 내 얼굴을 놓고 돌아서서 성큼성큼 걷기 시작했다. 나는 얼이 빠진 채로 멍해 있다가 하모니를 쫓아 달렸다.

넷

"로버트! 같이 가!"

누구의 목소리인지 누구를 부르는 이름인지 알 수 있었다. 나는 돌아섰다.

하모니가 나를 향해 달려오고 있었다.

"우리, 집에 가는 방향이 같나 봐."

"그래? 너희 집은 어딘데?"

"실버손가야. 너 지금 그쪽으로 가는 거지?"

나는 고개를 끄덕였다.

"그럼 같이 가자."

좋았어. 나는 전학생에게 교내를 안내하라는 요먼 선생님의 지시 사항을 잘 마쳤다. 이건 지시에서 한참을 벗어나는 일이다. 하모니를 안 지 고작 반나절이지만 하모니가 문제가 많은 아이라는 것은 이미 파악했다. 하모니의 눈을 피해 오후 내내 관찰한 결과였다. 하모니가 했던 말들 때문이 아니었다. 하모니는 다른 아이들이 이야기할 때 비웃고 콧방귀를 뀌었다. 누구도 내 코에 주목하지 않은 건 다행이었지만.

"너희 집은 어디야?"

하모니가 물었다.

"챔버스가야. 챔버스가 170. 실버손에서 두 블록 너머야."

"그럼 날 집 앞까지 바래다줄 수 있겠네?"

나는 아니라고 말하고 싶었지만 그러지 못했다.

"그러지 뭐. 어차피 가는 길이나 마찬가지니까."

나는 하모니와 말없이 걸었다. 너무 짧은 바지와 핏자국이 남은 셔츠를 의식하며 걸었다. 그렇게 나쁘진 않아— 아무도 눈치 못 챘잖아. 배에서 꾸르륵 소리가 울렸다. 아무래도 잼 샌드위치를 하나 더 만들어서 아르바이트하러 가면서 먹어야 할 것 같았다.

"넌 아까 괜한 걱정을 했던 것 같던데. 시험 말이야."

한참 만에 하모니가 먼저 말을 꺼냈다.

요먼 선생님은 점심시간에 채점한 시험지를 나누어 주었다. 선생님은 늘 제일 잘 본 학생을 발표하곤 했다. 그건 좋기도 하지만 어떤 면에서는 그렇지 않았다. 나는 반 아이들이 모두 내 성적이 아주 좋다는 걸 알고 있다고 해도 최대한 눈에 띄지 않게 다니려고 노력했다. 반에서 제일 어리다는 것과 제일 성적이 좋다는 것의 조합은 문제가 될 때가 있었다. 몇 번 호되게 경험한 뒤에야 배운 교훈이었다.

"못 보진 않았어."

"못 보진 않아? 우리 반에서 네가 제일 잘 봤잖아."

"만점은 아니잖아. 두 개 틀렸으니까."

이런 식으로 말하니까 나한테 자꾸 문제가 생기는 것이다.

"그 정도면 만점이나 마찬가지지. 내가 그런 점수를 받아 가면 우리 엄마는 내가 커닝한 줄 알걸."

나는 우리 아빠라면 어떻게 나올지 아주 잘 알고 있었다. 그렇지만 말하고 싶지 않았다. 말하고 싶은 얘기는 따로 있었다.

"뭐 하나 물어봐도 돼?"

"아무거나 다 물어봐도 돼. 다 대답한다는 건 아니고."

나는 망설였다. 오후 내내 생각하고 있던 것이 있었다. 아빠한테 그런 말을 들은 다음 날 하모니를 만나다니, 이런 우연이 있나 싶었다.

"위탁 가정에서 사는 건 어때?"

그렇게 묻는 편이 왜 위탁 보호를 받게 되었냐고 묻는 것보다 무난했다. 게다가 나는 하모니를 걱정해서가 아니라 내가 걱정되어서 묻는 거였다.

"어떤 덴 괜찮아."

"어떤 데? 다른 집에도 있어 본 거야?"

“임시 보호 가정이라는 데까지 포함하면 열두 군데 넘게 있었어. 어떤 데는 좋고 어떤 데는, 뭐랄까, 최악이야.”

“그럼 이번 집은, 네가 지금 있는 집은 어때?”

“아직 뭐라고 말하기가 그래. 지금까지로 보면 음식 냄새 하나는 끝내줘.”

“그럼 한번 먹어 보고 판단하면 되겠네. 위탁 부모님은 어떠신데?”

“네가 왜 그렇게 관심이 많아?”

‘어젯밤에 아빠가 위탁 가정을 들먹이며 위협했어’라고 말할 생각은 없었다.

“그냥 궁금해서 묻는 거야. 그냥 궁금해서. 아까도 말했지만 위탁 가정에서 사는 아이는 네가 처음이거든.”

“네 세계를 넓힐 수 있게 되어서 영광이야. 좀 오싹한 집도 있기는 해. 페인트칠이 다 벗겨져 있기도 하고 심하면 바퀴벌레가 득실거리기도 하고.”

“최악이다!”

“그렇지만 대부분 보통 집이야. 보통 사람들이 살아.”

“위탁 가정에 가면 다른 위탁 아이들도 있어?”

“다 달라. 지금 있는 데는 나만 있고. 그건 좋아. 내 공간이 따로 있는 게 좋거든. 너는 어때? 집에 네 방이 따로 있어?”

하모니가 물었다.

“응, 난 형이나 누나가 없어. 동생들도 없고.”

이런 이야기는 내 개인적인 정보인 데다 듣고 싶은 답을 듣는 데는 전혀 도움이 되지 않는다.

"위탁 부모들은 아이들을 집에 데리고 있으면 돈을 받지?"

"당연하지. 그렇지만 별로 많이 받진 않을 거야."

하모니가 멈춰 섰다.

"여기야. 다 왔어."

"여기가 위탁 가정이라고?"

내가 물었다. 그냥 보통 집이었다.

"위탁 가정이면 어떻게 생겼을 줄 알았는데? 집 앞에 크게 간판이라도 달았을 줄 알았어? 아니면 쓰러져 가는 판잣집에 유리창들이 깨져 있거나?"

"아니, 그게… 미안해. 그냥 아무 생각 없었어. 미안해."

이제는 내가 꼴통처럼 굴고 있었다.

"그래, 그럼 내일 학교에서 보자."

"만약 내가 도망치지 못하면."

하모니가 대답했다.

"우선 저녁을 먹어 봐. 맛이 괜찮으면 적어도 하루는 더 있어도 되잖아."

하모니는 내 충고에 놀란 표정이었다. 내 말에 나도 놀랐다. 내가 왜 신경을 쓰지?

"내 계획에 그 충고도 추가할게. 로버트, 내일 봐."

"그래 내일 보자… 디스하모니."

하모니는 집으로 갔다. 이 아이한테는 뭔가 다른 점이 있었다. 나는 다른 것을 좋아하지 않는다. 나는 안전하고 평온하고 평소와 똑같은 것을 좋아한다. 하모니는 그중 어느 것에도 해당하지 않았다.

다섯

나는 캔디의 귀 뒤를 마지막으로 한번 더 긁어 준 다음 현관문을 닫고 나왔다. 세 걸음 걷고 돌아가서 문이 잠겼는지 확인했다. 잘 잠겨 있었다. 문은 언제나 잘 잠겨 있는데 나는 확인을 안 할 수가 없었다. 언제나 확인했다.

가는 데 10분이 걸리는 정육점까지 5분 내로 가야 한다. 나는 달리기 시작했다.

하모니를 데려다주고 오느라 집에 오는 데에 평소보다 오래 걸렸고, 그래서 시간이 빠듯했다. 집을 나서기 전에 캔디를 산책시키고 감자를 깎아서 냄비에 담가 두고 잼 샌드위치를 또 먹고 정육점 유니폼으로 갈아입었다. 웃기지만 이 유니폼이 내가 가진 옷 중에서 제일 좋다고 할 수 있는 옷이었다. 바지 길이도 맞았다.

나는 불안한 마음으로 주변을 두리번거리며 지름길인 뒷

골목을 택했다. 우리 동네에서는 언제나 큰길이 안전했다. 뒷골목은 문제가 생길 수 있었다. 나는 위험을 감수해야 할 처지였다. 뒷골목에는 가게들이 내놓은, 내용물이 넘치는 대형 쓰레기통이 줄지어 놓여 있었다. 쓰레기 수거일은 내일이다. 골목의 냄새는 지독할 수밖에 없었지만, 마침 불어오는 바람이 빵 굽는 내음을 싣고 와 골목의 악취를 덮고 있었다. 내가 좋아하는 빵집의 냄새였다. 그 빵집에서는 전날 팔고 남은 빵이나 도넛을 싼값에 팔았다.

나는 정육점의 뒷문으로 서둘러 들어갔다. 프리아모 사장님 부부가 매장에서 손님을 응대하는 소리가 들렸다. 나는 빈 종이상자들을 재활용함에 넣을 수 있게 우그러뜨리기 시작했다. 가게 뒤쪽과 창고를 깨끗하게 정리하는 것이 내 일 중 하나다. 상자를 한 개 더 집어서 밟았다. 상자가 둔탁한 소리를 내며 짜부라졌다.

"로비, 출근했구나!"

프리아모 아줌마가 가게 뒤로 오며 밝은 목소리로 인사했다.

"안녕하세요."

프리아모 아줌마는 나한테 언제나 따뜻하고 친절하다. 그래서 나는 마음이 불편했다.

"학교 끝나고 뭐 좀 먹을 시간은 있었고?"

프리아모 아줌마가 물었다.

"네, 간단히 먹고 왔어요. 고맙습니다."

"간단히 먹는 걸론 안 되지! 넌 너무 말랐어. 거죽하고 뼈밖에 안 남아서는!"

나는 내가 호리호리한 줄 알았는데 오늘은 아무래도 '말랐다'는 표현이 유행인 것 같았다. 거의 무의식적으로 손목을 내려다보았다. 어쩌면 사람들 말이 맞을지 모른다.

"어이쿠, 당황하라고 한 말은 아닌데. 네 또래 남자아이들은 빨리 크지. 그러니까 용광로에 연료를 계속 넣어야 하는 거야. 여기로 와서 앉아라."

프리아모 아줌마는 책상 곁의 의자를 툭툭 쳤다.

나는 잠시 망설였다. 할 일이 있기는 하다. 그렇지만 이건 사장님의 지시라고 봐야 하지 않을까?

"네가 좋아할 거 같아서 말이야."

프리아모 아줌마는 책상 위에 놓여 있던 밀폐 용기의 뚜껑을 열었다. 군침이 도는 냄새가 확 풍겼다. 용기 안의 음식은 모락모락 김이 날 만큼 따끈했다.

"만들기는 어젯밤에 만들었고 지금 막 전자레인지로 데운 거야. 치킨 파르미자나(빵가루를 입혀 튀긴 닭가슴살 위에 다양한 치즈와 토마토 소스 등을 쌓아서 오븐에 구워 내는 이탈리아 요리) 좋아하니?"

나는 고개를 저었다.

"먹어 본 적 없어요."

"안 먹어 봤어? 틀림없이 좋아할걸!"

프리아모 아줌마는 나에게 포크와 나이프를 건넸다.

나는 치킨 한 귀퉁이를 조그맣게 잘랐다. 포크로 찍어서 들었더니 치즈가 끈적하게 따라왔다. 그대로 입안에 넣었다. 맛이 환상적이었다.

"입에 맞아?"

프리아모 아줌마가 물었다.

나는 고개를 저었다.

"아니요. 입에 맞는 맛은 아니에요."

나는 프리아모 아줌마의 표정에 실망이 스치기 무섭게 덧붙였다.

"그 정도가 아니라 너무 맛있어요."

프리아모 아줌마가 다가와서 나를 안았다. 나는 갑자기 불안하고 불편했다.

"먹어라, 어서 먹어."

프리아모 아줌마가 팔을 풀며 말했다.

나는 파르미자나를 한 조각 더 잘라서 입에 넣었다. 처음처럼, 아니 처음보다 더 맛있었다.

매장의 벨이 울렸다. 손님이 온 게 아니라면 간 거였다. 프리아모 아저씨가 나타났다.

"월급을 일한다고 주는 거야, 아니면 먹는다고 주는 거야?"

프리아모 아저씨가 물었다.

일어서려는 나를 프리아모 아줌마가 어깨를 눌러 앉혔다.

"차를 운전하려면 연료부터 채워야 하는 법이야."

"난 남의 차에는 연료를 안 채워. 식사는 집에서 하고 오면 되잖아. 여긴 일 하러 오는 데라고."

"이 아이는 우리 직원이야. 당신도 로비가 지금까지 본 직원 중에서 제일 쓸모 있다며!"

프리아모 아저씨가 양팔을 으쓱 들어 올리며 이탈리아어로 뭐라고 대꾸했다. 프리아모 아줌마의 이탈리아어가 빠르고 길게 불을 뿜었다. 아저씨가 목소리를 낮추라고 말하는 것 같았다. 그렇지만 아줌마는 눈을 부라렸다. 아저씨가 말을 자르려고 해도 아줌마의 기세는 멈출 것 같지 않았다. 결국 아저씨가 양손을 들고 투항했다.

"파르미자나 다 먹고 일해라. 알겠지?"

프리아모 아저씨가 말했다.

"네, 그리고 이따가 할 일이 남으면 전 좀 늦게 가도 돼요."

"그냥 시간 되면 가. 정육점 일이란 건 따로 끝이 있는 게 아니니까."

"감사합니다."

"그리고 당신 할 말이 더 있잖아?"

프리아모 아줌마가 남편에게 물었다.

프리아모 아저씨가 이탈리아어로 뭐라고 중얼거리더니 나를 보았다.

"로비, 다음 달이면 너도 일한 지 6개월이다. 그래서 아르바이트비를 좀 올려주려고 한다. 많진 않아. 그래도 조금은 인상이다."

"감사합니다!"

"아니면 음식을 제공하는 쪽으로 해도 되고."

"월급하고 상관없이 계속 잘 먹일 거야. 로비는 너무 말랐어!"

프리아모 아줌마가 말했다.

"당신은 누구든 너무 말랐다고 생각하잖아!"

프리아모 아저씨가 말했다.

"누구나 다는 아니거든!"

프리아모 아줌마는 남편의 배를 손가락으로 쿡 찔렀다.

말다툼이 시작되나 싶더니 프리아모 아저씨가 두 팔로 아줌마를 번쩍 들어 빙글빙글 돌렸다. 프리아모 아줌마가 깔깔거리며 웃기 시작했다. 보고 있기가 민망하면서도 웃음이 나왔다.

매장 문에서 벨 소리가 울렸다. 프리아모 아저씨가 아줌마를 내려놓고 서둘러 매장으로 나갔다.

"급할 거 없어. 많이 먹고… 그리고 한 조각이 더 있거든. 집에 가지고 가서 내일 학교에 점심으로 가져가든지 할래?"

프리아모 아줌마가 말했다.

나는 행복하면서 동시에 불편했다. 프리아모 아줌마는 나와 치킨만 남겨두고 매장으로 돌아갔다. 나는 얼른 남은 것을 먹어치우고 할 일을 시작했다.

* * *

아빠 차가 집 앞에 있었다. 놀랐다기보다는 안심이었다. 전날 밤에 그런 일이 있던 터라 더욱 그랬다. 1층 거실 창문에서 푸르스름한 텔레비전 빛이 새어 나오고 있었고, 2층에도 불이 켜져 있었다. 나는 서둘러 안으로 들어갔다. 캔디가 나를 보고 반갑게 달려 나왔다. 캔디는 언제나 나를 반기지만, 오늘은 포일로 포장해 온 치킨 파르미자나가 있어서 더 반가웠을 거였다. 캔디는 분명 치킨 냄새를 맡았을 거다.

나는 까치발을 들고 거실로 들어갔다. 아빠가 의자에 앉아 있었다. 텔레비전 소리가 들리지 않을 정도로 작기는 했지만, 아빠는 의자에 앉아 텔레비전을 보고 있었다. 고개를 한쪽으로 꺾고 눈을 감은 채 낮게 코를 골고 있었다. 아빠는 평소에도 텔레비전 앞에서 잠이 드는 일이 잦지만 이렇게 일찍부터 자는 경우는 드물다. 전날 밤의 일로 아빠 역시 지친 것이 분명했다.

캔디가 낑낑거리는 소리에 아빠가 눈을 번쩍 떴다.

"몇 시냐?"

아빠가 중얼거렸다.

"9시 20분이에요."

"집에 와서 잠깐 앉았는데… 잠이 들었나…. 아까 아홉 시가 넘었다고 했냐?"

"네, 저 일 끝나고 지금 왔어요. 혹시 세탁기 돌리셨어요?"

"아버지가 퇴근하고 이제 막 쉰다는데 너는 세탁기를 돌렸는지가 궁금하냐?"

여기서 더 말해 보아야 아무 소용 없다.

"저녁 드셨어요?"

내가 물었다.

아빠는 고개를 저었다.

"배가 안 고팠다. 지치기만 하고."

"지금은 배 안 고프세요?"

"뭘 좀 먹어야겠다."

아빠는 의자에서 몸을 일으켰다.

"그냥 거기서 텔레비전 보고 계세요. 제가 감자로 저녁 만들게요."

아빠는 도로 주저앉았다. 내가 주방으로 가는 동안 텔레비전 음량이 커졌다.

캔디가 주방으로 가는 나를 따라왔다. 가스레인지 위에

감자가 아직도 물에 고스란히 담겨 있었다. 나는 가스 불을 켰다. 감자와 함께 먹는 고기 통조림이 주방 상판에 놓여 있었다. 통조림 뚜껑을 따서 고기를 잘라…

나는 식탁에 내려 놓아둔 호일 꾸러미를 바라보았다. 내일 점심으로 치킨 파르미자나를 먹으려고 잔뜩 기대했었다. 치킨은 잼 샌드위치와는 비교가 안 될 터였다. 그렇지만 아빠도 파르미자나를 맛있게 먹을 거란 걸 알고 있었다. 나는 통조림을 선반에 도로 넣었다.

* * *

나는 소파에 앉았다. 아빠와 함께 텔레비전을 보면서 저녁을 먹었다. 감자가 익는 걸 기다리며 공부를 했다. 숙제는 자기 전에 하거나 내일 일찍 일어나서 마치면 될 것이다. 자기 전에 조금 하고 아침에도 조금 해야 되겠지. 남들보다 미적거릴 여유는 없었다.

그렇지만 지금은 아빠의 웃음소리를 들으며 앉아 있는 것이 좋을 뿐이었다.

“이거 맛있구나. 이게 뭐라고?”

“치킨 파르미자나요. 프리아모 아줌마가 만드셨어요.”

“그런데 그걸 왜 너한테 줘?”

“아, 어쩌다가 너무 많이 만드셨는데 버리기는 아까우셨

대요. 그래서요."

내가 대답했다.

"그거 다행이다. 네가 어디 가서 적선이나 받듯 뭘 받아오는 건 싫으니까."

"오늘 회사에선 어떠셨어요?"

나는 대화 주제를 바꾸며 물었다.

"별로였지. 밤에 잠을 거의 못 자면 힘들어."

"네, 알아요."

나는 작게 중얼거렸다. '그러니까 결국 죽지는 않으셨네요'라고 말하고 싶었지만 그러지 않을 눈치는 있었다.

"그나저나 날 자른다더라."

아빠가 말했다.

"뭐라고요? 아빠 상사가 그렇게 말했어요?"

"말할 필요도 없어. 동료들이 날 보는 눈빛으로 알 수 있으니까."

"그렇지만 아무도 뭐라고 말한 사람은 없는 거죠?"

"너 지금 내 말을 듣는 거냐? 알 수 있다니까. 난 그 사람들을 알아."

아빠는 차갑게 대꾸했다.

"그렇지만 캠벨 아저씨는 아빠하고 친구잖아요."

그리고 캠벨 아저씨는 아빠의 상사이기도 하다.

"친구는 있다가도 없는 거고. 친구들한테 기댈 수 있다고 믿지 마라. 믿을 놈 아무도 없다. 자기만 믿는 거지. 이 말 반드시 명심해라. 남들을 믿는 건 실망하기로 작정하는 거야."

나는 아빠가 하는 말에 대부분 동의하지 않지만 이 말만은 동의한다. 결국 모든 것은 나에게 달렸다. 믿고 기댈 사람이 생기리라 기대해선 안 된다. 친구는 아니다. 가족도 아니다. 아무도 믿어선 안 되고, 오직 나만 믿어야 한다.

"만약 해고당해도 다른 데 취직하실 거예요."

"일자리란 건 아무 데나 땅을 판다고 나오는 게 아니야."

"농부가 아니면 그렇죠."

"무슨 뜻이냐?"

아빠가 물었다.

이—런.

"그냥 농담이었어요. 농부는 땅을 파는 게 일이니까요."

나는 가볍게 넘어가려고 말했다.

"설명해야 한다면 농담이라고 할 수 없어. 너는 왜 매번 상황을 심각하게 받아들이질 못하냐?"

나는 어안이 벙벙했다. 나를 아는 모든 사람이 내가 너무 심각하다고 말한다. 심각함이야말로 내가 모든 상황을 받아들여야 했던 태도였다.

"앞으로 우린 생활비를 아끼고 돈을 저금해야 해."

아빠가 말했다.

"뭘 더 아끼죠?"

나는 걱정스러웠다.

"먹는 걸 줄일 거다. 난방 온도도 낮추고, 필요 없는 건 안 살 거야."

아빠는 지금 우리가 뭘 그렇게 산다고 생각하는 걸까? 지금보다 뭘 얼마만큼 덜 먹는다는 걸까? 그리고 이 집은 이미 지독하게 춥다.

"우린 괜찮을 거예요. 어떻게든 헤쳐 갈 거고요."

나는 아빠에게 말한다기보다 나 자신에게 말했다.

캔디가 소파 위로 펄쩍 뛰어오르더니 내 무릎에 자기 얼굴을 걸쳤다. 캔디는 언제나 최선을 다해 나를 위로한다. 갑자기 무서운 생각이 들었다. 캔디의 사료가 아빠가 말한 앞으로는 사지 않겠다는 필요 없는 것에 들어가는 걸까? 나는 내가 굶는 한이 있어도 캔디한테는 사료를 줄 것이다. 캔디는 돌봐 줄 것이다.

나는 일어서서 아빠가 비운 접시를 치웠다.

"오늘 시험이 있다던가 그랬지?"

"네."

그걸 아빠가 기억한다는 것이 놀라웠다.

"어떻게 됐어?"

"반에서 제일 잘 봤어요."

"그럴 줄 알았다. 시험지 가지고 왔지?"

"가방에 있어요."

"가서 가지고 와."

또 놀랄 일이다. 아빠가 자기 일이 아닌 일에 관심을 보이다니. 아빠가 내 일에 관심을 보였다. 왜지?

나는 주방으로 가져간 접시를 아침에 바빠서 그냥 두고 간 다른 접시와 함께 싱크대에 담갔다. 이따가 자러 가기 전에 함께 설거지할 것이다.

주방에 있던 가방을 들어 거실로 가져갔다. 시험지를 꺼내서 멋쩍게 아빠에게 내밀었다.

아빠는 시험지를 천천히 펼친 다음 물끄러미 보았다.

"35점 만점에 33점이라. 그러니까 두 개 틀렸구나. 다 맞은 건 아니고."

"다 맞은 아이는 아무도 없어요. 제가 우리 반에서 제일 잘 봤다고 말씀드렸잖아요."

"그건 너희 반이 공부를 못하는 반이란 뜻인 거고. 시험 잘 봤다고 떠벌리려거든 그럴 만한 점수를 받고 나서 해."

아빠는 시험지를 구기더니 공처럼 뭉쳐서 거실 한쪽으로 던졌다.

다리에서 힘이 조금 풀렸다. 더 신중했어야 했다. 늘 닥칠 일을 예상하고 대비하려고 하는데도 잘되지 않는다. 그런데 만약 시험을 다 맞았더라면….

다음에는 다 맞을 것이다.

나는 돌아서서 주방으로 갔다. 나에게는 씻어야 할 접시

들과 해야 할 공부가 있었다. 오늘은 할 일들이 밀렸다. 내일은 더 열심히 살아야 할 것이다. 그 누구보다 더 열심히.

~~1,626~~ 1,625

여섯

나는 아침까지 잘 잤다. 아빠의 차문이 닫히는 소리에 한 번 깼을 뿐이다. 아빠는 일하러 갔다. 나는 맞춰 놓은 알람이 울리기 전에 알람을 껐다. 어젯밤 나는 아빠가 잠들 수 있을지, 아침이 되면 과연 출근할지 걱정했다. 아빠가 초저녁에 자는 것은 좋지 않은 징조였다. 이런 나쁜 일이나 저런 나쁜 일, 또는 두 가지 나쁜 일이 다 일어난다는 징조다.

나는 아빠 때문에 한밤중에 자주 깨었다. 보통은 아빠가 일부러 깨우는 것이 아니었다. 다만 아빠는 뭔가를 하고 있었다. 새벽 3시에 문득 떠오르는, 반드시 해야만 한다는 생각이 드는 여러 가지 일을 했다. 주로 활력이 넘치는 상태에서였다. 방의 벽을 다시 칠하는가 하면 온 집 안 가구의 위치를 바꾸었으며 지하실에서 뭔가를 만들었다. 시작한 일은 하다가 그만둘 때가 많았고, 일을 마무리하거나 난장판이

된 집을 정리하는 일은 내 차지로 남았다.

그런 일들은 불안해 보이기는 해도 그나마 집안에서 하는 거였다. 때로는 제초기를 끌고 나가 손전등을 켜서 잔디를 깎거나 뒷마당에서 요란한 소음을 내며 뭔가를 만들기도 했다. 그럴 때면 이웃 사람들과 아빠 사이에 한 번 이상의 고함이 오갔는데, 뒷집에 사는 델몬테 아저씨와는 주먹다짐 직전까지 간 적도 있었다. 내가 잠옷 차림으로 달려나가서 싸움을 진정시켜 주먹이 오가는 일은 막았다.

아빠는 이웃과 대화다운 대화를 거의 나누지 않았다. 이웃들은 서로 오가며 예절 바르게 묵례를 나누곤 했지만 우리에게는 굳이 인사하지 않았고 우리도 굳이 인사하지 않았다. 이웃들이 우리 아빠를 제정신이 아닌 사람이나 그도 아니면 꼴통으로 생각한다는 것은 분명했다. 나에 관한 의견을 말하자면, 이웃들은 나를 불쌍히 여겼다. 때로는 나도 내가 그랬다.

우리 아빠와 함께 산다는 것은 이를테면 엘리베이터에서 사는 것과 같았다. 급행 엘리베이터다. 급행 엘리베이터는 일 층과 꼭대기 펜트하우스에만 설 뿐 그사이의 층에는 서지 않는다. 아빠는 꼭대기 층에 있을 때면 세상을 완벽하고 희망적이며 모든 일이 가능한 곳으로 보았다. 웃고 떠들기를 멈추지 않— 아니 내가 보기에는 못했고, 심지어 잠을 안 자도 거뜬한 것 같았다.

걸핏하면 이야기하자며 나를 깨우거나 무작정 차를 몰고 집을 나섰다. 한번은 차를 타고 나가서 사흘 만에 연락한 적도 있었다. 나는 아빠한테 전화가 올 때까지 아빠가 어디로 갔는지조차 알지 못했다. 아빠는 대륙을 절반 넘게 달린 다음에야 아들에게 자신이 어디 있는지와 이제 돌아간다는 사실을 알려야 한다는 생각을 해냈다.

아빠가 집에 돌아온 건 그때부터 또 사흘이 지나서였다. 그때쯤 집에는 먹을 것이 다 떨어져 있었다. 나를 돌봐줄 사람은 아무도 없었고 도와줄 사람도 없었다. 오직 나하고 캔디뿐이었다. 나는 캔디가 있어서 얼마나 고마웠는지 모른다. 나는 그때 겁에 질려 있었다. 혼자 있는 것도 무서웠지만 아빠가 다시는 돌아오지 않을까 봐 너무 무서웠다. 그게 벌써 거의 2년 전 일이다. 이제 나는 그때보다 나이가 들었고 집안에 비상 식량이 생겼다. 내가 일을 하고 있어서 필요하다면 먹을 걸 직접 살 수도 있다. 아빠가 비상금으로 쓸 돈 봉투를 집안 어디 어디에 숨겼는지 아는 데다 계좌 비밀번호까지 알게 되었다. 그리고 나한테는 계획이 있다. 사실 나의 계획은 하나가 아니다.

그때의 일로 아빠는 해고되었다. 일주일 동안 말없이 출근하지 않고도 해고되지 않기를 기대할 수는 없었다. 아빠는 여러 번 해고되었다. 상사에게 욕설을 퍼부어서일 때도 있었고, 누군가에게 주먹을 날려서일 때도 있었고, 동료 모두에게 멍청이라고 소리를 질러서일 때도 있었다. 어떨 때는 일을 하기에 너무 가라앉아 있었기 때문이기도 했다. 이상하게 들리겠지만 나는 아빠가 계속 해고되는 일은 다른 일만큼 걱정스럽지 않았다. 아빠는 늘 다른 직장을 구할 수 있는 것 같았다. 직장을 잃는 데만큼 직장을 얻는 데에 뛰어났다. 좋은 첫인상을 주는 데에도 뛰어났다.

아빠가 그 엘리베이터를 타고 펜트하우스에서 내려올 때면 엘리베이터는 바닥으로 곤두박질쳤다. 바닥은 1층이 아니다. 1층에서 다섯 개 층은 더 내려가야 나오는 주차장이 바닥이다. 엘리베이터의 문은 거기에서 열렸다. 중간층에서는 열리지 않았다. 언제나 너무 높지 않으면 너무 낮은 층에서 섰다.

주차장에서는 세상이 갑자기 어둡고 적막해진다. 모든 희망은 사라지고, 아빠는 말 한마디 하지 않고 몇 날 며칠을 보낸다. 출근하는 것 말고는 거의 꼼짝도 하지 않는다. 때로는 출근도 하지 않았다. 내가 음식을 가져다주면 먹고 침대에서 잘 나오지도 않았다. 그리고 아빠는 울었다. 나는 아빠가 우는 것이 이 세상 무엇보다 싫었다. 아빠의 눈물이 잼 샌드위치보다도 싫었다.

아빠가 올라가든 내려가든 나는 아무 선택권 없이 그저 곁에서 엘리베이터가 다시 움직이기를 기다렸다. 아빠의 손가락이 버튼들 위에서 헤매는 것을 기다리고 지켜보며 살았다. 아빠가 올라가면 내려가기를 바랐고 아빠가 내려가면 올라가기를 바랐다.

어렸을 때 나는 아빠가 그러는 이유가 나 때문이라고 생각했었다. 마침내 이제는 그게 아니란 것을 깨달았다.

더구나 나는 내가 제대로만 처신한다면 아빠의 그런 행동을 바꿀 수 있을 거라고도 생각했었다. 그 생각은 더욱 틀렸다. 아빠의 손가락이었고 아빠의 버튼이었으며 아빠의 엘리베이터였고 아빠의 건물이었다. 나는 그저 같이 타 있었을 뿐이다. 때로 나는 엄마가 이 모든 것이 지긋지긋해서 엘리베이터에서 내려 버리고 싶었던 것은 아니었을까 궁금했다. 사람은 의지로 죽을 수 있을까? 그게 가능할까?

엘리베이터가 펜트하우스와 바닥을 질주하는 사이에 우리는 빠르게 중간 층들을 지났다. 거기가 정상인 사람들이 사는 공간이다. 나는 거기에 살고 싶었다.

지난밤은 정상이었다. 나는 깨지 않고 잘 잤다. 아빠가 세탁기만 돌려 주었다면 완벽했을 터였다. 아침에 하겠다고 미루지 말고 어젯밤에 하고 잤어야 했다. 나는 늘 하던 대로 점심을 챙겼다. 평소와 같은 메뉴지만 샌드위치를 두 개 만들고 사과도 두 개 챙겼다. 바나나는 다 떨어져서 챙기지 못했다. 하모니가 단식 투쟁을 이어 가기로 했다면 점심이 필요할 테니까 두 배로 준비할 생각이었다.

그렇지만 하모니가 오늘 학교에 나타날지부터가 모를 일

이었다. 어쩌면 밤사이 도망쳤을 수도 있었다. 충분히 가능한 일이었고, 만약 도망쳤다면 나한테도 더 좋은 일일 거였다. 그래도 대비하고 싶었다. 치킨 파르미자나를 아빠와 먹지 말고 하모니와 나누어 먹었더라면 훨씬 좋았을 거라는 생각이 나도 모르게 들었다. 이렇게 생각하는 내가 나쁜 걸까? 아빠는 정말 맛있게 먹었는데.

나는 건조기에서 옷을 꺼냈다. 목덜미 부분이 아직 좀 축축하지만 몸통이 다른 옷에 비해 길게 내려오는 티셔츠였다. 그 티셔츠를 입으면 바지를 허리에서 더 아래로 내려서 입을 수 있고, 그러면 바지 밑단이 땅에 조금이라도 더 가까워질 수 있었다. 바지는 깨끗했지만 빨았다고 늘어나지는 않았다.

집을 나서기 전에 머릿속으로 할 일 목록을 점검했다. 아침 먹기, 점심 챙기기, 집안 정리하기, 학교 갈 옷 입기, 캔디 산책시키기. 다 끝냈다. 세탁기도 돌렸고 독후감을 써야 할 책도 많이 읽었다. 사실 이미 끝까지 읽은 소설이지만 나는 늘 책을 두 번씩 읽는다. 그래서 나쁘다는 것은 아니다. 나는 책을 읽는 것이 정말 좋았다. 가끔 좋은 소설을 읽게 될 때면 소설 속 현실이 진짜 현실보다 더 진짜 같아서 현실의 탈출구가 되어 주기도 했다. 그런데 어떻게 내가 읽은 책의 인물들은 누구 하나 내가 겪고 있는 일을 겪지 않는지. 어떤 면에서는 그래서 안심이기도 했다.

나는 아직 가방에 챙기지 않은 것이 있다는 사실이 떠올랐다. 책가방을 멘 채 거실로 갔다. 거실 한구석에 똘똘 뭉쳐진 종이뭉치가 있었다. 내 시험지였다. 나는 가방을 내려놓고 시험지를 펴기 시작했다. 시험지에 부모님 서명을 받아가야 했다. 요먼 선생님의 방침은 학생이 시험을 못 보면 그 사실을 부모님이 알아야 하고, 학생이 시험을 잘 보면 부모님이 더욱 알아야 한다는 것이었다.

나는 가방에서 펜을 꺼낸 다음 한 번 더 시험지를 빳빳하게 폈다. 아빠의 습관대로 펜을 왼손에 쥐고 신중하게 서명했다. 아빠의 서명이라면 이제껏 온갖 군데에 대신해 왔기 때문에, 선생님들은 아빠가 진짜로 한 서명을 보지 않고서야 내 서명을 의심할 수 없을 터였다.

그리고 나는 서명 말고도 뭔가를 더하기로 마음먹었다. 몇 마디 덧붙이고 싶었다.

'로비, 정말 자랑스럽다. 앞으로도 열심히 공부하거라!'

온몸이 부르르 떨렸다. 이것이 아빠가 해야 했을 말이다. 이것이 엘리베이터를 타고 다니는 데 시간을 쓰지 않고 자기 아이들을 양육하고 보살피는 부모들이 할 말이다.

나는 시험지를 반으로 접어 가방에 넣었다. 캔디의 머리를 다시 한번 쓰다듬어 주고 문을 닫았고 잘 잠겼는지 확인했다. 현관 앞 계단을 내려가서 길가로—

"안녕!"

나는 돌아섰다가 그 자리에서 튀어 오를 뻔했다. 우리 집 현관 옆에 하모니가 앉아 있었다.

"여, 여기서 뭐 하는 거야?"

나는 더듬거렸다.

"이런 걸 앉아 있는 거라고 해. 그리고 내 인사에 대한 올바른 반응은 너도 인사하는 거야."

"알았어. 안녕."

"날 보고 놀란 것 같은데."

"네가 아니라도 누구든 집 현관에 몰래 앉아 있는 걸 보면 깜짝 놀랄 거야."

"여기가 기다리기에 제일 적당한 데 같아서."

하모니는 손목시계를 확인하고 덧붙였다.

"네가 몇 분만 더 늦게 나왔다면 문을 두드렸을 거야."

"그게 정상적인 절차인 것 같아."

"로버트, 나한테는 정상적인 면이 많지 않아. 너처럼 똑똑한 아이라면 그 정도는 이미 파악했을 줄 알았는데. 아무튼 우리 가야겠다. 안 그러면 지각하겠어."

"아직 시간 많아."

"그렇지만 넌 일찍 가는 걸 좋아하잖아?"

하모니가 물었다.

"어… 그렇긴 한데… 내가 언제 말했었나?"

"아니. 그렇지만 이 동네에서 똑똑한 아이가 너 혼자라고 생각하는 건 아니지? 시대의 변화를 알아야지.”

하모니는 통통 뛰어 나를 지나 계단을 내려갔다.

나는 하모니 곁에 가서 나란히 섰다.

“그럼 결국 어제는 도망 안 갔구나.”

내가 말했다.

“아니면 네가 같이 가면 좋겠다고 생각했던지. 우린 같이 도망칠 수 있어.”

나는 살짝 움찔했다.

“농담이야. 모든 걸 너무 진지하게 받아들이지 마. 맞아. 여기… 있어 보기로 했어. 적어도 오늘은.”

하모니와 함께 걷는데 갑자기 불안감이 밀려왔다. 하모니를 보고 기겁하는 바람에 문이 잠긴 걸 확인했는지 헷갈렸다. 문은 잠겨 있을 것이다. 여태껏 돌아가서 확인했을 때마다 잠겨 있었다. 그렇지만 머릿속이 생각들로 달그락거렸다. 정말로 잠갔나? 아마도 잠갔을 것이다. 그렇지만 아마도로는 충분하지 않다. 지금 확인하지 않으면 종일 그 생각에 매달려야 할 것이다.

“잠깐만.”

나는 뛰어서 집으로 돌아가 계단을 한 번에 두세 개씩 뛰어오른 다음 현관문이 잠겼는지 확인했다. 잠겨 있었다. 당연히 문은 잠겨 있었다. 나는 도로 하모니에게로 뛰어갔다.

“문을 잠갔는지 헷갈려서.”

내가 설명했다.

"그래서 잘 잠갔어?"

나는 고개를 끄덕였다.

"나는 조심하는 게 좋거든."

"흥미롭네. 그럼 확인해야 문이 잠긴 게 확실해지는 거야?"

"그냥 확인한 거라니까!"

"그래서 지금은 확실하다는 거지? 문이 백 퍼센트 잠긴 거 맞아?"

만약 문이 잠겨 있지 않아서 누가 집 안으로 들어간다면 캔디가 달려들어 물어뜯을 것이다. 캔디는 낯선 사람을 좋아하지 않는다.

"그래, 잠겼어."

"네 대답은 별로 확신하는 거로 안 들리는데. 돌아가서 한 번 더 확인 안 해도 돼?"

나는 걷는 속도를 늦추며 뒤돌아서 집을 바라보았—

"문은 잠겼어!"

하모니가 외쳤다.

나는 고개를 끄덕였다.

"조심성하고 편집증 사이에는 아주 가느다란 선밖에 없어. 만약 지금 네가 또 돌아가면, 넌 이미 선을 넘은 상태라는 뜻이야."

"안 돌아가."

가고 싶어도 이제는 할 수 없었다.

"하모니, 우리 집은 어떻게 알았어?"

"어제, 네 뒤를 밟은 다음 너희 집 현관에서 잤어."

"내 뒤를 밟아? …아, 농담이구나."

"당연히 농담이지. 어제 집에 같이 갈 때 네가 너희 집 주소 가르쳐 줬잖아."

"아, 맞다. 그랬지."

"나 기억력이 좋거든. 잘 보고 잘 들어."

하모니는 나를 힐끗 보았다.

"그렇지만 그건 너도 마찬가지잖아."

"무슨 뜻이야?"

"평생을 보고 들으며 살았잖아. 아마 너도 어쩔 수 없는 거겠지."

하모니가 웃었다.

"그냥 관찰력을 타고 난 거라고 할 수도 있어."

내가 대답했다. 나는 현미경 아래에 놓여 있는 것처럼 불편했다.

"그나저나 너 오늘 아침은 먹었어?"

나는 대화 주제를 바꾸려고 물었다.

"블루베리 팬케이크 먹었어. 도저히 안 먹을 수 없더라."

"그럼 점심도 가지고 왔겠네?"

"가방에 싸 왔어."

하모니의 말에 마음이 놓이면서도 조금은 섭섭했다. 나는 내가 하모니와 점심을 같이 먹기를 기대하고 있었다는 걸 깨달았다.

"너희 엄마는 티셔츠 핏자국 없애는 데 성공하셨어?"

하모니가 물었다.

나는 하고 싶지 않은 말은 빼고 대답했다.

"핏자국 잘 없어지더라."

"다행이다. 나 때문에 네 티셔츠 버렸다고 했으면 속상했을 거야. 너 옷 별로 없잖아?"

"뭐라고?"

"너 옷 별로 없다고. 내 말이 틀렸어?"

나는 대답하지 않았다. 뭐라고 대답해야 할지 알 수 없었다.

"로버트, 전혀 창피할 일이 아니야. 오늘 바지는 어제 바지보다는 훨씬 낫지만 그래도 짧긴 마찬가지야. 너한테 옷이 많았으면 오늘은 아마 어제 바지보다 긴 걸로 골랐겠지. 왜냐하면 내가 어제 바지 가지고 널 무지하게 놀렸으니까."

나는 하모니가 어제의 그 말에 내가 얼마나 신경을 썼는지 알게 하고 싶지 않았고, 내가 조금이라도 긴 바지를 일부러 골라 입었다는 것 또한 알게 하고 싶지 않았다.

"지금 성장기인 건가?"

하모니가 물었다.

"응, 요즘 키가 빨리 크고 있어."

"옷이 작아졌는데도 새 옷을 안 산다, 라. 너희 집 가난해?"

"무슨 질문이 그래?"

"굉장히 간단한 것 같은데. 난 가난해. 너는?"

"우리 아빠는 일을 하셔."

"가난한 사람들은 대부분 일을 해. 혹시 '워킹 푸어(Working Poor: 근로 빈곤층을 뜻하는 말로 열심히 일해도 가난에서 벗어나지 못하는 계층)'라는 말 못 들어 봤어?"

하모니가 물었다.

"들어 봤어."

"만약 너희 집이 가난한 거라면, 왜 너희 부모님이 네 옷을 사는 데 돈을 안 쓰는지 알겠다는 것뿐이야. 너희 엄마하고 아빠는 너보단 좋은 옷을 입으셔?"

나는 어안이 벙벙했다. 무슨 말을 해야 할지 알 수 없었다. 그리고 또 한 번, 하모니는 우리 엄마 이야기를 꺼냈다. 돌아가신 걸 알면서 일부러 심술을 부리는 걸까 아니면 아무 뜻이 없는 걸까?

"인신공격하려는 거 아니야. 나한테는 좋은 옷이 많다는 뜻도 아니고. 우리 엄마는 일도 안 해. 내가 위탁 가정에 사는 건 우리 엄마가 날 키울 수가 없어서야. 그냥 궁금해서 물어봤어. 그게 다야."

"내 생각에 너는 그 궁금증을 좀 줄여야 할 것 같아."

"닥치라는 뜻이야?"

"그러라면 그럴 거야?"

"아마도 아니겠지만… 한 가지만 더 물어보게 해 주면 여기서 닥칠게."

하모니는 내 앞으로 와서 서더니 내 양어깨를 잡았다. 나는 하모니가 순간 또 때리려는 줄 알았다. 하모니는 내 눈을 똑바로 바라보며 물었다.

"너한테 내 시간을 더 낭비하기 전에 물을게. 우리 앞으로 친구 하는 거야?"

예상했던 질문이 아니었다. 내 대답도 예상과는 다르게 나왔다.

"난 우리가 이미 친구라고 생각했는데."

"친구는 거짓말 안 해."

하모니가 말했다.

"교장 선생님께 무슨 일이 있었는지 거짓말한 건 내가 네 친구란 걸 증명한 거잖아?"

"교장 선생님한테 말고 나한테 한 거짓말 말이야."

"무슨 소리야? 너한테 아무것도 거짓말 안 했어."

"아니, 했어. 어제도 했고 방금도 했어."

"내가 한 말 중에 정확히 뭐가 거짓말인데?"

"거짓말이란 건 말을 해서 할 수도 있고 말을 안 해서 할 수도 있어."

나는 고개를 저으며 한숨을 쉬었다. 이 아이는 혼란 그 자체다.

"대체 그게 무슨 말인데?"

"난 너희 엄마에 관해서 언급했어… 몇 번이나."

"맞아, 그래서?"

"너 엄마랑 같이 안 살지?"

"왜 그렇게 생각하는데?"

그러니까 하모니는 진실을 모르는 것이다.

"술만 마시는 약쟁이 우리 엄마도 딸한테 그런 옷은 안 입혀 보내고 네가 어제 점심으로 싸 온 것 같은 샌드위치는 안 싸 줘."

배를 묵직하게 한 방 맞은 기분이었다. 코를 얻어맞았을 때보다 더 아픈 것 같았다.

"부모 중에 한쪽이랑만 사는 건 전혀 부끄러운 게 아니야."

그건 내가 느끼는 감정이 아니었다. 부모 둘 다와 함께 안 사는 아이들은 많다. 왜인지는 모르겠지만 나는 엄마가 없는 이유가 오직 나만 엄마가 돌아가셨기 때문이라는 부끄러웠다.

"너희 부모님은 이혼한 지 오래되셨어?"

하모니가 물었다.

"이혼 안 하셨어."

내가 대답했다.

"별거야 아니면 처음부터 결혼을 안 하신 거야?"

"결혼하셨어."

"그럼 엄마가 그냥 나가신 거야? 우리 엄마도 몇 번 집을 나갔었어."

"우리 엄만 집을 나간 게 아니야."

'어떻게 생각하면 나간 것도 같다.'

하모니는 모르겠다는 표정이었다.

"그렇다면… 너희 부모님은 결혼하셨어. 그런데 이혼도 안 하셨고 너희 엄마가 집을 나가신 것도 아니야. 그런데 지금은 집에 안 계시고."

하모니는 나에게 다가오더니 내 눈을 평소보다 더 빤히 바라보았다. 나는 고개를 돌리고 싶었고 도망치고도 싶었지만, 어느 쪽도 할 힘이 없었다.

"그렇다는 건… 아, 돌아가신 거구나."

나는 그 어느 때보다 약하게 고개를 끄덕였다.

"저기… 미안해… 그런 줄 몰랐어."

하모니는 화를 내다시피 횡설수설했다.

"그냥 내가 실제보다 똑똑하다고 착각하는 떠버리 멍청이여서 그래. 그냥 입 다물고 꼴통 짓은 그만둬야 하—."

"넌 꼴통이 아니야!"

나는 하모니의 말을 잘랐다.

"그냥 내가 거기에 관해서 말하는 걸 좋아하지 않는 것뿐이야. 그게 다야."

"얼마나 지난 일이야? 언제 돌아가셨어?"

"거기에 관해서 말하는 걸 좋아하지 않는다고 했잖아! 그 말이 너한테는 어려워?"

하모니의 눈가에 눈물이 그렁하게 맺히기 시작했다. 그렇지만 그냥 나를 내버려 두면 좋을 것 같았다.

"로버트, 엄마가 돌아가신 거 정말 뭐라고 해야 할지 모르겠어."

"그래. 그건 그냥… 그냥… 그냥 힘들어."

"너한테 말하라고 강요하지 말았어야 했어. 미안해."

나는 불쑥 우리 할아버지와 할머니도 돌아가셨다고 말하고 싶다는 생각이 들었지만 그러지 않기로 했다. 그건 아직 누구한테도 말해 본 적 없다.

"아직도 우리 친구인 거야?"

하모니가 물었다.

"그게 내가 정할 수 있는 문제야?"

나는 하모니가 내 목소리를 듣고 내가 정말로 화난 것이 아니라는 것을 알아주길 바랐다.

하모니가 미소 지었다.

"별로 그렇진 않아."

"그럼 아직 친구일 거야."

일곱

점심시간, 나와 하모니는 내 친구들과 함께 앉았다. 하모니가 먼저 나에게 그래도 되냐고 물었고, 나는 친구들에게 그래도 괜찮은지 물어보았다. 다들 싫다고는 안 할 것 같기는 했지만 나는 친구들에게 오늘 하루일 것이고 길어야 하모니가 다른 친구들을 찾을 때까지 며칠일 거라고 했다. 하모니는 벌써 반 여자아이들과 어울리기 시작했지만, 여자아이들은 "감당하기 너무 벅차고 늘 주목을 받으려고 해서" 우리하고 같이 앉는 게 더 좋다고 했다. 하모니의 말에 나는 하마터면 크게 웃을 뻔했는데, 하모니야말로 어디서나 주목을 받는 것 같았기 때문이다.

제이와 라즈가 불편해하는 것이 느껴졌다. 둘은 여자아이가 옆에 있으면 안절부절못한다. 그렇다고 테일러나 살이나 내가 여자아이들과 자연스럽고 여유 있게 어울린다는 것은 전혀 아니지만, 적어도 우리 셋은 여자아이가 있어도 몇 마디는 입 밖으로 낼 수 있었다.

"그러니까 너희들은 내가 같이 앉아도 된다는 거야 안 된다는 거야?"

하모니가 물었다.

우리는 시선을 교환했다.

"돼."

테일러가 말했다.

"당연하지."

제이가 맞장구치자 나머지도 고개를 끄덕이거나 같은 생각이라고 중얼거렸다.

"그럼 만지작거리는 그 핸드폰들 좀 내려놔."

하모니가 말했다.

라즈와 살은 핸드폰으로 게임을 하는 중이었고 테일러는 핸드폰을 손에 쥐고 있었다. 테일러는 교실을 벗어나면 늘 핸드폰을 손에 들고 다닌다. 그건 테일러의 잘못이 아니었다. 테일러의 핸드폰은 화면이 큰 최신형이다. 돈이 별로 없는 우리 동네에서 테일러네 집은 다 가진 집이나 마찬가지였다.

"여기 앉아서 무시당할 생각은 없어. 무시당하는 건 적성이 아니거든."

하모니가 말했다.

주목받는 걸 싫어하기도 하지.

"핸드폰 다 저기 내려놔. 저기 식탁 가운데에."

하모니가 지시했다.

하모니는 테일러가 뭐라고 반응하기도 전에 손을 뻗어 핸드폰을 낚아챘다. 테일러는 어안이 벙벙한 얼굴이었다. 하모니가 핸드폰을 식탁 가운데에 내려놓았다.

"이제 너희들 차례야."

하모니가 지시했다.

라즈가 자신의 핸드폰을 테일러 핸드폰 바로 옆에 놓았다. 살도 놓았고, 다음으로 제이도 놓았다. 세 대 모두 테일러의 핸드폰보다 작은 구형이었다.

"넌 왜 안 놔?"

하모니가 물었다.

"난 핸드폰 없어."

"정말?"

"응. 그래서 로비한테는 집으로 전화하거나 아니면 아예 전화 못 해."

테일러가 말했다.

"어떻게 그러는지 모르겠어."

라즈가 거들었다.

"우리 집은 아빠도 핸드폰이 없어. 핸드폰이란 걸 믿을 수 없다시거든."

내가 말했다.

"그게 새로운 물결이라고 하더라. 아마 '언플러깅 운동(Unplugging: 전자기기의 플러그를 뽑아 사용하지 않고 생활하는 것)'이라고 할걸."

하모니가 말했다.

나는 새로운 물결이라면 전혀 모른다. 내가 아는 것은 2년 전, 아빠가 또 활력이 넘치는 상태에 있을 때 수천 달러에 달하는 핸드폰 요금을 연체했다는 사실이다. 아빠는 요금 내기를 거부했고, 그 요금을 청산하기 전에는 아무도 아빠에게 또는 나에게 핸드폰을 내어주지 않을 것이다.

"나도 전자기기 안 쓰는 사람들이 있다는 얘기 들어 봤어. 그런데 난 못 해."

테일러가 말했다.

"넌 아마 못 하겠지. 자신이 중요한 존재라고 느끼려면 비싼 핸드폰이 필요한 사람들이 있다니까."

하모니가 말했다.

테일러는 상처받은 얼굴이었다. 이런 건 불편하다. 나는 바로잡고 싶었다.

"테일러, 혹시나 해서 말하는데 네가 만약 언플러깅 운동 같은 걸 하겠다면 네 핸드폰은 언제나 환영이야. 제일 좋은 거니까."

테일러의 표정이 풀렸다.

"그래도 로비는 컴퓨터가 있잖아."
살이 말했다.
"컴퓨터는 누구나 있어."
내가 말했다.
"난 없어. 그리고 핸드폰도 없고. 나는 이 순간 이곳에 있는 게 좋아. 자, 그럼 점심 먹자. 어때, 나하고 바꿔 먹을 거야?"
하모니가 가방에서 점심을 꺼내며 나에게 물었다.
"네가 가져온 점심이 뭔지에 달렸지."
내가 대답했다. 그렇지만 나는 무엇이든 기꺼이 바꿀 생각이었다.
"마음에 들 거야. 넌 뭘 가져왔어?"
하모니가 물었다.
"로비야 늘 잼 샌드위치지!"
테일러가 외쳤다.
"로비는 잼 샌드위치 대장이라고!"
살이 덧붙인 말에 모두가 웃었다.
"매일 말이야! 일주일에 5일 내내!"
테일러가 덧붙였다.
나는 이제까지 내 샌드위치를 절대 화제에 올리지 않았고 친구들도 마찬가지였다. 그런데 내 샌드위치는 그간 친구들 사이에서 농담의 대상이었던 것이 분명했다. 나도 그 대상이었을까?

"그런데 마침 내가 잼 샌드위치를 좋아해. 특히 로버트가 가져오는 샌드위치는 맛있더라."

하모니가 말했다.

아이들이 동시에 서로를 바라보았다. 나는 이제 벌어질 일을 알 수 있었다.

"로버트라고?"

테일러가 말했다.

"우리 이제부터 격식을 갖추기로 한 거야?"

제이도 덧붙였다.

"난 로비라고 부르라고 말했어."

"그렇지만 난 로버트라고 부를 거야. 그렇게 부르고 싶으니까. 뭐, 더 말하고 싶은 사람 있어?"

하모니가 물었다.

그리고 하모니는 아이들 얼굴을 한 사람씩 차례로 쳐다보았다. 제이와 라즈가 식탁으로 눈을 깔았다. 하모니의 눈빛은 매서웠다. 제이와 라즈 둘 다 하모니가 물리적으로 얼마나 큰 위해를 가할 수 있는지 모르는 상태에서도 이미 움츠러들고 있었다.

테일러가 두 손을 들며 항복했다.

"이름이야 네 마음대로 불러. 그런데 그 로버트의 샌드위치가 맛있다는 건 어떻게 알았어?"

“어제 점심을 까먹고 안 가져왔는데 로버트가 친절하게도 자기 점심을 나눠줬거든.”

친구들이 일제히 ‘오오오오’ 합창하며 눈썹을 꿈틀거렸다.

“뭐야, 이건? 너희 아직 초등학교 2학년이었어? 중학교 2학년이 아니라?”

하모니가 물었다.

모두 입을 다물었다. 하모니가 만만하지 않은 상대라는 걸 모두가 알아차리는 데 걸린 시간은 고작 2분이었다. 나는 그게 마음에 들었다. 그리고 마음에 들지 않았다. 동시에 그랬다.

“요먼 선생님이 로버트한테 책임지고 나를 감시하라고 하셨어. 로버트도 어쩔 수 없었어. 따지고 보면 나한테 점심을 나눠준 것도 선생님 지시나 마찬가지였고.”

친구들은 고개를 끄덕였다. 나는 하모니가 난처한 나를 구해 주려고 그런 말을 하고 있다는 걸 알고 있었다.

“그리고 우린 로비가 선생님의 지시라면 언제나 따른다는 걸 알지.”

라즈가 말했다.

“넌 안 그런가 봐?”

하모니가 물었다.

“뭐… 나도 대부분은 그래.”

라즈가 인정했다.

"그렇다면 입을 다무는 게 좋겠어."

하모니는 샌드위치 한 개와 바나나 두 개, 작은 배를 몇 개 꺼냈다.

"로스트비프 통밀빵 샌드위치야. 나눠 먹을 거야?"

하모니가 나에게 말했다.

"모르겠어."

"로스트비프 안 좋아해?"

하모니가 물었다.

"당연히 좋아하지."

"그럼 먹어. 남이 호의로 제안한 걸 거절하면 무례하잖아. 게다가 난 잼 샌드위치가 먹고 싶거든."

하모니는 가져온 샌드위치의 포장을 벗기고 반으로 잘라 나에게 내밀었다.

"고마워. 그런데 혹시 먹고 싶으면 내 건 한 개 다 먹어도 돼. 두 개… 가져왔거든. 그러니까… 혹시 몰라서."

"혹시 내가 점심을 안 가져올지도 몰라서?"

하모니가 물었다.

나는 고개를 끄덕였다.

"너… 뭐랄까… 사려 깊은 애구나."

하모니가 말했다.

"그리고 다정하고. 얘들아, 이건 다정한 거지?"

테일러가 말했다.

"그새 또 초등학교 2학년으로 돌아간 거야?"

하모니가 물었다. 번득이는 눈길로 한 사람, 한 사람 차례로 바라보았다.

"뭐, 더 말하고 싶은 사람 있어?"

모두 아무 말도 하지 않았다. 라즈의 얼굴에 서려 있던 비웃음마저 어느새 자취를 감추고 없었다.

나는 내 샌드위치 두 개와 사과 두 개를 꺼내서 각각 한 개씩 하모니에게 건네주었다. 하모니는 나에게 바나나와 배를 한 개씩 주었다. 나는 됐다고 말할 뻔하다가 간신히 입을 다물었다. 하모니와는 말씨름을 해 보아야 소용없다. 그 정도는 이미 알고 있었다. 게다가 굳이 거절할 이유가 있을까?

"얘는 진짜 전 세계에서 잼 샌드위치를 제일 잘 만드는 거 같아!"

하모니가 랩을 벗겨 내며 외친 다음 덥석 샌드위치를 베어 물었다.

"어쩌면 정말로 잼 샌드위치 나라 대장일걸."

하모니의 말은 놀리는 것처럼 들리지 않았다. 나는 하모니의 샌드위치를 집었다. 겉에 씨앗이 뿌려진 비싼 빵으로 만든 샌드위치였다. 특이한 마요네즈를 발라 상추와 토마토로 속을 채웠고, 거기에 로스트비프가 들어가 있었다. 집에서는 로스트비프를 먹어 본 적이 단 한 번도 없다. 아빠가 마트에서 소시지 정도는 사 오곤 했었지만 그것도 오래전 일이다.

"점심 맛있게 먹고들 있지?"

나는 뒤를 돌아보았다. 스노우 선생님이었다. 과학 선생님이면서 야구부 코치님으로, 내가 최근에 피해 다닌 선생님이기도 했다.

"로비, 이번에 농구부에 들어오지도 않을 거란 소문이 들리던데 뭐지?"

"그냥 소문은 아니에요. 농구부에 지원 못 할 것 같아요."

"코치가 마음에 안 들어서?"

코치님이 물었다.

나는 대답할 뻔하다가 농담이라는 것을 알아차렸다.

"아니요, 선생님. 당연히 아니에요. 할 수가 없어서요. 학교 끝나고 아르바이트하고 있어요. 프리아모 정육점에서요."

"매일?"

코치님이 물었다.

"월요일하고 목요일, 또 매주 토요일에 일해요. 가끔 금요일에도 일하고요."

"시즌에만 일을 빼 달라고 할 수는 없을까?"

"그렇게 부탁하기가 싫어요."

"내가 네 아버지께 말씀드려 볼 수 있어. 아니면 프리아모 씨도 좋고. 프리아모 씨는 이번에 결혼한 막내아들이 예전에 내 팀에서 뛰었다는 걸 알고 계시나?"

"그건 잘 모르겠어요. 그런데 저는 선생님이 아빠나 프리아모 아저씨한테 얘기하지 않으셨으면 좋겠어요."

코치님은 나를 뚫어지게 바라보았다.

"확실해?"

나는 고개를 끄덕였다.

"네 성장기가 시작했을 때부터 널 우리 팀 센터로 찍어 뒀었는데."

와우. 코치님이 날 센터로 뛰게 하려고 했다고?

"죄송해요."

내가 대답했다. 그렇지만 농구와 아르바이트를 둘 다 해낼 수 있을 것 같지 않았다.

"만약 얘가 훈련이랑 경기에 최대한 나가겠다고 약속하면 어떻게 돼요?"

하모니가 물었다.

"넌…?"

코치님이 물었다.

"전 하모니예요. 이번에 전학 왔어요."

"반갑다, 하모니. 그렇지만 팀은 그런 식으로는 안 돼. 항상 나와 있는 선수들한테 공평하지 않을 테니."

코치님이 대답했다.

"그러면 선수들한테 결정하라고 하면 안 되나요? 너희 중에는 농구부에 지원하는 사람 없어?"

하모니가 물었다.

라즈와 테일러가 손을 들었다.

"너희는 로버트가 가능한 날에만 나오면 기분 나빠 할 거야? 일 때문에 그런 건데?"

"항상 나오는 것이 제일 좋겠지."

테일러는 얼른 덧붙였다.

"그렇지만 아예 같이 농구를 못 하는 것보다는 나아."

살과 제이는 농구를 하진 않지만 그렇다는 듯 고개를 끄덕였고, 라즈도 마찬가지였다.

"코치님, 어떻게 생각하세요?"

"흠. 하모니, 일리가 있다. 로비, 경기가 있는 날에는 아르바이트를 쉬거나 다른 날로 미룰 수 없나? 아니면 그날만 늦게 가든지?"

코치님이 물었다.

"물어보면 될 것도 같아요."

프리아모 아줌마라면 보내 주실 것 같았다.

"그럼 이제 된 거죠?"

하모니가 코치님에게 물었다.

"다른 선수들 의견을 물어봐야겠지만, 될 것 같다. 그런데 가는 게 있으면 오는 것도 있어야지. 우리 농구부에는 학생 매니저가 필요하거든. 어때, 매니저 할 생각 있나?"

"협박같이 들리는데요."

하모니가 물었다.

"나한테는 협상에 가깝게 들리는걸. 그래서? 대답은?"

하모니는 나를 쳐다보았다.

"해 봐."

내가 말했다.

"그럼 이야기가 된 것으로 알고."

종이 울리면서 코치님이 서둘러 자리를 떠났다. 선생님은 다음 시간에 수업이 있었다. 우리도 마찬가지였다. 모두들 벌떡 일어나서 달리기 시작했지만 나는 배를 마저 먹느라 남았다. 하모니도 함께 남았다.

"농구부 들어가고 싶던 거 맞지?"

하모니가 물었다.

"그래, 맞아. 난 둘 다는 못 할 거로만 생각했어. 너한테 고맙다고 해야 할 것 같아."

"해야 할 것 같다, 같은 소리 하지 마. 넌 나한테 고마워해야 해. 그렇지만 나도 너한테 점심 고맙다고 해야 하니까."

"그건 나한테 훨씬 좋은 일이었어."

"그랬지. 그렇지만 네가 내 점심까지 준비하고 있었을 때는 그럴 줄 몰랐잖아. 넌 나를 생각해서 나한테 필요할까 봐 음식을 더 만들었어."

"그래 봐야 사과 한 개하고 잼 샌드위치야."

"뭔지는 중요하지 않아. 넌 나를 생각했어. 그런 건 나한테 아주 자주 일어나는 일은 아니야."

하모니는 잠시 말을 멈추고 나를 똑바로 바라보았다.

"너한테도 그렇게 자주 있는 일은 아니지?"

나는 보일 듯 말 듯 고개를 끄덕였다. 절대로 없는 일이라고 말하고 싶었다.

문 앞에서 테일러 일행이 빨리 오라고 손을 흔들었다.

"우리 수업에 들어가야겠다."

나는 대신에 그렇게 말했다.

여덟

현관문을 쿵쿵 두드리는 소리가 들렸다. 캔디가 흥분해서 뛰쳐나갔다. 달려가면서 얻은 추진력으로 바닥에 어지러운 발톱 자국을 남기며 질주했다. 울고 짖고 날뛰는 것은 덤이었다. 나는 펜을 내려놓았다. 하고 있던 수학 숙제를 한쪽으로 민 다음 재빨리 현관으로 달려갔다. 도착해 보니 캔디가 점프로 현관문을 들이받고 있었다. 누가 집에 숨어들까 봐 걱정할 일은 없다. 캔디가 있어서 든든하다. 뭐, 조금은 더 든든했다.

나는 캔디의 목줄을 잡아 앉힌 다음 문 가운데에 난 구멍으로 바깥에 누가 왔는지 내다보았다. 하모니였다. 하모니가 여기서 또 뭘 하는 걸까?

나는 캔디의 목줄을 꽉 잡은 채로 문을 살짝만 열고 캔디를 등 뒤로 보낸 다음 문 틈새로 빠져나가 뒤에서 문을 닫았다.

"우리 개가 사람들을 별로 안 좋아하거든."

내가 설명했다.

"개들은 날 좋아해."

"우리 개는 누구도 좋아하지 않아."

"나는 좋아할 거야. 나는 특별히."

하모니가 말했다.

"네가 특별하다는 데에는 토를 달지 않겠지만, 캔디는 특별한 사람한테는 특별히 더 덤벼. 그런데 우리 집엔 무슨 일이야?"

내가 물었다.

"넌 너희 집 개보다는 사람을 반겨야 하지 않겠어? '안녕? 여기서 보니까 반갑네!' 같은 말로 대화를 시작하는 건 어때?"

"음, 그러지 뭐. 이렇게 보니까 반갑다. 안녕?"

"좀 낫네. 진심은 안 느껴지지만. 너 아르바이트한다고 했잖아. 그러니까 너한테 분명히 돈이 좀 있을 것 같아서."

하모니는 지금 도망치는 길일까? 거기가 어디든 가려면 돈이 필요한 거고?

"돈은 있어. 얼마나 필요한데?"

나는 조심스럽게 물었다.

하모니는 모욕당했다는 표정이었다.

"넌 내가 여기에 돈 빌리러 온 줄 아는 거야?"

나는 예상치 못한 일격에 당황했다. 그렇지만 완전히 뻗지는 않았다. 예상하지 못한 공격에서 빠져나오는 법은 아빠 덕에 무수히 연습해 왔다.

"네가 돈을 바라고 왔다고 생각한 건 아니야."

나는 재빨리 덧붙였다.

"나는 그냥 너한테 도움이 필요하다면 나한테 의지해도 된다는 걸 말하고 싶었어. 그러니까, 중요한 일을 위해서 돈이 필요하다거나 할 때 말이야."

"중요한 일이야. 우리 쇼핑하러 가야 해."

하모니가 말했다.

"네가 쇼핑하러 가는데 나보고 따라오라는 거야?"

"거꾸로야. 네가 쇼핑하러 가는데 내가 따라가는 거야. 네가 발목이 가려지는 바지를 사러 가는 길에 말이야. 바지 살 돈 있어?"

"있을걸?"

"좋아, 만약 없었으면 내가 너한테 좀 빌려주려고 했어."

하모니가 말했다.

"아니야, 괜찮아."

"그럼 이제 쇼핑하러 갈까?"

나는 머릿속으로 할 일 목록을 하나씩 되짚었다. 감자는 껍질을 벗겨서 가스레인지에 올려놓았으니 삶을 준비는 끝냈다. 캔디는 산책시켰다. 집은 정돈했다. 수학 숙제도 거의 다 했다.

"그래."

"그럼 문 잠가. 그리고 세 번이나 네 번 정도 확인하고 정말로 잠겼으면 그때 가자."

* * *

"이것도 입어 보렴!"

레비 아줌마가 탈의실 밖에서 문 위로 또 다른 바지를 넘겨 주었다.

'레비 아울렛'은 우리 집에서 조금만 걸어가면 나오는 로저스가의 작은 옷가게다. 레비 아줌마가 남편과 함께 운영한다. 아줌마한테는 오지라는 아들이 있는데, 나보다 몇 살 많은 형이다. 아줌마네는 가족이 모두 다 좋은 사람들이다.

나는 바지를 살펴보았다. 평소에도 입을 수 있고 행사 같은 데에도 입고 갈 수 있을 것 같았다. 내 바지들보다 고급이었고 더 비쌀 것 같았다.

"다 입었어?"

하모니가 외쳤다.

"아직."

"빨리 입어. 어떤지 보게."

나는 바지를 올리고 지퍼를 채워 단추를 잠갔다. 허리 부분이 잘 맞았다. 너무 끼지도 않았다.

탈의실에서 나오자 하모니가 바로 앞에서 기다리고 있었다.

"어떤 것 같아?"

하모니가 물었다.

"그리고 대답하기 전에, 그 바지는 내가 각별하게 신경 써서 특별히 골랐다는 걸 참고하고."

"이 바지는 의심의 여지 없이 이 가게에서 가장 완벽하고 가장 멋있는 바지 같아. 아니, 어쩌면 이 세상에서 가장 완벽한 바지일지도 몰라."

"로버트, 빈정거리는 건 너한테 안 맞아. 나와 봐, 자세히 좀 보게."

하모니와 레비 아줌마가 나를 보며 한마디씩 하는 동안 나는 앞의 나무 발판 위로 올라서서 몸을 돌려 보았다. 레비 아줌마가 바짓단을 아래로 조금 잡아당겼다. 내 발가락들이 양말의 터진 구멍으로 고개를 내밀고 있었다.

"길이는 나쁘지 않아."

레비 아줌마가 말했다.

"발목도 완전히 가려지고요."

하모니가 맞장구쳤다.

레비 아줌마가 내 바지 양쪽의 허리춤을, 엄밀히 말하면 나를 잡고 그대로 들어 올렸다.

"바지가 잘 맞는 건 잘 맞는 거고, 넌 정말 살 좀 쪄야겠다."

"다들 그렇게 생각하는 것 같아요."

하모니가 말했다.

벌써 바지를 일곱 벌째 입어 보고 있었다. 나는 점점 가축 품평회에 나온 돼지를 검사하는 듯한 시선과 찔러 보는 손가락에 익숙해지고 있었다.

"밑단은 얼마나 여유 있어요?"

하모니가 물었다.

그리고 레비 아줌마가 대답할 틈도 없이 하모니는 한쪽 바짓단을 들어서 집었다. 나는 나동그라질 뻔했다.

"그 정도면 충분해. 바지만 멀쩡하면 키가 1, 2인치쯤 자라도 단을 내고도 남아."

레비 아줌마가 말했다.

"만약 이 바지 사면 나중에 여기서 늘려 주실 거예요?"

하모니가 물었다.

"그 정도는 엄마들이 집에서 쉽게 할 수 있어."

"아니요, 얘네 엄마는 할 수 없어요. 돌아가셨어요."

하모니가 말했다.

나는 온몸이 뻣뻣해졌다. 공기의 흐름이 멈추고 고요해진 사방에 하모니의 말만이 그대로 걸려 있었다. 나는 사람들한테 엄마 일을 잘 이야기하지 않지만 이야기를 꺼낼 때면 늘 이렇게 된다. 나와, 방금 사실을 알게 된 상대 모두가 불편해진다.

"미안하다. 최근에 돌아가셨니?"

나는 고개를 저었다.

"오래전에요. 제가 네 살 때였어요."

"그렇게 어린 나이에 그랬구나. 너무 어린 나인데."

레비 아줌마는 고개를 흔들었다.

나는 더욱더 기분이 가라앉았다. 설핏 화도 치미는 것 같았다. 하모니에게는 우리 두 사람을 이런 기분으로 만들 권리가 없다.

"바짓단을 내야 할 때가 오면 내가 해 줄게. 수선비는 지금 바지값에 다 포함인 걸로 하고."

"아직 살지는 모르겠어요. 지금 사면 얼마나 할인해 주실 거예요?"

하모니가 물었다.

"할인이라니?"

"친구나 가족한테는 할인해 주시잖아요."

"글쎄, 난 널 우리 집 저녁 식탁이나 명절에 본 적이 없으니 가족이 아닌 건 분명하고, 네가 참 싹싹하기는 하지만 아직 친구라고는 생각하지 않는걸."

"할인을 많이 해 주시면 제가 아주 좋은 친구가 되어 드릴

게요."

나는 하모니가 어떻게 저렇게 뻔뻔할 수 있는지 믿기지 않았다. 레비 아줌마는 불쾌해할까 아니면—

레비 아줌마는 웃음을 터뜨렸다.

"그러자. 10퍼센트면 되겠니?"

"더 좋은 친구가 되고 싶어요. 20퍼센트는 어떠세요?"

"진짜 친척들한테도 20퍼센트는 안 해 주는데. 그럼 절반씩 양보해서 15퍼센트로 가자. 양말도 한 켤레 선물로 줘야지. 구멍이 안 난 것으로."

레비 아줌마가 말했다.

나는 신발을 벗고 있었으니까 구멍이 안 보였을 리 없었다.

하모니가 나를 쳐다보았다.

"어떻게 할래?"

나는 고개를 끄덕였다.

"살게요."

* * *

나는 새 바지를 입고 새 양말을 신었다. 새것들이 주는 감촉이 좋았다. 기분이 좋았다. 레비 아줌마는 내가 입고 온 바지와 신고 온 양말을 쇼핑백에 챙겨 주었다. 사실은 쇼핑백이 아니라 쓰레기통에 넣고 싶은 눈치였지만 내게는 필요할 것들이었다. 헌 바지는 새 바지를 입고 나가기 아까운 경우에 필요할 거고 구멍이 여러 개 난 헌 양말이라도 내 양말 중에서는 쓸 만한 편에 속했으니까.

"여기 있다."

레비 아줌마가 나에게 쇼핑백을 건넸다.

"고맙습니다."

레비 아줌마는 우리 엄마 사연을 알게 된 다음부터 눈빛과 목소리가 바뀌었다. 들은 적 있는 목소리고 본 적 있는 눈빛이었다. 주로 여자들이, 특히 그 자신이 엄마일 때 많이 들려주고 보여 주었다. 아마도 그 목소리와 눈빛이 내가 할인과 사은품 양말을 받는 데 한몫했을 것이다. 나는 양말과 할인은 바랐지만 거기에 함께 따라오는 것들은 바라지 않았다. 마음이 불편했다. 어깨에 얹히는 손길이나 동정은 바라지 않았다. 내 마음속에 느껴지는 부끄러움은 바라지 않았다. 나중에 하모니와 따로 이야기해야 했다. 다시는 그러지 말라고 해야 했다.

"남자 친구가 새 바지를 입으니까 훤칠하구나. 좋겠네."

레비 아줌마가 하모니에게 말했다.

하모니와 나는 재빨리 눈빛을 교환했다.

"얼마나 사이가 좋은지. 잘 어울린다. 보기 좋아."

레비 아줌마는 덧붙였다.

"고맙습니다."

하모니가 대답했다.

하모니가 나를 보며 고개를 살짝 저었다. 나는 신호를 알아차리고 입을 꾹 다물었다.

우리는 레비 아줌마에게 인사를 하고 가게를 나왔다. 하모니가 이상하게 조용했다. 나도 아무 말 하지 않았다. 무슨 말을 해야 할지도 알 수 없었지만 무슨 말부터 해야 할지도 알 수 없었다. 레비 아줌마가 우리가 사귄다고 생각하는 것에 대해서도, 하모니가 밖에서 우리 엄마에 대해서 말한 것에 대해서도 말을 꺼내기 쉽지 않았다. 나는 침묵을 깨는 방법으로 쉬운 주제를 택했다.

"네가 좋아하는 텔레비전 프로그램 맞춰 볼까? 『거래를 해 볼까?』(『Let's Make a deal?』: 미국의 장수 텔레비전 프로그램으로, 출연자들이 진행자와 다양한 거래를 한다) 좋아하지?"

"난 거래를 잘해야 살아남을 수 있다는 걸 아는 것뿐이야."

나는 동의한다는 뜻으로 고개를 끄덕였다. 나도 내 몫의 거래를 해 왔다.

"너 신하고 거래해 본 적 있어?"

하모니가 물었다.

"뭐라고?"

"그런 거 있잖아. '저기요, 하느님, 이제부터 우리 엄마가 술을 안 마시게 해 주시면 내일부터 학교에 정말 잘 다닐게요.' 이런 거 말이야."

이 아이는 또 한 번 주먹을 들지도 않고 내 얼굴을 정통으로 쳤다.

"해 본 적 있지?"

하모니가 물었다.

"왜 그렇게 생각하는데?"

"그냥 엄마가 돌아가셨으니까…."

어떻게 봐도 말하기 쉽지 않을 주제 같았다.

"엄마가 돌아가셨을 때 난 네 살이었어."

"그래, 아까 레비 아줌마한테 그렇게 말하는 거 들었어. 미안해. 네가 그렇게 어렸을 때인 줄 몰랐어. 그렇게 어릴 때 엄마를 잃어서 정말 힘들었을 거야."

"오히려 더 쉬울 수도 있어. 그렇지만 네 말이 무슨 뜻인지는 알아."

"그럼 너는 신한테 어떤 거래를 한다고 했어?"

하모니가 물었다.

나는 하모니에게 거래해 봤다고 대답한 적 없지만, 하모니의 생각은 맞았다.

"아빠가 밤에 안 들어와도 불평하지 않고 잘 참겠다고."

하모니는 놀란 표정이었다. 나는 내가 그 말을 했다는 사실에 더 놀랐다. 나는 아빠가 나를 밤새 혼자 둘 때가 있다고 누구에게도 말한 적 없었다. 처음부터 꺼내지 말았어야 했던 말인데 갑자기 저절로 튀어나와 버렸다. 내가 방금 뭐라고 한 걸까?

"우리 엄마 얘기인 줄 알았네. 우리 엄마는 열두 시가 넘어도 안 들어올 때가 있거든."

하모니는 내 말의 지독한 진실을 다 이해하지 못했다. 나는 다시 고개를 끄덕였다.

"몇 번인가 엄마가 만신창이로 취한 적이 있었어. 밤이 너무 늦어서 난 엄마가 아예 안 들어올 줄 알았어."

"최악이었겠다."

이 말이야말로 정말 최악이다.

"집에 혼자 있으면 귀신이 나올 것 같아."

하모니가 말했다.

"난 캔디가 있어."

"캔디가 있으면 좀 나아?"

"훨씬 나아. 최소한 캔디가 옆에 있을 때는 우리 집엔 아무도 못 숨어드니까."

"너희 아빠는 얼마나 자주 널 혼자 두는 거야?"

"그렇게 자주는 아니야."

나는 거짓말을 했다. 단 한 번이라도 너무 자주다.

"우리 엄마하고 너희 아빠."

하모니는 고개를 절레절레 저었다.

"대체 어떤 사람들이 자기 자식들한테 이래?"

나도 몇 번이나 나 자신에게 했던 질문이었다. 그런데 하모니는 아직 내 진실을 다 아는 것이 아니었다.

"로버트, 넌 강한 녀석이야."

"너만큼 강하진 않아. 너는 네가 해야 하는 일들을 해내잖아. 아니야?"

"맞아. 해야 하니까. 넌 이해하는구나. 요즘도 신한테 거래하자고 해?"

"아니. 이젠 안 해."

"신이 있다는 걸 안 믿어서?"

하모니가 물었다.

나는 고개를 저었다.

"난 신이 있는 걸 믿어. 그냥 아무것도 바라지 않는 거야."

뭔가를 바란다는 건 낙심하고 실망한다는 뜻이다. 처음부터 더 나은 상황을 기대하는 수고는 하지 않는 편이 나았다.

하모니가 불쑥 내 팔을 잡더니 놀랄 정도로 세게 홱 돌려세웠다.

"만약 신이 있다면, 그 신은 세상에 별로 신경을 안 쓰는 거 같아."

하모니가 말했다. 주변에 아무도 없는데 아무도 듣지 못하게 하겠다는 듯 낮고 조용한 목소리였다.

"왜 속삭이는 거야?"

"만약 신이 어딘가에 존재한다면 내 얘기 들으면 안 되니까. 이미 우리한테 잔뜩 화가 난 거 같은데 화를 더 돋워서 좋을 거 없잖아."

"알겠어."

하모니의 말에는 일리가 있었다.

우리는 다시 걷기 시작했다. 침묵이 더 짙어졌다. 침묵은 불편했다. 나는 침묵을 깨뜨리기로 했다.

"그런데 레비 아줌마가 우리 사귄다고 한 거 진짜 웃기지 않아?"

"정말 웃겼지. 그런데 너 옷 사는 데 내가 따라와 줬다고 해서 이상한 생각하지 마. 난 지금 남자 친구 필요 없어."

"나도 여자 친구 필요 없어!"

내가 외쳤다.

하모니가 잠시 나를 바라보았다.

"너 혹시 게이야?"

"네가 상관할 일이라는 건 아니지만, 아니야. 난 게이 아니야."

"그냥 궁금했어."

하모니가 대답했다.

우리는 다시 한참 동안 말없이 걸었다.

"너희 엄마가 돌아가셔서 그래? 그래서 여자 친구를 사귀고 싶지 않은 거야?"

마침내 하모니가 물었다.

나는 여기에 뭐라고 대답해야 할지 알 수 없었다.

"부모님 한쪽이 떠나거나 돌아가시면 해결되지 않은 감정이 다른 쪽으로 향할 때가 자주 있어. 너는 엄마를 잃었으니까, 너한테는 여자에 대한 불신이 있을 수도 있지."

"너 혹시 미친 거야?"

"알면 놀랄걸."

"대체 그런 생각은 어디에서 나오는 거야?"

내가 물었다.

"내 담당 사회복지사가 나는 아빠를 가져 본 적이 없어서 남자 문제가 있을 거라고 하더라."

"널 담당하는 사회복지사가 따로 있어?"

"이제까지 많았어. 나 위탁 보호받는 아이잖아. 전기 기사가 날 맡겠어? 만약 나한테 남자에 관한 문제가 있다면, 넌 아마 여자와 관련해서 문제가 있겠지? 일리 있는 말이잖아?"

"난 누구하고도 아무 문제 없어."

내가 말했다.

"확실해? 왜냐하면 난 거의 모두하고 문제가 많거든."

"까맣게 몰랐는걸."

"그럼 왜 여자 친구를 사귀고 싶지 않은 건데?"

"여자 친구를 사귀고 싶지 않은 건 시간이 없어서야."

“여자 친구가 시간을 그렇게 많이 뺏지는 않아.”

“내가 가진 시간을 생각하면 많아. 너는 이해 못 해.”

내가 말했다. 이야기가 진짜로 짜증스러워지고 있었다.

“그럼 설명해 줘 봐.”

“내가 말하면 넌 내가 이상한 아이라고 생각할 거야.”

“로버트, 네가 이상하다는 점에서 내가 너를 좋아하는 거야. 그것 덕분에 우리가 친구인 거라고. 말하기나 해.”

나는 멈춰 섰다. 옆에 있던 주택 현관 계단에 털썩 앉았다. 하모니가 내 바로 앞에 와서 섰다. 하모니한테 무슨 말을 할 것인지 결정해야 했다. 그보다 하모니에게 말하는 것이 잘하는 일인지 결정해야 했다. 하모니는 나와 우리 엄마 이야기를 레비 아줌마한테 기습적으로 말했다. 지금 할 이야기도 그렇게 말할까?

“내가 말하면 다른 사람들한테 말하면 안 돼.”

마침내 나는 결심했다.

“안 할게.”

“좋아. 말했듯이 좀 이상하게 들릴 거야.”

나는 깊이 숨을 들이마셨다.

“난 매일 아침에 눈을 뜨면서 열심히 살아야 한다고 생각해.”

“하나도 놀랍지 않은데.”

“그냥 열심히 살겠다는 게 아니야. 아주 열심히 살아야 해. 아침에 일어나면 나는 이 세상 누구보다 더 열심히, 더 오래 노력해야 하는 거야. 해낼 때마다 나는 아주 조금씩 나아져. 매일 그렇게 하다 보면 하루하루가 쌓여서 마침내, 뭐랄까 나는 어떤 의미 있는 사람이 될 수 있어."

했다. 말해 버렸다. 내 앞에 선 하모니가 나를 빤히 내려다보고 있었다.

"나도 멍청한 소리인 줄 알지만—."

"전혀 멍청한 소리 같지 않아. 아주 일리가 있어."

하모니는 고개를 끄덕이며 말을 이었다.

"네가 한 가지 틀렸다는 것만 빼면."

"뭔데?"

내가 물었다.

"로버트, 너는 이미 의미 있는 사람이야."

나는 눈물이 터졌다.

아홉

나는 하모니와 함께 우리 집 식탁에서 차를 마시고 있었다. 차 말고 다른 것도 내왔으면 좋았겠지만 대접할 것이 차하고 물뿐이었다. 화장실에 데려다 놓은 캔디는 드디어 진정했는지, 이따금 낑낑거리기만 했다. 내가 진정하고 울음을 그치기까지보다 캔디를 진정시키고 짖기를 그치게 하기까지가 훨씬 오래 걸렸다. 나는 아직 기분이 가라앉아 있는 데다가 너무 당황스럽기까지 한 상태였다. 알게 된 지 고작 이틀밖에 안 된 여자아이 앞에서 울고 말았다. 상황이 그나마 좀 나아졌던 유일한 요인은, 아니 더 악화됐던 요인은 하모니도 울기 시작했다는 거였다. 그건 나에게 충격이었다.

시계를 힐끗 보았다. 5시 30분이었다. 아직은 괜찮았다. 적어도 30분 내에는 아빠가 집에 오지 않을 거였다. 차가 얼마나 막히느냐에 따라서 한 시간까지도 괜찮았다. 물론 아빠는 차가 안 막혀도 밤 아홉 시나 열 시까지 안 오기도 한다. 그때쯤 되면 나는 아빠가 집에 안 들어올까 봐 걱정하기 시작하는데, 지금은 그런 것이 하나도 중요하지 않았다. 아빠가 집에 오기 전에 하모니를 자기 집에 보내야 했다. 그렇지만 먼저 해야 할 말이 있었다.

"사과하고 싶어."

"뭘?"

하모니가 물었다.

"아깐 내가 너무 흥분했어."

"나도 울었잖아. 우리 그냥 둘 다 아무 일도 없던 걸로 할까?"

하모니가 물었다.

"좋아. 고마워."

"친구가 그런 거지 뭐."

하모니는 잠시 뜸을 들였다가 말을 이었다.

"너는 잘 모를 수도 있겠지만, 난 친구가 많지 않아."

나는 '깜짝 놀랄 소식이구나'라고 말하려다가 그만두었다.

"너처럼 계속 이사 다니면 친구 사귀기가 힘들겠지."

"그런 게 아니야. 난 뭐랄까, 동갑인 아이들하고 공통점이 별로 없어."

"무슨 말인지 알겠다. 너하고 얘기하다 보면 나보다 나이 많은 사람하고 얘기하는 기분이거든."

내가 대답했다.

"그건 나도 마찬가지야. 그런데 다른 사람들한테 그런 말을 들을 땐 왠지 비난을 받는 것 같아. '그냥 또래 애들처럼 행동하면 안 되니?', '누굴 속이려 들어?'"

나는 웃었다. 또 한 번 하모니가 무슨 말을 하는지 정확히 알 것 같았다.

"가끔은 그냥 나이가 많은 것을 넘어서 늙고 지친 것 같은 기분이야."

"나도 지쳐."

"너무 지쳐서 그냥 잠들고 싶을 때 있어?"

"너무 지쳐서 잠을 잘 수 없을 때는 있어."

내가 대답했다.

"이해해. 생각할 게 너무 많고 걱정할 게 너무 많을 때. 그럼 이건? 그냥 멀리 도망쳐서 다시는 돌아오지 않고 그대로 사라져 버리고 싶을 때 있었어?"

"사라진다는 건, 그러니까 죽는 걸 말하는 거야?"

"그건 차라리 쉬울걸."

하모니가 잠시 말을 멈추자 나는 가만히 숨을 죽였다.

"내가 자해를 하겠다거나 그런 건 아니야."

나는 숨을 내쉬었다.

'다행이다.'

"우리가 지치는 건 다른 아이들은 생각하지 않아도 되는 걸 생각해야 하기 때문일지도 몰라."

내가 말했다.

"아마 그게 맞을 거야. 자기한테 주어진 삶 때문에 빨리 나이를 먹어야 하기도 하니까. 너도 나처럼 다른 아이들보다 빨리 나이를 먹어야 했겠지. 참고로 말하자면 네가 가난하다는 사실은 아무한테도 말 안 할게. 전에 말했듯이."

하모니가 말했다.

"뭐라고?"

"너희 집이 가난하다는 걸 아무한테도 말 안 한다고."

"우리 집 안 가난해."

하모니는 손가락으로 주방을 빙 둘러 가리켜 보였다.

"아빠가 자질구레한 것들에 돈을 쓰는 걸 싫어하실 뿐이야."

아빠는 모든 것에 돈을 쓰는 걸 싫어한다. 이 집에 가장 최근에 들어온 새것은 행주다. 두 달 전 일이다. 원래 쓰던 행주가 낡아서 찢어졌다.

"그래서 너한테 핸드폰이 없는 거구나."

"너도 없잖아."

내가 말했다.

"난 원래는 있었어. 엄마가 전당포에 팔아 버려서 지금 없는 거지."

"진짜?"

"엄마는 자기 핸드폰도 가져다 팔았어. 그래서 지금 내가 엄마하고 연락이 안 되는 거야."

"엄마가 네 핸드폰을 가져가서 팔았다고? 너무하셨는데."

"더 너무한 일도 많아. 한번은 학교 끝나고 집에 갔더니 주전자가 없어졌더라. 토스터가 없어졌을 때도 있었고, 거실에 가구가 사라져 버렸을 때도 있었고, 내 장난감이 없어져 버린 적도 있었어."

"엄마가 네 장난감까지 팔았다고?"

"한두 번이 아니야. 어렸을 때는 엄마가 판 줄도 몰랐어. 그냥 내가 잃어버린 줄 알았지. 그러다가 엄마가 내가 제일 좋아하는 장난감을 팔아 버렸을 때 처음 눈치챘어. 곰 인형이었는데."

"그럴 수가."

내가 말했다.

"난 잘 때 그 곰 인형을 껴안고 잤거든. 그런데 어느 날 안 보이는 거야. 침대 밑도 살피고 이불도 들어서 보고 인형을 찾기 전엔 안 자겠다고 난리를 쳤어. 엄마는 말도 안 되는 말들을 막 하더니 결국에는 자기가 한 일을 인정했어."

나는 하모니가 어떤 심정이었을지 상상할 수 없었다. 아니, 잠깐만. 물론 나는 상상할 수 있다.

"엄마는 나한테 다음 날 도로 찾아오겠다고 약속했어. 그래서 난 자러 갔고."

하모니가 말했다.

"그래서 도로 찾아오시긴 했어?"

하모니는 고개를 저었다.

"당연히 아니지. 그것보다 더 심한 일도 있었어."

나는 하모니의 말을 기다렸다. 무슨 이야기일지 궁금해서 듣고 싶은 마음이 반, 듣고 싶지 않은 마음이 반이었다.

"크리스마스 아침에 일어났는데 트리 아래에 선물 상자가 열두 개나 있는 거야."

"그게 어떤 점에서 나쁜 얘기야?"

"나는 당장 포장을 뜯었지. 기가 막히게 좋은 장난감들이 나와서 종일 가지고 놀았어."

"어떻게 나쁘다는 건지 아직 모르겠는데."

내가 말했다.

"나는 그날만 가지고 논 거야. 다음 날 엄마는 가게를 돌아다니면서 장난감을 싹 다 환불받았어. 그러니까 처음부터 선물도 아니었던 거지."

하모니는 웃었지만 진짜 웃음은 아니었다. 그건 그래야 안 우니까 웃는 웃음이었다.

"우리 엄마는 술하고 약을 사려고 돈 되는 거라면 다 가져다 팔았어. 너희 아빠도 그런 쪽 문제야?"

"아니. 우리 아빠는 술은 토요일 밤에만 마셔. 아빠가 술에 취한 모습은 한 번도 본 적 없는 것 같아."

"그러니까 더 헷갈리는데."

"뭐가 그렇게 헷갈리는데?"

"너희 아빠는 직업이 있고, 약도 안 하고 술도 안 마시고, 네 말대로라면 돈도 있고, 그런데 집에 먹을 게 없다니."

"우리 집에 먹을 거 있어."

"감자하고 빵하고 네 샌드위치에 들어가는 식빵은 빼고 말이야."

"다른 것도 있어. 많아."

"나도 그러면 안 된다는 걸 알긴 하는데, 나 네가 개를 살펴보러 간 사이에 너희 집 냉장고 열어 봤어. 텅 비어 있던데. 그러니까 아마 찬장에도 별것 없겠지."

하모니는 맞았다. 찬장에도 냉장고에도 먹을 게 별로 없다. 그렇지만 우리 집에는 먹을 것이 있다.

"우린 먹을 게 정말로 아주 많아."

"나한테 거짓말할 필요 없어."

"거짓말 아니야."

나는 자리에서 일어섰다.

"따라와."

나는 지하실 계단으로 내려가는 문을 열고 불을 켰다.

"아래 조심해. 계단이 가파르니까."

내가 내려가기 시작하자 하모니가 따라왔다. 내려가면서

나는 내가 하모니에게 지금껏 누구에게도 말하지 않았던 것들을 말한 데에 이어 이제 누구에게도 보여 주지 않았던 것까지 보여 주려 한다는 걸 깨달았다.

"지금 이거 혹시 순진무구한 미소녀가 어두운 지하실로 내려가서 살해당하는 장면이야?"

하모니가 물었다.

나는 하모니를 돌아보았다.

"첫째, 넌 나를 때려눕힐 수 있다는 걸 이미 증명했잖아. 그리고 둘째…, 뭐? 순진무구?"

"미소녀에 대해서는 뭐라고 안 하네."

나는 하모니의 말에 뭐라고 대답해야 할지 알 수 없었다. 두 번째 전구를 켰다. 지하실이 훤히 보였다.

하모니의 말문이 막혔다.

"우와."

지하실 맞은편은 벽 한 면이 선반이었다. 바닥에서 천장 끝까지 빼곡한 선반에 통조림이며 면 등 식량이 차곡차곡 보관되어 있었다.

"말했잖아. 우리 집에 먹을 게 많다고."

"지하실에 마트가 있다고는 말 안 했지."

"그냥 아빠하고 나는 대비해 두는 걸 좋아하는 거야."

"뭘 대비하는 거야? 좀비 창궐로 인한 세계 멸망?"

선반에는 고기 통조림 외에도 콩 통조림, 옥수수 통조림,

당근 통조림, 채소 통조림, 복숭아와 배 통조림 등 각종 통조림이 잔뜩 있었다. 파스타 소스가 담긴 유리병과 파스타 봉투도 나란히 늘어서 있었다. 온갖 시리얼 상자와 과자 봉지, 잼과 땅콩 버터 병들도 켜켜이 쌓여 있었다. 선반 바로 옆에는 대형 감자 자루가 기대어 놓여 있었다.

"이 지하실 식량이면 군대도 먹여 살리겠다."

"아니면 두 사람이 6개월을 먹든지."

내가 말했다.

'아니면 한 사람이 일 년을 버티거나.'

"그런데 대체 왜 이렇게 쌓아 두는 거야?"

"마트에 못 가는 때도 있잖아."

"이 정도면 마트에 몇 달은 안 가도 괜찮겠는걸. 그럼 넌 아르바이트로 돈을 벌면 이런 걸 사는 거야?

"아니. 우리 아빠가 마트에서 세일할 때마다 사서 저장해 두셔."

"흠, 어느 마트든지 세일을 매일 하나 본데."

하모니는 말하면서 대형 잼 병을 집었다.

"이거 하나면 올해 샌드위치는 다 만들겠네! 샌드위치 대장, 만세!"

나는 클립이 달린 판을 집어 들었다.

"아빠는 여기에다 식량 재고를 기록해. 자리를 정기적으로 바꾸어 줘야 음식이 상하는 일이 없으니까."

"통조림도 상해?"

"뭐든지 결국에는 변질되기 마련이야."

하모니는 나를 바라보았다.

"지금 나하고 철학 논쟁을 하자는 거야?"

"아니, 정말로 식품에 대해서 말하는 거야. 통조림에 든 건 몇 년은 괜찮아. 스파게티나 면 종류도 물기만 안 들어가면 괜찮고. 빵이나 시리얼은 포장을 안 뜯어도 금방 상해. 감자는 싹이 나거나 썩고. 음식이 상하면 돈을 낭비한 셈이잖아."

"그리고 너희 아빠는 돈을 낭비하는 걸 싫어하고."

하모니가 말했다.

"돈을 낭비할 수 있는 건 돈이 많은 사람뿐이야."

하모니는 선반을 빤히 살폈다.

"이쯤에서 이해가 안 가는 게 있어. 이렇게 먹을 게 많은데 대체 넌 왜 그렇게 빼빼 마른 거야?"

"여기 음식들은 이유가 있어서 여기 있는 거야."

내가 설명했다.

"그 이유가 사람이 먹는 건 아니고?"

"먹으면 이유가 사라져."

"내 생각에 그 이유는 너하고 너희 아빠한테 편집증 증세가 있어서인 것 같아."

나는 아니라고 말하려고 했지만, 하모니 말이 맞았다. 아빠와 나에게는 정말로 편집증 증세가 있다. 서로 유형이 다를 뿐이다. 아빠의 편집증 덕에 나는 아빠한테 우리 집에는 이런 식량 창고가 있어야 한다는 걸 설득할 수 있었다. 우리에게는 필요했다. 최소한 나에게는 필요했다. 이제는 아빠가 6개월간 집을 나가도 나는 괜찮을 것이다. 심지어 아빠가 세상을 떠나도 6개월은 괜찮다. 이제 통장 비밀번호도 알고 있으니까 언제든 더 살 수도 있다. 내가 일해서 번 돈도 도움이 될 것이다.

"너 여기 있는 통조림을 몰래 먹고 아빠한테 말 안 한 적 있어?"

하모니는 고기 통조림을 집으면서 나에게 물었다.

"몇 번은. 그리고 없어진 줄 모르게 장부를 고쳐."

나는 망설였다. 하모니는 과연 비밀을 지킬까?

"너희 아빠는 눈치 못 채시고?"

나는 고개를 끄덕였다. 아빠는 장부에 적힌 숫자는 둘째치고 아빠는 가끔 나의 존재조차 알아차리지 못한다. 통조림 한 개쯤 빼내는 일은 아무것도 아니었다.

"그렇다면 언제든지 몰래 먹을 수 있다는 얘기구나."

하모니가 말했다.

"난 필요할 때만 그래."

갑자기 위에서 캔디가 짖기 시작했다. 누군가 집에 찾아왔거나 집 주위를 서성인다는 뜻이다. 아니면 아빠가 퇴근했거나. 잠깐 시간 가는 걸 잊고 말았다. 낯선 사람이 근처에 온 것이기를 바랄 수밖에 없었다.

"가자. 당장 올라가야 해."

나는 지하실 문으로 달려가서 하모니가 환한 계단으로 뛰어 올라가기를 기다려 지하실의 불을 껐다. 하모니를 먼저 가게 하고 뒤에서 계단을 뛰어올랐다. 계단의 불을 끄고 문을 닫는 순간, 현관문이 열렸다.

"다녀왔다!"

아빠가 외쳤다.

나는 하모니에게 말했다.

"우리 아빠야. 내가 널 지하실에 데려갔다는 얘기는 아빠한테 말하지 말아 줘."

하모니는 어리둥절한 표정이면서도 고개를 끄덕였다.

나는 가스레인지에 감자 냄비를 올려놓고 불을 켰다. 캔디가 짖기 시작했다. 아빠의 목소리가 들리자 반기고 있었다. 아빠는 캔디에게 친절하다. 나는 캔디를 재빨리 화장실에서 내보냈다.

"아빠 왔다니까!"

아빠가 거실에 들어서며 외쳤다. 나는 아빠의 목소리에 귀를 기울였다. 기분이 좋지만 너무 좋지는 않은 상태 같았다. 엘리베이터가 반쯤 내려갔는지 반쯤 올라왔는지, 아무튼 아주 나쁘지는 않을 것 같았다.

나는 하모니에게 말했다.

"아빠가 무슨 말을 해도 기분 나쁘게 듣지 마. 알겠지?"

하모니가 결연한 표정으로 고개를 끄덕였다.

"매일 지옥처럼 막히던 고속도로가 웬일인지 오늘은—."

주방으로 들어오던 아빠가 하모니를 보고 멈칫했다.

"아빠, 제 친구 하모니예요."

"안녕하세요."

하모니가 인사했다.

아빠는 퍼즐이라도 맞추는 듯이 하모니를 뚫어지게 쳐다보았다.

"하모니라… 교향악단의 하모니할 때 그 하모니인가?"

"그런 거죠."

하모니가 대답했다.

"예전에 살던 동네에서 옆집 개 이름이 하모니였지. 그런데 이상도 하지, 그 개는 자기 주인이 아무리 가르쳐도 노래를 부를 줄 모르더라니까."

아빠는 자신의 농담에 웃었다. 엘리베이터가 올라가고 있다는 분명한 신호였다. 하모니도 엷게나마 웃어 보였다.

"너한테 개라는 건 아니고—."

내가 중간에 끼어들었다.

"하모니는 저하고 같은 반이에요. 집에서 같이 공부하고 있었어요."

아빠가 눈썹을 씰룩였다.

"흠. 책은 한 권도 안 보이는데 공부라. 생물이라도 공부하고 있었냐? 성교육이라든지?"

"하모니하고 전 친구예요!"

나는 아빠의 말을 잘랐다. 아빠가 무슨 얘기를 더 꺼내거나 하모니가 그 얘기에 대꾸할 틈을 없애야 했다.

"그냥 농담이지. 넌 원체 농담을 넘길 줄을 몰라."

아빠가 얼굴을 찌푸리며 말했다.

"아, 로버트도 농담 잘해요. 되게 재미있는 애예요."

하모니가 말했다.

"로버트라니?"

"아빠, 제 이름이잖아요."

내가 끼어들었다.

학교에서도 하모니가 나를 로버트라고 부르자 아이들이 한마디씩 했는데, 우리 아빠가 가만있을 리 있을까? 나는 하모니가 나를 그냥 로비라고 불러 주기를 바랐다. 그런데 다른 한편으로는 하모니가 그러지 않는 것이 좋았다. 나는 로버트다. 그게 내 이름이다. 부모님이, 아니 엄마가 나에게 지어 준 이름이다.

"그건 분명히 그렇지. 그럼 이제부턴 아예 로버트 씨라고 불러 주랴?"

"그냥 로버트면 돼요."

나는 아빠가 빈정거리는 것을 짐짓 모르는 척하며 말을 이었다.

"감자 삶는 중이에요. 하모니는 이제 가야 해요. 집까지 바래다주고 올게요."

"하모니가 가져온 상상 속의 책들도 들어다 줘야지?"

나는 대답하지 않았다.

"캔디도 산책시킬게요. 20분이면 올 거예요."

나는 거실에서 나왔다. 하모니의 손을 잡아 빨리 끌고 나오고 싶었지만, 그랬다가는 아빠가 우리가 손을 잡았다며 뭐라고 할 것이란 걸 잘 알고 있었다. 캔디를 부르자 캔디가 달려와 하모니를 향해 사납게 으르렁거렸다. 나는 캔디의 목걸이에 목줄을 연결했다.

내가 현관문을 닫자마자 하모니가 말했다.

"너희 아빠 왜 저러셔?"

"설명을 어디서부터 시작해야 할지도 모르겠는데."

"너희 아빠한테 오늘은 왜 이렇게 일찍 오셨냐고 물어볼 뻔했잖아."

하모니가 말했다.

"우리 아빠한테 그런 거 물어보면 안 돼. 제발. 제발 물어보지 마."

"너한테 그런 짓 안 해. 절대로. 그리고 나 안 데려다줘도 돼."

하모니가 말했다.

"알아. 그렇지만 잠깐이라도 아빠한테서 벗어나야 했어. 캔디 산책 시간이 되기도 했고. 그 틈에 나도 마음을 가라앉힐 수 있을 거야. 너무 화나지 않을 수 있고."

"너 그렇게 화난 것 같지 않은데."

"화났어. 아무튼 미안해."

"너희 아빠 때문에 네가 사과할 필요 없어. 너희 아빤 정말로 꼴통이야. 안 그래?"

"가끔은. 그렇지만 아빠를 아주 좋아하는 사람들도 있어."

"어리석은 사람들이 있으니까."

아빠는 늘 여자 친구가 있었다. 그렇지만 아무도 두 달을 넘기지 못했다. 아빠의 여자 친구들은 아빠하고 사귈 만큼 어리석지만, 너무 오래 사귀지 않을 만큼은 똑똑한 것 같았다.

"그래도 너한테 바지 사는 데 돈 썼다고 잔소리하지는 않았으니까 됐지."

나는 크게 웃었다.

"아빠는 내가 새 바지 입은 줄 몰라."

"어떻게 모를 수 있지? 바지가 이렇게 끝내주는데."

"내가 사고 싶던 바지야. 끝내주는 바지. 그렇지만 우리 아빠는 내가 바지를 아예 안 입고 있어도 알아차리지 못했을 거야."

“그 이론을 내 앞에서 검증하겠다는 생각은 하지 말아 줘.”

하모니가 말했다.

우리는 하모니 집에, 하모니가 있는 위탁 가정 앞에 도착했다.

“위탁 부모님하고 다른 가족들은 잘 대해 주셔?”

내가 물었다.

“응. 좋은 사람들 같아…. 사실 신기할 만큼 좋은 사람들 같은데… 그렇지만 다 가식일 수도 있어.”

“그럼 도망칠 생각은 아닌 거지?”

“오늘은 아니야. 게다가 도망가도 별로 의미가 없어. 그냥 기다려 볼 거야. 그렇게 오래 걸리지 않아. 우리 엄마가 1, 2주 안으로 정신을 차리겠지. 길면 4, 5주 내로.”

“그렇구나. 그럼 넌 집으로 가겠다.”

“그렇게 실망한 티 내지 마.”

나는 내가 정말로 실망하고 있다는 데에 놀라고, 하모니가 내 목소리에서 그걸 알아챘다는 데에는 더 놀랐다.

“우리 엄마가 다 망쳐 버릴 확률도 언제나 반반이야. 그러니까 여기 있는 건 더 길어질 수도 있어.”

하모니가 말했다.

“네가 전에도 위탁 보호를 받았다고 말했잖아. 정확히 몇 번이나 받았었어?”

내가 물었다.

"기억하고 싶지 않을 만큼 많이. 아, 나도 궁금한 거 있어. 넌 일을 해서 돈을 버는데 그 돈을 옷에는 안 쓰잖아? 그럼 돈을 어디다 써?"

나는 하모니가 자세히 말하고 싶지 않을 때 말을 돌린다는 걸 벌써 알아차리고 있었다. 바로 알아볼 수 있었던 건 나도 쓰는 방법이었기 때문이다.

"응?"

하모니가 재촉했다.

"개인 비행기 사려고 저금하고 있어."

"진짜로 말해 봐."

"사실은 요트를 살 거야. 요트를 꼭 사고 싶거든."

"사실은 자동차지? 남자애 중에는 운전 면허를 딸 수 있는 나이가 되자마자 차를 사려고 돈을 모으는 애들 있잖아. 너도 그런 거 같은데. 너 자동차 사려는 거지?"

나는 그냥 미소를 지으며 고개를 끄덕였다.

"자동차나 기계 같은 걸 좋아할 것 같지 않은데 그래도 남자는 남자네. 이건 그냥 궁금해서 물어보는 건데, 넌 집에서 도망치겠다고 생각해 본 적 없어?"

"내가 왜?"

내가 물었다.

"다 알면서. 난 너희 집보다 좋은 집에서도 몇 번이나 도망쳤어."

"거기가 우리 집이야. 내가 사는 집. 내 자리."

"그래, 무슨 말인지 알 것 같아. 나도 엄마를 신고해야 했었지만 하지 않은 때가 몇 번 있었어. 그냥 가만히 있었지."

하모니가 말했다.

집으로 들어가는 하모니의 등에 대고 내가 외쳤다.

"그거 이름이 뭐야?"

하모니가 돌아서서 나를 보았다. 내 질문이 이해가 되지 않는다는 표정이었다.

"네 곰 인형 말이야. 너희 엄마가 가져가서 팔아 버렸다는 거. 그 인형 이름이 뭐야?"

하모니는 미소지었다.

"폴라야. 폴라곰. 웃기는 이름이지?"

내가 말했다.

"나는 좋아. 나도 곰 인형이 있었으면 그렇게 지었을 거야."

"이럴 수가, 그럼 이제 나도 너만큼 답이 없는 거잖아."

"나만큼 멋진 걸 수도 있어. 내일 보자. 맞지? 내일 보는 거?"

내가 말했다.

"내일 학교 갈 때 우리 집으로 와. 같이 가자. 내 상상 속의 책도 들게 해 줄 테니까. 이제 집에 가서 할 일 해. 너 오늘은 나보다 열심히 안 살았어."

하모니가 윙크했다.

나는 하모니의 말이 농담이란 걸 알고 있었지만 사실 맞는 말이기도 했다. 나는 오늘 밤 해야 할 일이 많았다.

그리고 놀랍게도 하모니가 도로 나에게로 달려왔다. 지금 뭘 하는 걸까? 코앞까지 달려온 하모니는 양팔을 벌려 나를 꽉 안았다. 내 두 팔이 양 옆구리에서 축 늘어진 채 덜렁거렸다.

하모니가 말했다.

"내일 봐."

하모니는 돌아서더니 집 안으로 사라졌다.

나는 그 자리에 우두커니 서 있었다. 너무 놀라서 움직일 수 없었다. 하모니가 방금 나를 안았다. 누가 나를 마지막으로 안은 것이 언제였더라? 기억나지 않았다. 그런데 이틀 전에는 존재조차 몰랐던 어떤 여자아이가 방금 나를 안았다. 하루 전만 해도 내 코를 정통으로 때린 아이다. 내 옷을 사는데 그냥 따라만 왔었던 아이다. 그 아이에게 나는 이제껏 누구에게도 말하지 않은 비밀들을 털어놓았다. 그 아이는 며칠 또는 길어야 몇 주 이내에 떠날 것이다. 어쩌면 그것으로 모든 것이 괜찮아질 것이다.

~~1,619~~ 1,618

열

이것으로 나와 하모니가 함께 등교한 지 8일째다. 학교로 가는 길에는 하모니가 주로 말하고 나는 주로 하모니의 이야기를 듣는다. 그리고 그 이야기에 관해 생각한다. 아침마다 내가 하모니네 집 앞으로 가서 기다렸다. 최근 3일은 하모니의 위탁 엄마가 나와서 나에게 웃으며 손을 흔들어 주었다. 나도 따라서 손을 흔들었다. 오늘은 하모니가 평소보다 늦었다. 내가 가는 시간까지는 학교에 도착하지 못할 것 같았다. 일이 분쯤 지각할 수도 있었다.

하모니와 나는 약속이나 한 듯이 되도록 둘이서만 다니려고 했다. 학교에 가다가 아이들이, 대개 내가 아는 아이들이었는데 아무튼 아이들이 보이면 천천히 걷거나 아예 빨리 걸었고, 아니면 아예 길을 돌아서 갔다. 그런 방법은 보통 먹혔다. 먹히지 않는 날이면 나는 실망스러웠다. 내 생각에는 하모니도 마찬가지인 것 같았다. 인정하고 싶지는 않지만 나는 하모니를 공유하고 싶지 않은 것 같았다.

친구들은 내가 하모니하고만 다닌다며 놀리기 시작했고, 학교에는 내가 하모니와 사귄다는 소문이 돌았다. 그런 소문의 주인공이 되기는 처음이었다. 나는 성적이 좋고 농구를 잘하지만, 빼빼 마르고 키만 껑충한 아이였다. 여자친구를 사귀는 인기 있는 남학생이 아니었다. 하모니가 진짜 내 여자 친구라는 것은 아니다.

재미있게도 하모니는 이야깃거리가 떨어지는 법이 없었다. 이야기하는 법을 아는 아이였다. 나로서는 좋았다. 듣는 역할이라는 건 말을 할 일이 없다는 뜻이었고, 따라서 이미 말해 버린 비밀 외에 또 다른 비밀을 발설할 확률이 줄어든다는 뜻이었다. 그 와중에도 나의 비밀은 가끔 새어 나왔다.

오늘은 하모니가 평소보다 조금 더 호전적이었다. 평소에도 하모니는 아슬아슬한 선을 넘나들곤 했다. 이틀 전에는 세인트클레어에서 함께 차도를 건너는데 하모니가 차도의 운전자에게 고함을 지르더니 손가락을 세웠다. 차를 세운 운전자가 차에서 내려 우리를 향해 소리를 지르기 시작했기 때문에 우리는 도망쳐야 했다. 사실 도망쳤다기보다는 내가 한판 붙을 작정인 하모니를 끌어내다시피 자리를 피했다.

오늘 하모니는 싸우고 싶어 근질근질한 상태인 것 같았다. 아까부터 계속 반 여자아이들에 관해 말하고 있었다. 그

여자아이들은 자기들끼리 어떻게 편을 먹고 싸웠느냐에 따라 네 명이 다니기도 하고 다섯 명이 다니기도 했는데, 어쨌든 자기들이 우리 반을 마음대로 할 수 있다고 생각하는 것 같은 아이들이었다. 나를 귀찮게 하는 일은 없었다. 나는 그 아이들이 신경 쓸 만큼 존재감이 있지 않기 때문이다. 그렇지만 하모니는 신경 쓰지 않기가 불가능에 가까운 아이고, 여자아이들 무리는 다른 아이들이 하모니에게 보이는 관심을 영 못마땅해했다.

"오늘은 날 삐딱하게 쳐다보기만 해도 폭발할 거야."

하모니가 말했다.

"아니야, 넌 폭발하지 않을 거야. 오늘 사고 안 치는 거 맞지?"

"그거야 모르지. 난 나한테 잘해 주는 애들한테는 잘해. 분명히 말하는데 걔들은 살면서 진짜 싸움은 해 보지도 않았어."

하모니가 대답했다.

"그럼 계속 그렇게 두는 건 어때? 그냥 말로 하라고."

하모니가 하하 웃었다.

"넌 웃기려는 게 아닐 때도 참 웃겨."

"칭찬으로 들을게. 숙제 다 했어?"

"네가 우리 엄마야, 뭐야? 잠깐, 우리 엄마는 나한테 숙제했냐고 물어본 적이 단 한 번도 없구나. 너희 아빠는 너한테 숙제했냐고 물어봐?"

"나한테는 물어볼 필요 없어. 게다가 아빠는 자기 일만으로도 바빠."

"엘리베이터는 여전히 올라가는 중이고?"

하모니가 물었다.

"거의 꼭대기까지 간 것 같아."

나는 그동안 하모니에게 아빠 이야기를 많이 했다. 그 누구에게보다도 하모니에게 더 많이 이야기했다. 그렇지만 그런 하모니도 모르는 것이 아직 많았고 나는 이제는 그만할 생각이었다. 그래도 이야기를 털어놓을 사람이 있다는 것은 좋았다. 하모니는 마음을 먹으면 비밀을 지킬 수 있는 아이였다. 게다가 곧 엄마 집으로 가면서 전학 갈 거였고, 하모니와 함께 내 비밀들도 떠날 거였다.

"그런데 아빠가 어젯밤에는 잘 잤는지 모르겠어."

내가 말했다.

"널 깨우지는 않았고?"

나는 고개를 끄덕였다.

"너희 아빠는 정말 꼴통이야. 그렇다고 우리 엄마가 꼴통이 아니라는 얘긴 아니고. 엄마가 알코올 중독 재활 센터에 몇 번이나 들어갔는지 알아?"

나는 고개를 저었다.

"네 번이야. 아니, 다섯 번이지."

"그때마다 넌 위탁 가정으로 가야 했던 거야?"
"처음에는 안 갔어. 할머니가 돌봐 주셨거든."
"진짜 할머니?"
"응, 우리 외할머니. 할머니가 나를 키운 거나 마찬가지야. 쭉 같이 살다가 내가 아홉 살 때 세상을 떠나셨어."
'세상을 떠나셨다.'
죽었다는 걸 예의 바르게 말하는 것이다.
"4년 전, 아니 5년 전 일이야. 지금도 할머니가 정말 보고 싶어."
"우리 할머니하고 할아버지도 우리 집에 같이 사셨었어."
"그런데 너희 아빠한테 질려서 이사 가신 거야?"
하모니가 물었다.
"두 분 다 돌아가셨어. 할아버지는 엄마가 돌아가시고 일 년 뒤에 돌아가셨고, 할머니는 할아버지가 돌아가시고 6개월 있다가."
"와우, 여섯 살도 되기 전에 가족 중에서 세 사람이나 돌아가셨네. 넌 진짜 지금보다도 더 맛이 갔어야 했는데."
"고맙다고 할게."
우리는 잠깐 말이 없이 걸었다. 둘 중의 한 사람이 너무 오래 말하고 난 다음이면 우리는 으레 그랬다.
"공평하지 않은 게 뭔 줄 알아?"
마침내 하모니가 침묵을 깼다.

"사람들이 죽는 거?"

"언제나 죽을 사람이 아닌 사람들이 죽는다는 거야."

나도 모르게 웃고 말았다. 그렇지만 하모니의 말에 웃기는 점은 하나도 없었다.

"우리 할머니는 나를 정말로 사랑하셨는데 돌아가셨고 우리 엄마는 나를 신경도 안 쓰는데 살아 있어. 자기 엄마를 그렇게 생각하는 내가 너무 못된 것 같아?"

나는 고개를 저었다.

"나도 그런 생각을 했었어. 엄마는 죽고 아빠는 살아 있다는 것에 대해서."

"그렇게 생각해도 돼. 그렇겠지?"

하모니가 말했다.

나는 그렇게 생각해도 되는지 안 되는지 모른다. 그저 내가 그렇게 느끼고 있다는 것과 하모니도 분명히 그렇게 느끼고 있다는 것을 알 뿐이다. 우리는 다시 말없이 걸었다. 나는 우리가 학교까지 이대로 말 한마디 없이 갈 것인지 궁금했다.

"점심 바꿀까?"

하모니가 물었다. 점심이라면 얘기하기에 괜찮은 주제다.

"물어봐 주길 기다렸지."

하모니는 걸어가면서 가방에서 바나나 한 개와 샌드위치 반쪽을 꺼냈다. 우리는 어느새 샌드위치를 굳이 점심시간까지 기다리지 않고 등굣길에 바꾸고 있었다. 같이 점심 먹는 친구들은 내 점심이 잼 샌드위치가 아닌 걸 보고 나와 하모니의 거래를 짐작하고 있었지만, 누구도 더는 뭐라고 하지 않았다.

나는 하모니가 내민 샌드위치를 받아서 내 책가방에 넣고 랩으로 따로 싼 샌드위치 반쪽을 꺼냈다.

하모니가 말했다.

"맞춰 볼게. 그건 잼 샌드위치야."

"나중에 운세 상담 전화 같은 데서 일해도 되겠는데."

"첫째, 네가 그런 식으로 말할 줄 알았어. 둘째, 그러지 말고 점심을 다른 걸로 싸 오면 안 돼? 난 너희 지하 식량 창고에 땅콩 버터가 있는 걸 알아."

"나 땅콩 버터 정말 싫어해."

하모니가 물었다.

"어차피 나랑 바꾸는데 그게 뭐가 문제야?"

"네가 땅콩 버터 좋아하는 줄 몰랐어."

"며칠 내내 이 잼만 계속 먹으니까 이제는 네가 크래커에 강아지 사료를 발라 와도 먹을 지경이야."

"집에 크래커하고 개 사료 있어. 만들 수 있어."

"내일은 땅콩 버터 샌드위치 어때?"

"나하고 점심 안 바꿔 먹어도 돼."

내가 말했다.

"아니, 난 꼭 바꿔 먹어야 해. 네가 살이 찌면 새로 산 비싼 바지가 안 맞을까 봐 걱정이긴 해도."

"네가 레비 아줌마한테 말해서 허리를 늘려 달라고 하면 되지."

우리는 세인트클레어에 도착해 차도의 차들이 지나가기를 기다렸다. 신호등과 건널목이 멀지 않은 곳에 있었지만 한 번도 거기까지 가 본 적 없었다. 차량 행렬에 잠깐 틈이 났다.

"가자!"

내가 달려서 네 개의 자동차 차선과 두 개의 트램 차선을 지나는 동안 하모니는 느릿느릿 걸었다. 늘 하던 대로였다. 차들더러 속도를 낮추든지, 그럴 배짱이 있으면 쳐 보라는 투였다. 자동차 한 대가 경적을 크게 울리며 아슬아슬하게 하모니 곁을 지나갔다.

하모니가 도로 경계석에서 기다리고 있는 나에게 도착했다.

"혹시 차에 치이려고 노력하는 중이야?"

"저 차가 날 못 본 거야."

하모니는 왼쪽으로 꺾었다.

"하모니, 학교 가는 길쯤은 아는 줄 알았는데."

내가 말했다.

"이쪽 뒷골목으로 가면 학교 후문으로 들어갈 수 있어. 이

길이 더 빨라."

하모니 말이 맞지만 아무도 그 길로 안 가는 데에는 이유가 있다.

"뒷골목이 겁나?"

하모니가 물었다.

"아니."

그렇다. 거짓말이다. 우리 학교 아이들은 대부분 뒷골목 길을 꺼렸다.

"지금 아침 8시 15분이야. 나쁜 일은 밤에 생겨."

하모니의 눈이 반짝 빛났다.

"어쨌든 난 이 뒷길로 갈래. 같이 갈 거야?"

만약 가지 않는다면 나는 아마도 죽는 날까지 오늘 일에 대해 놀림을 받게 될 거였다. 게다가 외진 길을 하모니 혼자 가게 하는 것도 좋은 생각 같지 않았다. 또 아침 시간에는 괜찮을 거라는 하모니의 말이 맞을 것 같기도 했다.

우리는 뒷골목으로 들어섰다. 길은 으슥했다. 굳게 닫힌 차고 문과 쓰레기통만 늘어서 있었다. 지나는 차도 사람도 보이지 않았다.

하모니가 말했다.

"봤지? 걱정할 거 없다니까. 그러니까 걱정 그만하—."

멀리 앞쪽의 차고와 차고 사이에서 남자 세 명이 나왔다. 우리보다 나이가 많아 보였고, 덩치와 목소리도 우리보다

켰다. 무엇보다 우리보다 수가 많았다. 나는 돌아서서 도망치고 싶다는 생각이 본능적으로 들었지만 하모니는 도망치지 않을 텐데 나만 혼자 가는 일은 있을 수 없었다.

우리와의 거리가 가까워지면서 자기들끼리 떠드는 소리도 점점 다가왔다. 나는 최대한 눈을 마주치지 않으려고 노력했다. 고개를 고정하고 앞만 보고 걸으면 눈이 마주칠 일 없을 것 같기도 했다. 남자들이 우리 곁을 순순히 지나가나 싶은 순간, 첫 번째 남자가 내 팔을 낚아채며 나를 돌려세웠다. 온몸에 번쩍 전기가 흐른 것 같았다.

"너희 어딜 가냐?"

남자가 거칠게 물었다.

나는 놀란 데다 겁이 나서 말이 나오지 않았다.

하모니가 끼어들었다.

"학교에 가는 중이에요. 보니까 그쪽들도 가야 할 것 같은데요. 배울 게 아직 많아 보여요."

두 번째 남자가 팔을 뻗어 하모니가 멘 책가방을 낚아챘다. 하모니는 뺏기지 않으려고 했지만 마지막 세 번째 남자가 하모니를 뒤에서 결박했다. 하모니가 빠져나오려고 버둥거렸다.

"걔는 놔줘!"

나는 고함을 질렀다. 빠져나가려고 발버둥 치는데 1번 남자가 날 거칠게 돌려세워 내 얼굴을 자기 얼굴 앞으로 가져갔다.

"할 말은 그거뿐이야?"

나는 대답하지 않았다. 고개를 푹 숙이며 주먹을 말아 쥐었다.

1번이 내 책가방을 잡아채 하모니의 책가방을 가진 2번에게 던졌다. 2번은 먼저 하모니의 가방에서 안에 있는 물건을 꺼내 차례로 팽개쳤다. 사과, 반쪽짜리 잼 샌드위치, 책 한 권이 팽개쳐졌다. 가방을 뒤집어서 탈탈 털자 안에 남아 있던 점심과 책들이 마저 굴러떨어졌다. 2번은 마지막으로 가방을 털어 안에 아무것도 없는 걸 확인한 다음 가방도 바닥으로 내팽개쳤다.

그리고 말했다.

"별거 없네."

나를 잡은 1번이 윽박질렀다.

"둘 다 한 푼도 없냐?"

나는 고개를 끄덕였다. 너무 무서워서 내 몸이 내 몸 같지 않았다. 우리를 어쩌려는 걸까? 주변에는 아무도…

"난 돈 있어요. 놔줘요. 돈 꺼낼 테니까."

하모니였다.

2번이 잡은 손을 놓자 하모니는 주머니를 뒤지기 시작했다.

"여기요."

하모니의 손에 20달러짜리 지폐가 쥐여 있었다. 하모니가 지폐를 쥔 손을 펴자 지폐가 둥실둥실 떨어졌다. 땅에 닿은 지폐를 주우려 2번이 허리를 굽힌 순간, 하모니의 무릎이 날아올랐다. 둔탁한 소리와 함께 얼굴을 찍었다. 2번이 신음하며 엉거주춤 하모니의 무릎 위로 엎어지려는 찰나였다.

하모니가 번개처럼 날렵하게 쓰레기통의 철제 뚜껑으로 2번의 머리를 갈겼다. 2번이 그대로 고꾸라졌다.

나는 나대로 풀려나려고 필사적으로 몸부림치다가 팔꿈치로 1번의 얼굴을 찍고 말았다. 퍽 소리가 들렸나 싶었는데 1번의 코피가 터졌다. 코피가 터지자 1번은 나를 놓아주고 자신의 코를 감쌌다. 털썩 무릎을 꿇었다.

마지막으로 남은 3번은 우두커니 서서 우리를 멍하니 바라보고 있었다. 나만큼이나 충격을 받고 놀랐는지 어안이 벙벙한 표정이었다.

하모니가 쓰레기통 뚜껑을 원더우먼의 방패처럼 휘두르기 시작했다. 3번은 뒷걸음질하다가 발을 헛디뎠는지 바닥의 내 책가방 위로 기우뚱했다. 간신히 다시 중심을 잡고 돌아서서 조금 전에 우리가 온 방향으로 도망치기 시작했다. 하모니가 도망치는 남자를 향해 쓰레기통 뚜껑을 원반을 날리듯 던졌다. 뚜껑은 요란한 소리와 함께 보도블록 위로 떨어졌다.

하모니가 외쳤다.

"짐 챙겨!"

하모니는 책가방과 책, 20달러 지폐를 챙겨 뛰기 시작했다. 나도 내 책가방을 한 손에 들고 하모니를 따라갔다.

하모니가 팔을 뻗어 내 손을 잡았고, 우리는 함께 뛰었다. 나는 계속 뒤를 돌아보면서 남자들이 따라오지 않는지 확인했지만 둘은 여전히 널브러진 채였고 하나는 보이지 않았다. 우리는 골목 끝에 닿아 방향을 꺾어 계속 달렸다. 열려 있는 학교 후문을 통과하자 학교 정원이 나왔다. 교문 담당 선생님과 정원에 모여 수업 종이 울리기를 기다리는 아이들이 보이자 마음이 놓였다. 살았다.

나는 하모니와 나무 아래에서 멈춰 섰다. 주변을 둘러보니 아이들이 우리를 빤히 쳐다보고 있었다. 우리가 너무 미친 듯이 뛰었기 때문일 것이다. 아니면 우리 표정이 새파랗게 질려 있었기 때문일지도 모른다. 그게 아니라면… 하모니와 내가 아직도 손을 잡고 있기 때문이었다. 우리는 그 사실을 동시에 깨달으며 황급히 손을 놓았다.

"괜찮아?"

내가 물었다.

하모니는 어깨를 으쓱했다.

"너는?"

"디스하모니라는 슈퍼 닌자가 나오는 영화를 한 편 본 것 같아."

하모니는 웃기 시작했지만 그건 기묘한 웃음이었다. 웃는 다기보다는 울고 싶은 걸 참는 것 같았다.

"난 좀 앉아야 할 것 같아."

하모니가 말했다.

털썩 나무에 기대어 앉는 하모니 곁에 나도 따라 나란히 앉았다.

"쓰레기통 뚜껑을 무기로 쓰는 법은 대체 어디서 배웠어?"

"다들 그러는 거 아니야?"

하모니가 되물었다.

"캡틴 아메리카하고 원더우먼만 그래. 이젠 너까지 포함이고."

"가진 걸 활용해야 한다는 걸 배웠을 뿐이야. 넌 네 뾰족한 팔꿈치를 잘 활용했잖아."

"내가 그 남자 코를 부러뜨린 것 같아."

"제발 그랬으면! 그런 놈들은 코가 부러져도 싸."

"교장 선생님께 말해야 할까? 경찰이라도 불러 달라고?"

내가 물었다.

"불러서 넌 누구 코를 부러뜨렸고 나는 무릎으로 사람 얼굴을 찍은 다음 쓰레기통 뚜껑으로 머리통을 후려쳤다고 말하고?"

그제야 나는 우리 둘 다 몸을 떨고 있다는 걸 깨달았다.

"우리가 그 남자들한테 한 일이 그 남자들이 우리한테 하려고 했던 일인 것 같아."

내가 말했다.

"내 생각도 그래. 넌 두들겨 맞아 본 적 있어?"

하모니가 물었다.

"너한테 맞은 거 빼고?"

하모니는 다시 웃기 시작했다.

"로버트, 너 때문에 웃겨 죽겠어."

"항상 바라던 바야. 여자아이가 나를 보고 웃는 걸 보고 싶었어."

그리고 나는 덧붙였다.

"응, 싸워서 진 적 있어."

"상상이 안 가는데."

하모니의 대답에 내가 물었다.

"내가 지는 게 상상이 안 간다고?"

"네가 싸우는 게 상상이 안 가."

"안 싸워. 지금은 안 싸워. 더는 안 싸워."

"그럼 전에는 싸웠고?"

"예전에— 몇 년 전에."

하모니가 물었다.

"그런데 지금은 안 싸운다고?"

하모니가 물었다.

"응."

"예전에 너무 많이 얻어맞아서?"

나는 대답하지 않았다. 그런 이유는 아니었지만 진짜 이유는 말할 수 없었다.

"나는 두들겨 맞은 적 있어."

하모니가 말했다.

"슈퍼 히어로는 안 두들겨 맞는 줄 알았는데."

이번에는 하모니가 웃지 않았다.

"미안. 몰랐어."

"가끔이야."

"그래서 너희 엄마가 감옥에 갔던 거야?"

내가 물었다.

"엄마가 때린 게 아니야. 엄마가 계속 데리고 왔던 인생 실패자 애인들이 그랬지. 실제로 한 사람은 나를 때린 죄로 감옥에 갔어."

나는 울컥 화가 치밀었다. 세상에 대체 어떤 정신 나간 꼴통이 어린애를 팰까?

"너희 엄마가 한 게 아니라서 다행이다."

"엄마는 날 때리지 않았지만 그렇다고 때리는 애인들을 말리지도 않았어. 그러니까 그게 그거야. 너희 아빠는 한 번이라도 너를 때린 적 있어?"

"한 번도 없어."

"한 번도?"

"단 한 번도."

나는 잠시 말을 멈추었다. 더 많은 비밀이 누설될 시간이다.

"날 때리려면 내가 있다는 걸 알아차려야 했겠지."

하모니가 손을 뻗어 내 손을 잡았다. 손은 바로 곁에 아이들이 있었다고 해도 아무도 알아차리지 못할 정도로 가만히 조심스럽게 다가왔다.

"나는 네가 여기 있는 걸 알아."

나는 뭐라고 말하고 싶었지만 무슨 말을 해야 할지 알 수 없었다. 수업 종이 울렸다. 나는 일어서는 하모니의 손을 놓지 않았다.

내가 말했다.

"아직 안 가도 돼."

하모니가 다시 털썩 앉았다.

전교생이 차례대로 교실에 들어가는 데는 시간이 걸린다. 나는 하모니와 조금만 더 앉아 있고 싶었다. 내가 여기에 있다는 걸 알아주는 것이 좋았다.

열하나

하굣길, 우리는 테일러네 무리에 합류했다. 무리의 수는 많을수록 안전했다. 하모니가 뒷골목으로 가면 어떻겠냐고 하기에 미친 사람 보듯 쳐다봐 주었다. 하모니가 농담이었다고 했다. 하모니의 유머 감각은 분명히 어딘가 잘못되었다. 우리 무리는 큰길로만 다녔다.

아침의 뒷골목 사건은 전교에 퍼진 것 같았다. 하모니가 점심시간에 한 이야기가 번개처럼 퍼져나갔다. 하모니가 이야기하는 것을 듣는 것은 기묘했다. 하모니는 이야기에 양념을 추가했다. 아침의 뒷골목 사건은 점심시간의 학교 식당으로 건너오면서 남자들은 얼렁뚱땅 나이가 더 들었고 덩치가 더 커졌으며 인상은 더 험악해졌다.

하모니는 나에게도 더 중요하고 용감한 역할을 맡겼다. 내가 남자의 코를 친 것도 실수가 아니게 되었다. 뒷골목 실제 상황이 아니라 하모니 이야기 속에서 활약한 것이기는 했지만 영웅이 된 기분은 괜찮았다. 정말 하모니는 알아줘야 했다. 이야기 솜씨가 기가 막혔다.

나를 가장 오래 안 살이 내가 예전에는 늘 싸우고 다니던 아이라며 거들었다. 나한테 이미 들은 이야기임에도 하모니는 놀란 표정을 지었다. 다른 아이들도 하모니만큼 놀란 표정이었다. 나는 싸움으로 유명한 아이가 아니었다. 적어도 지금은.

그날 집에 갈 때쯤 되었을 때는 아이들이 나를 아는 척하기도 하고 대단하다고 인사도 건넸다. 나를 향하는 시선에도 변화가 생겼다. 나를 대하는 태도까지 달라졌다. 다른 아이들이 나의 존재를 알아차리고 있었다. 나는 마음이 편안하면서 동시에 불편했다.

왜 삶에서 많은 것이 이럴까? 좋으면서 나쁘고, 따뜻하면서 차갑고, 올라가면서 내려오고, 들어오면서 나간다. 왜 그냥 이쪽이면 이쪽, 저쪽이면 저쪽으로 한 방향이지 않을까? 왜 늘 이렇게 복잡해야 할까?

집으로 함께 가던 아이들이 하나씩 흩어지고 마지막으로 나와 하모니만 남았다. 무리의 숫자는 안전과 멀어졌다. 내가 신경을 곤두세우자 하모니가 금세 알아보았다.

“그 인생 실패자들은 아직 병원에 누워 있을 거야.”

“진짜로 그렇게 생각해?”

내가 물었다.

"바보 같은 소리 좀 하지 마. 당연히 아니지. 그렇지만 그게 여기로 돌아온다는 얘기도 아니잖아. 너 그 남자들 전에 한 번이라도 본 적 있어?"

"아니."

"그럼 아마 앞으로도 볼 일 없을 거야."

하모니가 대답했다.

"조심해서 나쁠 건 없어."

"혹시 지금 나한테 집까지 데려다 달란 얘기야?"

"하하. 네가 없는 편이 나을걸. 난 너보다 달리기가 빠르니까 무슨 일이 있으면 도망치면 돼."

"그럼 아까 골목에서 무슨 일이 있었을 때는 왜 도망치지 않은 건데?"

하모니가 물었다.

"너랑 같이가 아니면 아무 데도 안 갈 생각이었어. 게다가 일찌감치 잡히기도 했고."

내 말에 하모니가 말했다.

"그건 그렇지. 그런데 만약 안 잡혔으면, 도망칠 수 있었다면, 그랬으면 날 거기 두고 갔을까?"

하모니가 물었다.

"절대로 널 버리고 가진 않았을 거야."

잠시 우리는 둘 다 말이 없었다.

"너한테 사과해야 할 것 같아."

한참 만에 하모니가 먼저 입을 열었다.

"잠깐만, 지금 하모니가 사과한다는데 이 광경의 증인이 될 사람이 아무도 없다고? 그럼 그런 일이 벌어졌다고는 아무도 안 믿겠는걸."

"잠깐만 입 좀 닥쳐 줄래? 내가 잘못 생각했어. 우린 그 골목으로 가면 안 됐었어. 네 말을 들었어야 했어."

"그럼 다음에는 내 말을 듣든지."

내가 제안했다.

"약속은 안 해. 약속을 안 하면 약속을 깰 필요도 없으니까."

하모니는 머뭇거리다가 말을 이었다.

"처음부터 뭘 해 달라고 기도를 하지 않으면, 실망할까 봐 걱정하지 않아도 되는 거하고 비슷해."

하모니는 나를 너무 잘 알았다.

"너 오늘 아르바이트하는 날이야?"

집에 거의 도착할 즈음 하모니가 물었다.

"응. 네 시 반부터 아홉 시 마감까지."

나는 하모니가 사는 집을 가리키며 물었다.

"위탁 부모님은 여전히 잘해 주셔?"

"정말 잘해 줘. 내가 있어 본 집 중에서 최고인 것 같아."

"잘 됐다. 그래도 너희 엄마가 괜찮아지시면 넌 바로 집으로 돌아가는 거지?"

"당연하지. 혹시 만나보고 싶어?"

하모니가 대답했다.

"너희 엄마를?"

"바보 같은 소리 하지 마. 위탁 엄마 말이야. 위탁 엄마 이름은 달린이야. 위탁 엄마가 너 만나보고 싶다고 계속 그러거든. 언제 와서 저녁 같이 먹어도 좋다고 하고. 그러니까 맨날 하는 것처럼 됐다고 하기 전에 생각해 봐. 적어도 넌 위탁 가정이 어떤 곳인지 호기심이 있잖아?"

둘 다 맞는 말이었다. 하모니는 새로운 것을 처음 마주했을 때 나의 반응이 '난 됐어'라는 것까지 이미 알고 있었다. 그렇지만 하모니가 모르는 것도 있었다. 나는 위탁 가정에 관해 호기심 수준 이상의 흥미가 있었다. 사실은 만약 아빠가 정말로 죽는다면 내가 하모니의 위탁 가정으로 가서 이 동네에서 계속 살 수 있지 않겠냐는 기묘한 생각을 하고 있었다. 어쩌면 들어가서 집 안을 둘러보는 것은 나를 위해서 좋은 일일 것이다.

"뵙고는 싶은데 오늘은 아니야. 그런데 뭐 하나 물어봐도 돼?"

내가 말했다.

"당연하지."

"넌 위탁 가정에 자꾸 보내진다고 했잖아. 그런데 지금 있는 집이 제일 좋다고도 했고. 그래서 그냥 궁금한 건데…"

나는 말끝을 흐렸다.

"그런데 왜 엄마한테 돌아가고 싶어 하냐고?"

하모니가 물었다.

나는 고개를 끄덕였다.

"네가 위탁 보호를 받지 않으려는 것과 정확히 똑같은 이유야."

"뭐라고?"

"내가 가 본 위탁 가정 중에서 나를 굶기거나 옷을 사 주지 않은 집은 없었어. 밤에 나를 혼자 내버려 두고 어른들이 외출해 버리는 집도 없었고. 내 말을 무시하거나 내가 거기 있는지 없는지 알아차리지도 못한 집도 없었어. 그러니까 이런 거지. 넌 왜 너희 아빠랑 살아?"

"거기가 내 집이니까. 아빠가 우리 아빠니까. 아빠한테 내가 필요하니까."

"그게 내 대답이야. 거기가 내 집이니까. 엄마가 우리 엄마니까. 엄마한테 내가 필요하니까. 이제 이해됐어?"

"그런 것 같아. 그렇지만… 그냥 넌 그것보다 나은 대접을 받아야 하는 것 같아."

"넌 아니고?"

하모니가 물었다.

나는 더 나은 대접을 받아야 했을까?

"가 봐야겠다. 이러다가 일에 늦겠어."

나는 허둥지둥 대답하고 돌아섰다. 하모니의 질문에 대답하지 않았지만 나는 질문의 답을 알고 있었다. 나는 이미 마땅한 대접을 받았다. 아무래도 모든 것은 내 잘못이었다.

~~1,616~~ 1,615

열둘

왓슨 아줌마가 하모니와 나에게 간식을 차려 주었다. 왓슨 아줌마는 자신을 성 대신 이름으로 달린 아줌마라고 부르면 좋겠다고도 했다. 집에 오라는 이야기가 나온 뒤로 사흘 연속 하굣길 내내 언제 올 거냐는 질문에 시달린 끝에, 나는 결국 하모니의 위탁 가정에 놀러 오게 되었다. 항복만이 하모니의 끊임없는 질문 세례를 끝내는 길이었다.

왓슨 아줌마는 아주 좋은 사람 같아 보였고 나를 따뜻하게 맞아 주었지만 나는 여전히 어딘가 불안하고 초조했다. 음식을 먹을 때는 되도록 입을 다물었고 팔꿈치를 식탁에 괴지 않게 조심했다. 이 집의 식탁에는 식탁보가 씌워져 있고 가운데에는 과일 바구니가 놓여 있었다. 벽에는 좋아 보이는 그림이 여러 점 걸려 있고 가구들도 좋았다. 모든 것이 다 좋았다. 온 집 안이 깨끗하고 단정했다. 냄새마저 깨끗하고 단정했다. 집은 모든 면에서 지극히 정상적이었다. 우리 집 같은 정상이 아니라 다른 아이들 집 같은 정상이었고, 집 안을 채우고 있는 모든 것이 정상이었다. 음식도 그랬다. 지하실 선반에 통조림을 줄 맞춰 숨겨 놓는 일은 정상이 아니다. 이런 가정에서라면 위탁 보호를 받게 되어도 그렇게 나쁜 일은 아닐 거였다.

왓슨 아줌마가 내가 달라고 하기도 전에 나의 빈 레모네이드 잔을 다시 가득 채워 주었다.

내가 말했다.

"고맙습니다."

왓슨 아줌마는 상냥하고 친절한 중년 여성이었다. 하모니한테 들은 바로는 자녀가 셋인데, 첫째와 둘째는 결혼했고 막내는 다른 지역에서 직업학교에 다닌다고 한다. 남편인 프랭크 아저씨는 전기기사였다.

"정말 쿠키 더 안 먹니?"

왓슨 아줌마가 물었다.

"얘가 괜찮다고 말하기 전에 말할게요. 분명히 더 먹고 싶을 거예요."

하모니가 대신 대답했다.

하모니는 왓슨 아줌마가 들고 있는 접시에서 쿠키를 세 개 더 집어 내 접시에 올려놓았다.

"고맙습니다."

"예절 바르기도 해라. 아버지께서 아주 잘 키우셨다는 걸 알겠구나."

왓슨 아줌마가 말했다.

그 말은 하모니가 왓슨 아줌마에게 나한테 엄마는 없고 아빠만 있다는 걸 말했다는 사실을 알려 주고 있었다. 아니라면 부모님께서 잘 키웠다고 했을 것이다.

"정말 너무 좋구나. 하모니가 뭐랄까, 친구를 집에 다 데려오고."

그 말에서 왓슨 아줌마가 친구 대신 남자 친구라고 해야 할지 고민했다는 것이 느껴졌다. 학교에서도 아이들이 궁금해하는 거였다. 나는 생각하지 않으려고 했다. 하모니도 나도 대답이 없자 주방에 침묵이 흘렀다. 왓슨 아줌마가 서둘러 침묵을 깨뜨렸다.

"하모니는 늘 네 얘기를 한단다."

나는 하모니를 쳐다보았다. 지금 하모니의 얼굴이 좀 빨개진 건가?

"그래서 나는 네가 반에서 일 등이라는 것도 벌써 알고 있지. 제일 성실한 학생이라는 것도 알고, 프리아모 정육점에서 아르바이트하는 것도 알고 농구부 스타라는 것도 알아."

"저희 팀은 시즌 첫 게임에서 졌어요. 그러니까 스타라는 건 과찬이세요."

내가 말했다.

"그래도 얘는 더블더블을 (더블더블: 농구 경기에서 득점·리바운드·어시스트·슛 블록·가로채기 등 5개 부문 중 2개 부문에서 두 자릿수를 기록하는 것) 했어요. 그만하면 자기 할 몫은 다 한 거죠."

하모니가 말했다.

"그래도 진 건 진 거니까."

내 대답에 왓슨 아줌마가 말했다.

"겸손하기까지. 아버지께서 경기도 보러 오시고?"

"어… 저희 아빠는 좀 멀리서 일하셔서요. 경기 시간에 맞추어 오실 수가 없어요."

아빠는 학교 코앞에서 일한다고 해도 아마 오지 않을 것이다. 어차피 나도 아빠가 오기를 바라지 않는다.

"아들을 무척 자랑스럽게 생각하실 거야."

왓슨 아줌마가 말했다.

나는 농구부에 들어간 것을 아빠한테 굳이 말하지 않았다. 말했다면 두 가지 중에서 한 가지 일이 벌어졌을 텐데, 둘 다 벌어져서 좋을 것이 없는 일이었다. 아빠는 아무 신경도 쓰지 않거나 너무 과도하게 신경 썼을 것이다. 과도하게 신경을 쓰는 게 더 최악일 것이다. 나나 우리 팀이 몇 점을 내든 몇 경기를 이기든 충분히 잘한 것은 아니라는 뜻일 테니까.

"우린 하모니가 농구부 매니저가 되었다고 해서 얼마나

기뻤는지 몰라. 하모니한테 경기를 보러 가고 싶다고 말했는데, 하모니는 절대로 못 가게 하는구나."

왓슨 아줌마가 말했다.

"오셔서 뭐 하시려고요? 제가 수건 나눠 줄 때마다 응원하시려고요?"

"그것도 좋지. 우린 그냥 네가 우리 집에 와서 좋은 거야. 넌 같이 있으면 기쁨을 주거든."

나는 풋 웃었다.

"그거 뭐야? 넌 나하고 같이 있는 게 기쁘지 않다는 거야?"

하모니가 눈을 부라리며 말했다.

나는 항복의 표시로 두 손을 들며 말했다.

"그 기쁨이라는 단어가 나도 남들에게 너를 설명할 때 쓰는 단어라서 말이야."

"남들한테 나에 관해 얘기했어?"

하모니가 물었다.

"난 늘 네 얘기뿐이지. 길을 가다가 지나가는 사람을 불러서 얘기하고 캔디를 산책시키면서 동네 개들한테 얘기하고 또—."

내가 말했다.

"닥쳐 줘."

하모니가 대꾸했다.

나는 사람들한테 하모니에 관해 이야기하지 않지만 혼자 하모니에 관해 많이 생각한다. 많이. 아주 많이.

"골목에서 만났다는 그 녀석들은 너희를 만나서 기쁜 것 같지 않았지만 말이야."

왓슨 아줌마가 말했다.

하모니가 위탁 엄마에게 그 이야기를 했다는 것이 놀라웠다. 나는 당연히 아빠한테 아무 말도 하지 않았다.

"네가 지켜 준 덕에 하모니가 무사해서 얼마나 다행인지."

"제가 하모니를 지켜 줬다기보다는 저희가 서로를 지킨 것 같아요."

나는 손목시계를 확인하고 덧붙였다.

"이제 가 봐야 할 것 같아요."

"저녁도 안 먹고 가려고?"

"감사하지만 바로 가야 할 것 같아요."

저녁 준비하고 캔디 산책시키고 공부해야 한다.

"그럼 다음에 또 놀러 오렴."

왓슨 아줌마가 말했다.

"고맙습니다. 꼭 놀러 올게요."

모두 함께 자리에서 일어나는데 왓슨 아줌마가 다가와 나를 꽉 안았다. 나는 뻣뻣하게 굳었다. 하모니가 곁에서 히죽히죽 웃었다.

"내일 보자."

하모니가 말했다.

* * *

나는 저녁을 만들었다. 음식이 식지 않게 해 두고 기다렸다. 시계 초침이 째깍거렸다. 조금 더 기다렸다. 그래도 아빠는 오지 않았다. 나는 거실 창문가에 서서 지나가는 차들의 숫자를 셌다. 매번 다음 헤드라이트가 아빠 차일 것 같았다. 아니었다. 나는 거래를 시작했다. 처음에는 혼자 하다가 나중에는 신과 했다. 거래는 기도와 다른 것 같았다. 하모니가 거래하는 모습을 상상했다. 지금 곁에 있다면 하모니는 내가 무엇을 하고 있는지 눈치챌 것이다. 자, 다음에 오는 차가 아빠 차가 아니라면 아빠 차는 앞으로 다른 차가 열 대 지나야 올 것이다. 스무 대 지나야 올 것이다. 그것도 아니었다.

나는 거래를 그만두고 저녁을 먹기 시작했다. 숙제를 꺼내서 수학 문제 한 개에 저녁을 한 입 먹었다. 그렇게 하면 아빠가 어디 있을지 걱정하는 것도 조금은 잊을 수 있었다.

세 번인가 네 번, 캔디가 짖는 소리에 거실 창으로 가서 바깥을 살폈다. 집 앞을 지나가는 차였고 걸어가는 사람이었다. 몇 번인가는 텔레비전을 켜서 24시간 뉴스 채널에서 401번 도로에 큰 교통사고가 났다는 뉴스가 있는지 확인했다. 401번은 아빠가 퇴근할 때 타는 도로다. 교통사고 소식은 없었다. 마음이 놓이는 동시에 걱정스러웠다. 만약 아빠가 지금 심한 정체 중인 고속 도로에 갇혀 있다면 아빠는 나한테 전화해서 사정을 알려 줄 방법이 없다. 아빠는 핸드폰이 없으니까. 그렇지만 다른 생각이 들기 시작했다. 아빠가 정체 중인 고속 도로에 갇혀 있는 게 아니라 다른 데서 난 교통사고의, 아주 심한 사고 차 안에 갇혀 있는 거라면 어떻게 하지? 만약 텔레비전 뉴스에 아빠 차가 나오면, 차가 완전히 찌그러져 있다면 어떻게 해야 할까? 갑자기 누가 현관문을 두들겨서 나가 보니 경찰관이 서 있고 우리 아빠가 세상을 떠났다고 말한다면?

나는 지하실에도 내려갔었다. 선반의 식량들을 봐야 했다. 잘 있을 거로 생각했지만 직접 보니까 안심이었다. 통조림을 한 개 집었다. 특별할 것 없는 스팸을 집었다. 장부의 숫자를 고쳐서 재고를 맞췄다. 통조림을 따서 반은 내가 먹고 나머지 반은 캔디에게 주었다. 캔디에게는 그럴 자격이 있었다. 캔디는 저녁을 먹기 위해 여기에 왔다. 캔디는 나를 위해 여기에 왔다.

나는 아빠 몫의 저녁을 랩으로 싸서 냉장고에 넣었다. 설거지했다. 그릇을 씻고 말리는 사이에 어느새 바깥은 어둠에서 짙은 어둠이 되었다.

나는 순서를 만들 필요가 있었다. 수학책과 다한 숙제를 책가방에 넣었다. 샌드위치를 만들었다. 식빵의 반에는 땅콩 버터를 바르고 나머지 반에는 딸기잼을 발랐다. 사과 한 개와 함께 냉장고에 넣었다.

다시 한 번 집안을 돌며 창문들이 닫혀 있고 문들이 잠겨 있는지 확인했다. 창가에 잠깐 서서 거리를 살폈다. 아무도 없었다. 움직이는 것이 없었다. 차량 헤드라이트도 보이지 않았다. 집들도 대부분 불이 꺼졌고 사람들은 잠자리에 들었다. 나도 잘 수 있기를 바랐다.

아빠는 늦을 것 같으면 나한테 전화했어야 한다. 공중전화로 걸면 될 일이었다. 만약 아빠가 핸드폰만 가지고 있다면 내가 아빠한테 걸 수도 있을 거였다. 그렇지만 다시 생각하면, 예전에 오랫동안 집에 들어오지 않았을 때 아빠는 핸드폰을 가지고 있었다. 그때 내가 아무리 전화해도 아빠는 절대로 받지 않았다.

나는 리모컨을 쥐었다. 11시 뉴스 시간이 다 되었다. 뉴스에 새로운 소식이 있을 수도 있다. 텔레비전 앞에 앉으려는데 전화벨이 울렸다. 나는 전화기를 향해 날아가는 듯 달렸다. 아빠한테서 온 전화일까 아니면 아빠의 소식을 전하는 전화일까 아니면—

"여보세요!"

나는 고함치다시피 전화를 받았다.

한순간 공기의 흐름이 멈춘 끝에 목소리가 들렸다.

"안녕, 로버트."

나는 심장이 철렁 내려앉는 동시에 세차게 튀어 올랐다. 하모니였다. 오늘 밤 몇 번이나 하모니에게 전화할까 생각했었다. 아빠가 집에 오지 않는다고 말하고 싶어서가 아니라 그냥 하모니의 목소리가 듣고 싶었다.

"하모니구나."

나는 아무 일도 없다는 듯 최대한 아무렇지 않게 말했다.

"너무 늦게 전화해서 미안해. 다들 잘 때까지 기다리느라고 그렇게 됐어."

하모니는 아무도 깨우지 않으려고 애쓰는 듯 숨죽여 말했다.

"이렇게 늦게 친구한테서 전화 왔다고 너희 아빠가 널 너무 혼내지 않으면 좋겠다."

"우리 아빠는 전화 온 줄도 모를 거야."

이건 사실이다.

"너 자는데 깨운 건 아니지?"

"아니야, 자려면 아직 멀었어."

"아직 안 자고 있을 줄 알았어. 넌 누구보다 열심히 살아야 하니까."

하모니는 덧붙였다.

"맞지?"

"맞아."

"그냥 너하고 얘기하고 싶어서."

하모니가 말했다. 그 목소리에 뭔가가 있었다. 울고 있던 걸까?

"무슨 일 있어? 괜찮아?"

내가 물었다.

침묵만 들렸다.

"하모니, 이 늦은 시간에 인사나 하려고 전화한 거 아니잖아. 내가 공부하고 있나 확인하려는 것도 아닐 거고. 무슨 일인지 말해 봐."

하모니는 코를 훌쩍였다. 울고 있던 거였다. 지금도 울고 있었다.

"무슨 일인지 말해 봐."

또 한 번 깊은 침묵이 이어졌다. 나는 하모니가 전화를 끊은 줄 알았다.

"못 찾겠대."

하모니는 한참 만에 입을 열었다.

"뭘?"

"우리 엄마를 못 찾겠대. 내 담당 사회복지사가 오늘 위탁 엄마한테 전화했어. 나한테 그렇게 전해 달라고. 우리 엄마가 재활 센터에서 나갔다고…. 도망쳤다고…. 엄마가 또 도망쳤어."

"너무하신다."

그 말은 진심이었지만 마음의 다른 한편은 기뻐하고 있었다. 하모니가 우리 동네에 더 오래 있을 거라는 뜻이었기 때문이다. 생각이라도 그렇게 한 것에 하모니를 배반한 것 같은 죄책감이 들었다.

"나는 그냥… 그냥 너무… 모르겠어. 나한테 신경 쓰는 사람이 아무도 없는 것 같아. 완전히 혼자인 것 같아."

"무슨 말인지 알아."

내가 대답했다.

"너라면 알아줄 줄 알았어."

하모니는 내가 그 마음을 얼마나 절실하게 이해하는지 모른다. 아빠가 아직 들어오지 않았다는 걸 말하고 싶었지만 그건 지금 하모니에게 필요한 일이 아니었다. 나는 무슨 말을 해 주어야 하는지는 몰라도 무슨 말을 하지 말아야 하는지는 알고 있었다.

"너 지금은 좀 자야 해. 우선 자. 내일은 좀 나을 거야."

나는 한참 만에 입을 열었다.

"정말 그렇게 생각해?"

"여기서 더 나빠질 수가 있어?"

내가 되물었다.

"알았어. 너도 좀 자려고 해 봐. 그리고 고마워."

"뭐가?"

"내가 혼자가 아닌 것처럼 느끼게 해 줘서. 잘 자."

"잘 자. 내일 아침에는 좀 일찍 갈게. 농구부 연습 있잖아."

"일찍 나갈게. 잘 자, 로버트."

나는 전화기를 내려놓았다. 나도 이제 하모니에게 하라고 말한 일을 하고 하모니에게 믿으라고 했던 것을 믿어야 했다. 내일이면 괜찮을 것이다.

"캔디, 이리 와."

나는 캔디를 데리고 나가 오줌을 누이고 창문과 문이 모두 잠겼는지 마지막으로 확인했다. 캔디를 데리고 내 방으로 올라와서 방문을 닫고 의자를 기대어 방문을 막은 다음 침대에 누웠다. 내일은 나을 것이다. 그래야만 했다.

~~1,615~~ 1,614

열셋

나는 공책의 맨 첫 장, 맨 첫 번째 숫자가 있는 데를 폈다. 5,012. 공책의 책장을 좌르르 넘겨 숫자가 끝난 장으로 갔다. 1,615에 줄을 그어 지우고 1,614를 썼다. 더 좋은 숫자다. 더 작은 수다.

캔디가 낑낑거렸다. 나는 발치를 내려다보았다. 꼬리를 흔드는 캔디의 귀 뒤를 긁어 주었다.

"다 괜찮을 거야."

나는 의자에서 일어나 쪼그려 앉아서 캔디를 꽉 안았다. 평소보다 더 꽉 안았다.

"캔디, 넌 나한테 정말로 소중해. 끝까지 내가 잘 길러 줄 거야. 학교 끝나고 바로 올게. 그리고 무슨 일이 있든 넌 괜찮아."

나는 잠시 말을 멈추었다.

"나한테 계획이 있어. 그 계획에는 너도 포함이야."

나는 캔디를 놓고 일어섰다. 캔디가 내 다리에 몸을 기대어 왔다. 내가 가는 것이 마음에 들지 않는 것이 분명했다. 나도 가고 싶지 않지만 어쩔 수 없었다. 해야 하는 일은 계속해야 했다. 어젯밤에는 새벽 세 시쯤 잠이 들어서 알람이 울리기 직전에 눈을 떴다. 세 시까지는 침대에 누워서 아빠 차가 들어오는 소리에 귀를 기울이며 계획들을 차근차근 검토했다. 내 계획은 한 개가 아니다. 계획은 여러 개다. 계획 A와 계획 B, 그리고 새로운 계획 C가 추가되었다. 나는 침대에 누워 잠 못 이루며 어느 계획을 쓰게 되든 문제가 없도록 각각의 계획에 필요한 품목들을 꼼꼼하게 점검했다.

나는 아래층으로 내려가서 책가방을 들고 현관문을 나섰다. 문을 닫았다. 두 걸음 걷고 돌아서서 문이 잠겼나 확인했다. 잠겼다. 오늘 아침에는 문을 점검하는 일이 어느 때보다 중요한 것 같았다.

나는 하모니네 집을 향해 뛰다시피 했다. 농구부 연습에 늦을 염려는 없었지만 하모니하고 있을 시간이 더 필요했다. 학교 가는 길에 평상시보다 천천히 걸으면 하모니한테 이야기할 여유가 생길 거였다. 만약 하모니가 이야기하고 싶어한다면 말이다. 내가 도착했을 때 하모니도 준비를 마치고 기다리고 있기를 바랄 뿐이었다.

나는 빠르게 걸으며 아빠 일을 생각했다. 아침에 아빠 직장으로 전화를 걸어서 아빠가 어젯밤에 있었던 데에서 곧장 출근했는지 물어보려고 했었다. 그러다가 아빠가 이미 전화해서 아파서 못 나간다든지 같은 이야기를 했을지도 모른다는 생각이 들었다. 만약 내가 전화하면 아빠 직장 동료들은 아빠가 거짓말했다는 것을 알게 될 것이다. 나 때문에 아빠가 해고되는 것은 아빠가 어떤 식으로든 직접 걸려서 잘리는 것보다 훨씬 나쁜 일일 터였다.

어젯밤 자러 가기 전에는 큰아빠나 큰엄마한테 전화해 볼까도 생각했다. 그냥 아무 얘기나 할 생각이었다. 큰 엄마는 언제나 상냥하고 큰아빠는, 음, 큰 아빠는 아무튼 좋은 사람이다. 그렇지만 나는 전화를 걸 수 없다는 걸 알고 있었다. 그 늦은 시간에 전화를 건 이유를 뭐라고 설명할 수 있을까? 나는 큰아빠와 큰엄마를 걱정시킬 생각이 없었고, 아빠가 집에 들어오지 않았다는 이야기를 할 생각도 없었다. 예전에는 학교가 끝나면 큰아빠네로 가곤 했다. 큰아빠네는 우리 집에서 멀지 않았다. 그렇지만 아빠가 그건 예의에 어긋날 뿐더러 큰아빠나 큰엄마를 귀찮게 해선 안 된다고 한 뒤로 더는 가지 않았다. 나는 큰아빠와 큰엄마가 보고 싶다. 두 분도 나를 보고 싶어 한다면 좋겠다. 그러니까 이런 상황에서 큰아빠네 집에 전화를 건다고 무슨 의미가 있을까? 나는 큰아빠도 큰엄마도 우리 상황을 바로잡을 수 없다는 것을 알고 있었다.

나는 계속해서 혼잣말을 중얼거렸다. 아무튼 혼자 있는 것은 대수롭지 않은 일이다. 아빠는 집에 있을 때도 나한테 대단한 걸 해 주지 않는다. 그게 하루나 이틀쯤 아니면 일주일이나 2주일쯤으로 길어진다고 해서 뭐가 문제일까? 나는 견뎌 낼 것이다. 나한테는 계획이 있다. 그 어떤 일이 벌어진다고 해도 계획이 있다.

골목에서 나와 보니 놀랍게도 하모니가 집 앞에 나와서 기다리고 있었다. 평소에는 절대로 나와서 기다리지 않는 하모니다. 이건 평소와 다르다. 평소와 다른 일은 나를 긴장하게 한다.

"안녕!"

나는 큰소리로 인사했다.

하모니는 대답하지 않고 자리에서 일어나 그대로 걷기 시작했다. 나는 허둥지둥 하모니를 따라갔다.

"너 진짜 괜찮은 거야?"

내가 물었다.

"엄마가 이런 일을 벌인 게 한두 번도 아닌걸."

하모니가 대답했다.

"얘기하고 싶어?"

"얘기할 것도 없어. 넌 어제 내가 늦게 전화한 것 때문에 안 혼난 거 맞아?"

하모니가 준, 사실을 털어놓을 기회를 나는 잡지 않았다.

"아무 일도 없었어."

아빠가 나를 이렇게 취급한다는 것은 아무도 알 수 없을 거였다. 아무리 하모니라도 알 수 없을 거였다. 어쩌면 하모니라서 더 알 수 없을 거였다.

이상하게도 아빠가 집에 들어오지 않는다는 사실은 엄마가 돌아가셨다는 사실과 비슷했다. 나는 사람들이 아빠가 안 들어오는 것을 아는 것이 싫었다. 왜 그런지 모르겠지만 아빠가 안 들어오는 것이 나 때문인 것 같았기 때문이다. 멍청한 소리라는 걸 알지만 안다고 그런 생각을 안 할 수 있는 것은 아니었다.

"그럼 너희 엄마에 관해서 다른 소식은 아직 없는 거지?"

나는 하모니에게 물었다.

"응. 아마 오늘 저녁쯤에는 알 수 있을 거야."

우리가 늘 길을 건너는 세인트클레어에 닿았을 때, 하모니는 차들이 지나가기를 기다리지 않고 차도로 내려섰다. 달려오던 차 한 대가 하모니를 피해 급히 방향을 틀었고, 뒤따라 오던 차가 하모니를 향해 거칠게 경적을 울렸다. 하모니는 돌아서더니 경적을 울린 운전자에게 고함을 질렀다. 자동차들과 대형 트럭이 급격히 속도를 낮추었다. 하모니는 그 차들에도 눈을 부라리고는 일부러 더욱 천천히 걸었다. 그리고 반대편 보도에 무사히 닿았다. 나는 차들이 지나가기를 기다렸다가 도로를 건넜다.

"너 미쳤어?"

나는 하모니한테 가며 말했다.

"내 길처럼 다니면 차들이 알아서 세워. 시시하게 굴지 마."

"시시? 차에 치이고 싶어 하지 않다고 해서 나보고 시시하다는 거야?"

"네가 시시한 이유는 그것 말고도 많고 많아."

나는 어안이 벙벙했다. 하모니가 왜 이러는 걸까? 하모니는 뒷골목을 향해 걷기 시작했다. 나는 하모니 팔을 잡고 돌려세웠다.

"오늘 뒷골목으로 갈 이유는 없어. 넌 못 가."

하모니는 내 눈을 똑바로 바라보았다.

"먼저 너, 처음 내 팔을 이렇게 잡았을 때 어떻게 됐었는지 기억 안 나?"

나는 움찔 하모니의 팔을 놓았다.

"그리고 둘째, 넌 못 간다고? 언제부터 내가 가고 말고가 너한테 달렸어?"

"그게 아니라… 미안해. 그냥 우리 뒷골목으로 가지 말자. 무슨 일이 생길 수도 있다는 거 너도 알잖아."

"그런데도 내가 가겠다면 넌 어쩔 건데?"

하모니가 물었다.

나는 깊이 숨을 들이마셨다.

"가고 싶지 않지만 같이 가겠지."

"진짜야?"

하모니가 물었다.

"진짜야."

"시시하다는 말은 취소할게. 넌 멍청이야."

나는 또 한 번 어안이 벙벙했다. 그렇지만 하모니의 말은 끝나지 않았다.

"나 뒷골목으로 가는 거 아니야. 오늘 학교에 안 가."

"무슨 소리야?"

"나 엄마 찾으러 갈 거야."

하모니가 걷기 시작했다. 나는 하모니를 쫓아갔다.

"네가 그러면 안 되잖아!"

"난 하고 싶은 일은 할 수 있어. 엄마가 갈 만한 데를 트램하고 지하철로 찾아가 볼 거야."

"그러면 넌 오늘 농구부 연습도 학교도 다 결석이잖아. 선생님들이 너희 위탁 부모님한테 전화할 거고 그러면 넌 큰 일—"

"상관없어."

하모니는 대답하고 다시 걷기 시작했다.

나는 또 하모니를 쫓아갔다. 이번에는 앞을 막아섰다. 혹시라도 몸이 닿지 않게 주의했다.

"너는 상관없다고 해도 내가 상관있어. 나는 너한테 문제가 생기는 게 싫어. 너 잘못하면 정학도 당할 수 있어. 만약 왓슨 아줌마가 네가 너무 문제를 많이 일으키니까 더는 데리고 있지 않겠다고 하면 어쩔 건데?"

"그래 봐야 어떻게 되는데? 날 다른 위탁 가정으로 보내는 거뿐이잖아?"

"이번이 있었던 데 중에 제일 좋다면서. 왜 그런 데서 쫓겨날지도 모를 일을 하려는 건데?"

"다른 방법이 없어. 뭐든 해야 해."

"내가 같이 가 주겠다면?"

내가 물었다.

"너도 오늘 땡땡이치겠다고?"

그럴 수는 없었다.

"학교가 끝나자마자 같이 가는 건 어때?"

내 말에 하모니가 물었다.

"끝나고 가면 뭐가 더 좋은데?"

"첫째, 수업이나 농구 연습을 빠지지 않으니까 문제가 생기지 않아. 그런 다음 누구한테 핸드폰을 빌려서 왓슨 아줌마한테 전화를 걸 수 있어. 갑자기 중요한 시험이 생겼다고 하고 우리 집에서 저녁을 먹으면서 같이 공부할 거라고 말씀드려. 그러면 우린 아무한테도 들키지 않고 너희 엄마를 찾으러 갈 수 있고 너한테 문제가 생길 일이 없어."

"넌 너희 아빠한테 전화해서 우리 집에서 저녁 먹는다고 하고 말이지."

"그거야."

대답은 했지만 나는 그럴 필요가 없을 거란 걸 알고 있었다. 아빠는 어차피 오늘 밤에도 안 들어올 것이다.

"그럼 그렇게 하기로 하는 거다?"

하모니는 아직 떨떠름한 표정이었다.

"너 정말 학교 끝나고 나하고 같이 다닐 거지?"

"응."

"그냥 지금 날 말리려고 하는 말이 아니라?"

"난 무슨 말을 해도 널 못 말려. 난 그냥 너한테 문제가 생기는 게 싫어. 네가 왓슨 아줌마네 집에서 쫓겨나야 하거나 전학 가야 하는 게 싫다고. 그러니까… 어쩔래?"

"좋아. 학교로 가자."

하모니가 대답했다.

* * *

그날의 마지막 교시는 작문이었다. 나는 작문 과목을 좋아한다. 작문 선생님인 게이 선생님도 좋다. 내가 좋아하지 않는 것은 40분 뒤에 하모니와 함께 시내의 다른 지역으로, 아마도 상태가 별로 좋지 않을 지역으로 가기로 되어 있다는 거였다. 계획을 아무에게도 안 들키는 것과 별개로 우리는 진짜 심각한 문제에 말려들 수 있었다.

게이 선생님이 교실을 돌면서 지난 시간에 낸 글짓기를 돌려주기 시작했다. 선생님은 글짓기를 줄 때 감상평도 들려주었다. 선생님의 감상평은 후한 편이지만 점수까지 그런 건 아니었다. 그렇지만 나는 나쁜 점수를 받았을까 봐 걱정하지 않았다. 적어도 심각하게 걱정하지는 않았다.

게이 선생님이 내 자리로 왔다.

"잘 쓰는 줄은 알았지만 더 잘 썼던걸."

선생님은 내 글짓기를 책상에 내려놓았다. 점수가 보였다. 크고 굵은 새빨간 글씨로 A+라고 적혀 있었다.

"탁월한 솜씨야. 나중에 작가가 되어도 좋겠다. 진심으로 하는 말이야."

"고맙습니다."

감사한 말씀이기는 하다. 그런데 작가 같은 걸 해서 먹고 살 수 있을까? 나중에 무슨 일을 할지 아직은 모르겠지만 글 쓰는 일 같은 것은 분명히 아니었다. 나는 돈을 버는 일을 할 생각이었다. 선생님이 되어도 좋을 것이다. 변호사도 좋다. 텔레비전에 나오는 변호사들은 비싼 차를 타고 큰 집에 산다. 좋은 음식과 멋진 옷도 보장되었을 테니 변호사의 아이들은 무슨 일이 닥칠지 마음 졸이며 살 필요가 없을 거였다. 그 점은 나한테 무척 중요했다. 나는 미래의 내 아이들이 걱정에 시달리면서 살기를 바라지 않았다. 아이들을 위해 더 좋은 생활을 마련해 주고 싶었다.

게이 선생님이 다음 학생에게 글짓기를 나눠주러 가기가 무섭게 하모니가 속삭였다.

"놀라워라. 점수 끝내주는데."

"넌?"

하모니는 글짓기를 내밀어 점수를 보여 주었다.

"+나 - 같은 군더더기 없는 B. 목표대로야."

하모니한테 왜 A를 목표로 하지 않았느냐고 물으려고 할 때, 선생님이 나눠주기를 마치고 본격적으로 수업을 시작했다.

"오늘은 간단하게 재미있는 연습을 해 보자. 자신을 가장 잘 표현할 수 있는 대상을 골라서 그걸 소재로 서너 단락 분량의 짧은 글을 써 보는 거야."

선생님은 빙긋 웃으며 학생들을 둘러보다가 곧 미소를 거두어들였다.

"표정으로 보아하니 내 말을 이해하지 못했거나 아니면 그런 걸 하자고 하는 선생님이 좀 이상하다고 생각하거나 둘 중 하나인 것 같은데? 어느 쪽이지? 로버트가 말해 볼까?"

내 친구들 몇몇, 그리고 선생님 한두 분이 하모니가 나를 로비가 아닌 로버트라고 부르는 걸 알아차린 뒤로부터 나는 로버트가 되었다. 그런 건 상관없다. 다만 게이 선생님이 꼭 찍어 나한테 물어본 것이 아니었다면 좋았을 것 같았다.

"그냥 설명이 좀 더 필요한 것 같아요."

선생님이 하자고 한 글짓기는 정말로 이상했지만, 난 그렇게 대답했다.

"좋아. 그러니까 높은 이상을 품은 사람이라면 자신을 독수리라고 생각할 수 있겠지. 늘 뭔가를 가지고 다니는 사람은 자기가 배달 트럭이라고 생각할 수 있겠고. 언제나 하고 싶은 말이 많다면 펜은 어떨까."

"돼지는 어때요? 점심을 너무 많이 먹는다면요."

교실 뒤편에서 테일러가 크게 말했다. 모두가 웃었다.

"이번 시간에는 각자 장점에만 집중하자. 자신이 가진 가장 좋은 점을 생각해 봐. 자, 구상 시작!"

정말 별로인 주제지만 학생이 별수 있을까? 그래도 글짓기를 하다 보면 집에 안 들어온 아빠 걱정이나 이제 하모니의 엄마를 찾아 나서야 한다는 걱정을 잠시 잊을 수 있을 거였다. 게이 선생님은 독수리를 예로 들었지만 나는 독수리가 아니다. 나한테 맞는 건 따로 있었다.

* * *

게이 선생님이 글짓기를 걷기 시작했다. 걸으면서 아이들의 글을 확인했다. 내가 힐끗 본 바로는 대부분 몇 줄 넘을까 말까였다. 하모니는 자기 이름만 썼다. 나는 한 면을 거의 다 채웠다.

나는 내가 치타와 얼마나 비슷한지 썼다. 나는 달리기가 빠르고 말랐으며 살아남기 위해 영민해져야 했다. 치타가 혼자 다니는 걸 좋아하는 습성이 있어서 가족과 같이 살지 않는다는 건 쓰지 않았다. 나는 아빠가 있는데도 외롭게 살고 있다는 건 쓰지 않았다. 사실은 그걸 쓰고 싶었다. 전날 밤에 혼자 버려져 있었다고 말하고 싶었다. 그렇지만 물론 말하지 않았다.

"좋아."

교실 앞에서 선생님이 말했다.

"흠, 모두의 글짓기의 분량이 이렇게 빈약한 것으로 보아 이번 주제는 완전히 실패인걸."

선생님은 걷은 글짓기를 모두 선생님 책상 옆 쓰레기통으로 던져 넣었다. 나는 충격받았다.

"선생님이 너무 겉멋을 부려 말했나 보다. 그냥 자기 자신에 관해 쓰라는 거였는데 말이야. 그냥 내일 숙제로 하자. 내가 누구인지, 어떤 사람인지, 어떤 신념을 가졌는지, 어떤 걸 좋아하는지, 나중에 뭘 하고 싶은지를 쓰는 게 숙제다. 이건 알아듣겠지?"

누가 대답을 하기도 전에 수업 종이 울렸다. 하루가 끝났다. 적어도 학교에서의 하루는 끝났다. 그리고 나와 하모니에게 남은 일은 이제 시작이었다. 나는 우리의 결말이 어디로 향하는지 알 수 있다면 좋을 것 같았다.

열넷

학교가 끝나고 우리는 집으로 가는 아이들 무리에 합세했다. 몇 블록을 함께 가다가 하모니는 뭘 사러 가야 하고 나는 같이 가서 짐을 들어주기로 했다고 말했다. 물론 나에게 놀림이 쏟아졌다. 하모니의 코디네이터로 취직했느냐고도 하고 하모니에게는 있지도 않은 물건인 핸드백을 들어 주기로 했냐고도 했다. 아이들이 뭐라 하든 상관없었다. 쇼핑은 눈을 속이는 방법 중의 하나일 뿐이었다. 나와 하모니는 세인트클레어가를 따라 다섯 블록 더 걸어서 트램에 탔다. 트램을 타는 모습이 눈에 띄어서는 안 되었다.

나는 가지 말자고 하모니를 설득할 방법을 수없이 많이 생각해 두었지만 한 가지도 시도하지 않았다. 그저 내가 같이 따라나선 것으로 하모니의 안전이 조금이라도 더 보장되기를 바랄 뿐이었다. 한 가지가 더 있다면 우리가 너무 늦지 않게 집에 돌아갈 수 있기를 바랐다.

나야 얼마나 늦게 들어가든 아무 문제 없겠지만 하모니는 아홉 시까지 들어가지 못하면 혼이 날 터였다.

나한테는 왕복 차비가 있었다. 하모니에게는 왕복 차비와 저녁 사 먹을 돈이 있었다. 살에게 우리 집에 가서 캔디를 마당에 내보내 달라고 부탁해 두었다. 살은 캔디가 싫어하지 않는 몇 안 되는 사람 중 하나다. 좋아하진 않지만 그래도 물지는 않았다. 그 정도면 이보다 좋을 수 없는 정도였다. 캔디는 이제 하모니를 살하고 동등하게 분류한다. 하도 자주 봐서 점점 익숙해지고 있었다. 살은 내가 비상 열쇠를 숨기는 곳을 알고 있었다. 내가 사람들을 잘 믿는 것이 아니라, 살을 그만큼 믿었다.

나와 하모니는 트램 뒤편에 자리를 잡았다.

"우리가 가는 데가 정확히 어디라고?"

내가 물었다.

"이스트엔드. 내가 원래 사는 동네야."

"넌 이스트엔드에 사는데 왜 웨스트엔드에 와서 위탁 보호를 받는 거야?"

"최대한 먼 데로 보내야 내가 도망칠 확률이 줄어들 거라고 생각했나 봐."

"널 가까운 데 두어야 네가 도망칠 확률이 줄지 않았을까?"

"네가 내 담당이어야 했는데."

"난 그렇게까지 용감하진 않아. 게다가 지금까지는 그 사람들의 선택이 잘 먹힌 셈이잖아. 네가 아직 여기 있으니까."

그때 문득 떠오르는 생각이 있었다.

"하모니, 너 이따가 나하고 같이 돌아가는 거 맞지? 도망치는 거 아니지?"

"아무 데로도 안 도망 쳐."

그러더니 하모니는 주저하며 덧붙였다.

"아무튼 오늘 저녁에는 아니야."

"이제까지 몇 번이나 도망쳤어?"

"아주 많이."

"그래서? 도망쳐서 어떻게 됐어?"

"담당 부서에서 날 찾아낸 적도 있었고 경찰이 와서 데려간 적도 있었어. 너무 춥고 배고파서 내 발로 돌아가기도 했고. 사실 한 번도 도망치지 않고 이렇게 길게 버텨 본 건 이번이 처음이야."

"집도 좋고 거기 아줌마 아저씨도 좋아서 그런 거 같아."

내가 말했다.

"조금은 너 때문이기도 해. 만약 내가 도망쳐 버리면 널 돌봐 줄 사람이 없잖아? 너희 아빠가 널 보살피는 건 아니니까."

하모니는 자기가 지금 얼마나 맞는 말을 했는지 모른다.
"난 혼자서도 잘 먹고 잘 살잖아."
내가 대답했다.
"그렇다고 이 상황이 정당화되진 않아. 우린 아이들이야. 부모들은 자기 아이들을 돌봐야 하는 거 아니었어?"
"난 내 아이들한테 정말 잘해 줄 거야."
하모니가 키득 웃었다.
"너한테 내가 모르는 아이들이 있나 봐?"
"나중에 내 아이들에게 아이들이라면 당연히 받아야 할 대접을 할 거라는 뜻이야. 내 가족에게, 내 아내에게도."
"그러니까 아내도 있다는 거네? 나 질투해야 하는 거야?"
"내 아내가 너를 질투해야지. 하모니, 난 그냥 좋은 부모가 되고 싶다는 거야."
내가 대꾸했다.
"만약 좋은 부모가 되겠다고 말한 게 다른 아이였다면 그냥 헛소리 같았을 거야."
"나여서 아니라는 거야?"
"너는 벌써 어른이 된 것 같을 때가 있어."
우리 집에서 누군가는 어른이어야 한다.
"로버트, 너는 정말로 좋은 부모가 될 거야."
하모니가 말했다.
"노력할 거야."

"넌 잘할 거야. 좋은 부모가 되기 위한 본보기가 있잖아."

하모니가 말했다.

"우리 아빠가 본보기라는 거야?"

"나쁜 본보기도 본보기야. 넌 하지 말아야 할 일들을 배우니까 자연스럽게 해야 할 일들을 알게 되는 거지."

하모니의 말이 맞았다. 나는 아빠한테서 많은 것을 배웠다. 나는 절대로 아빠처럼 되지는 않을 것이다.

우리는 말이 없었다. 정류장들이 지나갔고, 사람들이 타고 내렸다.

하모니가 말했다.

"그것도 그렇게 나쁘진 않아."

"뭐가 나쁘진 않다는 거야?"

"네 아내가 나인 거."

"청혼하려는 거라면 한쪽 무릎을 꿇어야 하는 거 아니야?"

"닥쳐 줘. 청혼하는 거 아니야. 나는 결코, 절대, 결혼 안 할 거니까."

나는 언젠가 내가 결혼할 사람을 찾을 것이다. 그리고 그 사람을 제대로 대할 것이다. 정말로 잘해 주어서, 나를 떠날 마음이 절대로 들지 않게 할 것이다.

"난 그냥 네가 나하고 비슷한 사람하고 결혼하게 된다면 운이 아주 좋은 거라고 말하고 싶을 뿐이야."

하모니가 말했다.

"그리고 그것도 그렇게 나쁘진 않아. 내가… 네 남편인 것도."

"나 참, 여기 자길 과대평가하는 사람이 있네."

"내가 좋은 남편이 안 될 거라는 뜻이야?"

하모니는 어깨를 으쓱했다.

"학교에 우글거리는 멍청이들보다는 낫겠지만, 그건 기준점이 너무 낮아서 그런 거고. 우리 반에서도 몇 명이 널 좋아하잖아."

"겨우 몇 명이야?"

하모니가 크게 웃었다.

"누군지 말해 줄 수 있어?"

"네가 알아낼 수 있어. 너 똑똑하잖아."

하모니는 잠깐 멈칫하고 다시 말했다.

"너 진짜 똑똑한 거 맞지?"

"난 그럴 수밖에 없었어. 너도 그렇잖아."

"우리는 똑똑해야 했지. 스스로를 돌봐야 하니까. 겁을 먹으면 사람은 똑똑해질 수밖에 없어."

하모니의 말이 사실이라면 나는 이 세상에서 가장 똑똑한 사람일 것이다. 다시 한번 하모니에게 어젯밤 아빠가 들어오지 않았다고 말할까 하다가 결국 하지 않았다. 할 수 없었다. 너무 창피했다. 아빠는 나를 신경 쓰지 않는다. 집에 와서 내가 잘 있는지 보지도 않는다. 오늘 밤에도, 내일 밤에도 안 들어올지 모른다. 나는 하모니가 그 사실을 아는 것이 싫었다. 게다가 지금 우리는 내 일을 하러 나선 것이 아니다. 하모니의 일을 하러 나섰다.

"너 나한테 왜 친구가 많이 없는 줄 알아?"

하모니가 물었다.

"아직 학교가 낯설어서."

"그런 게 아니야."

"네가 아이들의 비위를 건드려서?"

내가 물었다.

"하하. 그것도 아니야. 나한테 진짜 친구는 너 하나뿐이야."

"다른 녀석들은 뭐가 문제야?"

내가 물었다.

하모니가 웃었다.

"걔들은 너하고도 친구가 아니고."

"뭐?"

"걔들은 그냥 네가 친하게 지내는 아이들이야. 그게 걔들이 친구란 뜻은 아니지."

"무슨 소리야? 살은 뭐야? 살은 초등학교 2학년 때부터 나하고 제일 친했어."

"살이 너하고 제일 친한 친구라고 쳐. 그럼 왜 너하고 몇 년 동안 알고 지낸 친구보다 내가 더 너에 관해 많이 아는 건데?"

반박하고 싶었지만 하모니의 말이 맞았다. 나는 벌써 하모니에게 살이 모르는 많은 것을 말했다. 누구도 모르는 것들을 말했다.

"넌 좀 달라."

하모니가 말했다.

"너도 좀 달라."

내가 대답했다.

"난 다르지 않아. 난 그냥 화가 난 거야. 난 늘 화가 나. 다른 건 너야. 너는 정말 달라. 왜라고는 말 못 하겠는데, 너는 그래."

하모니의 말이 맞았다. 나는 다르다. 친구들과 다르고, 아빠하고 다르고, 심지어 하모니와도 다르다. 오래전부터 알고 있었다. 그것을 누군가 눈치채리라고는 생각하지 못했을 뿐이다.

우리 둘 다 너무 많은 말을 한 것 같았다. 우리는 한참 동안 아무 말도 없었다.

"그런데 너희 엄마는 어딜 가면 찾을 수 있을까?"

"엄마가 잘 가는 데가 있어. 술집들이야. 한 군데씩 돌아보자."

"그런데 그런 데를 알면 널 담당하는 사회복지사님한테

알려 드리지? 그러면 담당자가 직접 찾아볼 수도 있고 아니면 재활 센터 사람들한테 찾아보라고 전달할 수도 있을 텐데?"

"그게 그렇지가 않아. 엄마가 재활 센터를 그만두면 센터는 그냥 그만두게 놔둬. 우리 할머니가 늘 하시던 말씀이 있어. '말을 물가로 데려갈 수는 있지만 물을 마시게 할 수는 없다.' 이게 무슨 뜻인지 알아?"

"당연하지. 다른 사람한테 그 사람이 하기 싫은 일을 억지로 시킬 방법은 없다는 뜻이잖아."

"역시 너도 아는 말일 줄 알았어."

하모니는 갑자기 슬픈 얼굴이 되어 중얼거렸다.

"너무 보고 싶어."

분노에서 너무 빨리 슬픔으로 바뀐 하모니의 표정이 뜻밖이었다.

"잘하면 오늘 찾을 수 있어."

"엄마 말고. 우리 할머니. 할머니는 정말 좋은 분이셨어."

"나도 알아."

내가 대답했다.

"네가 그걸 어떻게 알아?"

하모니가 물었다.

"할머니가 너를 키우셨잖아. 그런데 알고 보니 넌 아주 좋은 아이였어. 그러니까 너희 할머니는 좋은 분이실 수밖에 없어."

"내가 아주 좋은 아이라고 생각해?"

"우쭐대진 말아 줬으면 좋겠지만, 그래. 너는 분명히 아주 좋은 아이야."

하모니는 빙그레 웃더니 손을 뻗어서 내 손을 살짝 잡았다. 나는 당황했다. 하모니도 당황한 것 같았다. 갑자기 우리 둘 다 또 말이 없어졌다. 나는 침묵을 깨고 분위기를 바꿔야 했다.

"게이 선생님 시간 글짓기는 진짜 별로더라."

내가 말했다.

"학교에서 한 거하고 내일 숙제 중에 어떤 거?"

"둘 다 별로인 거 같던데."

하모니가 물었다.

"네가 쭉쭉 쓰는 거 봤어. 넌 너를 표현하는 거로 뭘 골랐어? 역시 잼 샌드위치야?"

"내가 잼이라고? 우리 반 여자애 중에서 누구는 날 달콤하게 생각하는 것 같은데?"

"하나도 안 웃겨. 뭘 골랐냐니까?"

"치타."

"네가 빠르고 우아해서? 겉면에 얼룩이 있고 가젤 고기를 좋아해서?"

"임팔라 고기도 좋아해. 나는 임팔라를 사냥한다고 썼고.

최소한 내일 낼 글짓기는 좀 나을 거야. 그건 그냥 자신에 관해서 쓰는 거니까."

"게이 선생님은 정말로 내가 우리 엄마가 술하고 약에 찌들었다고 쓰기를 바라는 걸까? 너는 너희 아빠가 꼴통이라고 쓰고?"

하모니는 아직 우리 아빠가 얼마나 심각한 꼴통인지 모른다.

"게이 선생님이 어떻게 나올지 상상이 가? 우리가 사실대로 우리의 삶이 진짜로 어떤지 쓰면?"

하모니가 물었다.

나는 하모니의 말이 맞는다는 걸 알고 있었다. 게이 선생님의 반응이 어떨지뿐 아니라 선생님의 의도가 삶에서 벌어지는 진짜 일들을 쓰라는 것은 아니라는 것까지.

"네가 대학에 갈 계획이라는 얘기를 쓰면 좋아하실 거야. 선생님들은 그런 얘길 좋아하잖아. 우리는 우리가 원하는 사람이 될 수 있다든지 세상에 한계란 없다든지. 그런데 그런 얘기가 가능한 건 전교생 중에서 셋이나 될까. 나머지는… 그럭저럭 살아가기나 하면 다행일 거야."

"넌 그럭저럭 사는 것보다 잘할 거야."

내가 말했다.

"지금까지 내가 참 잘해 왔으니까 말이지. 우리 엄마처럼 말이야."

우리의 대화가 또 다른 지뢰밭으로 들어섰다.

"너는 너를 표현하는 거로 뭘 골랐는데?"

나는 하모니가 제출한 백지를 안 본 척 물었다.

"한 줄도 쓰지는 않았지만 고르긴 했어."

"뭐로?"

내가 물었다.

하모니는 가방에 손을 넣고 뒤적이기 시작했다. 크레용 상자를 꺼내더니 빨간색 크레용을 집었다.

"나는 이거야."

"네가 크레용이라고?"

하모니는 크레용을 반으로 뚝 부러뜨렸다.

"그냥 크레용 말고. 부러진 크레용."

"무슨 뜻인지 모르겠어."

"나도 어디가 좀 이상하잖아. 온전치가 않아. 그냥 부러진 크레용 같아. 그리고 너도 그래."

"난 아무 크레용도 아니야."

"치타는 분명히 아니지."

하모니가 말했다.

"크레용보다는 치타야!"

트램 안의 사람들이 우리 쪽을 쳐다보았다. 나는 내 목소리가 얼마나 커졌는지 모르고 있었다.

"살면서 이렇게 멍청한 대화는 처음이야."

나는 목소리를 억누르며 말했다.

"우리가 한 대화 중에서 가장 '덜' 멍청한 대화였을걸. 넌 지금 네 인생이 엉망이 아니라는 거야?

하모니가 대꾸했다.

이제껏 누구도 나한테 그렇게 말하지 않았다. 그렇게 생각하는 사람들은 분명히 있었겠지만 진실을 모두 아는 사람은, 진실이 얼마나 최악인지 아는 사람은 없었다. 아무도. 내 인생이 엉망이라는 것은 내가 숨겨야 했던 진실 중의 하나였다. 하모니는 눈치가 빨랐다. 왜 그랬는지 나는 하모니에게 비밀을 너무 많이 털어놓아 버렸다. 잠깐만 있다가 떠날 거니까 괜찮을 거라 생각했는데, 하모니는 너무 오래 머물렀고 그래서 너무 가까이 다가와 버렸다.

"알았어. 그렇게 말하는 건 좀 아닌 것 같아. 아마 넌 나만큼 엉망이진 않겠지. 우린 이유는 다를지 몰라도 둘 다 부모님이 한 사람씩밖에 없어. 그런데 나한테 남은 부모는 날 상관도 안 해서 옆에도 없잖아. 너희 아빠는 괴상한 방식이기는 해도 적어도 옆에 있기는 하고."

하모니가 말했다.

나는 숨이 턱 막히며 온몸이 부들부들 떨렸다.

"너 괜찮아?"

하모니가 물었다.

하모니는 알고 있었다. 하모니가 어떻게 모를 수 있을까?

나는 고개를 저었다. 내 인생은 엉망이다. 하모니 인생만큼 엉망이다. 어쩌면 더 엉망이었다.

"어젯밤에 아빠가 집에 안 왔어."

말했다. 말해 버렸다. 누구에게도 한 적 없는 말을 했다. 아직 남아 있는 몇 안 되는 비밀 중의 하나를 말했다.

"뭐라고?"

"어젯밤에 아빠가 집에 안 왔어."

"아예 안 들어왔다고?"

나는 대답하려고 했지만 고개만 간신히 끄덕일 수 있었다.

"그럼 어디 있었는데?"

"몰라. 그냥 가끔 집에 안 들어올 때가 있어."

"전에도 그랬다는 거네."

"응."

나는 다시 한번 속삭여 대답했다.

"응."

"자주 그래?"

"아주 자주는 아니야. 일 년에 몇 번… 아니면 그거보다는 조금 더 자주일지도 몰라."

아빠가 밤새 안 들어온 날은 모두 열한 번이다. 아빠는 열한 번 나타나지 않았고 나는 혼자 남겨졌다.

"처음 아동 복지 부서에서 날 데려간 건 우리 엄마가 거의 온종일 나를 혼자 두고 나타나지 않아서였어. 세상에 태어나서 그렇게 무서웠던 건 처음이었어."

"엄마가 죽었을까 봐 무섭고 네가 완전히 혼자 남겨질까 봐 무섭고. 안 그래?"

"맞아. 두 개가 다 무서웠어."

하모니가 대답했다.

"나는 여덟 살 때 처음으로 아빠가 나를 혼자 두고 밤새 안 들어왔어."

하모니는 공기가 새어 나오는 것처럼 한숨을 쉬었다.

"내 상황을 능가할 아이가 있을 줄이야. 아무튼, 넌 아빠가 어디 있을지 짐작도 안 가는 거야?"

"아빠가 가는 데는 종잡을 수가 없어. 한번은 사흘이나 운전해 간 다음 전화한 적도 있어. 그냥 차에 올라타서 계속 갔대."

"적어도 그건 이해가 가네."

"이해가 간다고?"

내가 물었다.

"당연하지. 나도 그래서 도망치는 거야. 잡히면 순순히 돌아와. 왜냐하면 사실 난 갈 데가 없거든."

나는 하마터면 말할 뻔했다.

'나한테 갈 데가 있어.'

그렇지만 적어도 한 가지 비밀은 가지고 있어야 했다.

“왜 어젯밤에 내가 전화했을 때 얘기 안 했어? 아니면 적어도 오늘, 그러니까 지금 말고 더 일찍 얘기할 수도 있었잖아?”

하모니가 물었다.

“아빠가 집에 안 온다는 말은 누구한테도 해 본 적 없어.”

나는 하모니를 보며 다짐을 받았다.

“너도 아무한테도 말하면 안 돼. 약속해.”

“내가 아무한테도 말 안 할 거 너도 알잖아. 너한테 도움받은 게 너무 많아.”

“넌 나한테 도움받은 거 하나도 없어.”

“정말? 집에 안 들어온 아빠가 어디 있는지도 모르고 언제 들어올지도 모르는 와중에 우리 엄마 찾는 걸 도와준다고 나랑 같이 가고 있는데?”

“적어도 너희 엄마는 어디 가면 있다고 짐작할 수나 있지.”

하모니는 절레절레 고개를 저었다.

“너희 아빠는 어쩌면 내가 생각한 것보다 더 어마어마한 꼴통일지도 모르겠어. 내가 이해할 수 없는 건, 넌 어떻게 이런 상황에 그렇게 침착한 거야?”

“내 생각에 사람은 다 익숙해지는 것 같아. 아빠는 언제나 결국 돌아오기는 해.”

“꼭 이 일만 말하는 게 아니야. 매일매일 말이야. 넌 늘 화가 나 있어야 맞아."

"예전에는 그랬어."

"그래, 들었어."

하모니가 말했다.

"누구한테?"

"대부분은 살한테."

나는 울컥 화가 치밀었다. 살에게는 하모니에게 마음대로 내 이야기를 할 권리가 없다.

"네가 예전에는 완전히 다른 아이였다는 소문이 있더라. 그래서 살을 쫓아다니면서 네가 어떤 애였는지 말해 달라고 졸랐어. 살은 말하기 싫어했는데 내가 말할 때까지 따라다녔지, 뭐. 예전에는 너 맨날 싸웠다며."

나는 화를 삼켰다. 하모니한테나 살한테 화를 내 보아야 아무 의미 없었다.

"학교에서 완전히 골칫거리였다던데. 초등학교 1학년 때 싸워서 정학당하고 남의 차에 야구공 던져서 유리창 깨고 수업 시간에 그냥 나가 버리고."

"살은 닥쳤어야 했어."

"살은 자기가 말을 해야 내가 닥칠 거란 걸 알았을 뿐이야. 그래서, 넌 왜 달라진 거야?"

하모니가 물었다.

"설명하기 복잡해."

"우리 시간 많아."

나는 어깨를 으쓱했다.

"화를 내 봐야 나한테 좋을 게 없더라. 계속 말썽만 더 생기고. 너라면 무슨 말인지 알 거야."

"안다고 해서 그만둘 수 있는 건 아니잖아. 넌 어떻게 한 거야?"

나는 고개를 저었다.

"그냥 내 감정을 드러내는 걸 그만둔 것뿐이야."

"난 그거 못 할 거 같은데."

하모니는 잠시 말을 멈추었다가 손을 내밀었다.

"여기."

내가 손을 내밀자 하모니는 부러진 크레용 토막을 쥐여 주었다.

"이걸로 뭘 하라고?"

내가 물었다.

"그냥 네가 가지고 있는 게 좋을 것 같아서. 어쩌면 네가 나보다 더 온전치 못한지도 몰라."

나는 더는 하모니에게 아니라고 하고 싶지 않았다. 특히 하모니의 말이 맞는 것 같을 때는 더 그랬다. 나는 크레용 토막을 주머니에 넣었다.

열다섯

나는 하모니를 따라 술집으로 들어갔다. 이것으로 네 번째 술집이다. 술집들은 분위기가 완전히 다른 것 같으면서도 완전히 같았다. 하모니 말로는 싸구려 맥주를 파는 가게들인데, 단골은 저마다 맥주 꼭지라는 게 있다고 한다. 먼저 마시고, 돈을 월말에 한꺼번에 내는 것이다. 지금 들어가는 술집도 지나 온 다른 가게들처럼 어두침침하고 카펫이 낡았으며 고약한 냄새가 났다.

헤비메탈 부류의 음악이 나오고 있었다. 음악은 우리가 서부 영화에 나오는 두 쪽짜리 문을 밀고 안으로 들어갈수록 점점 커졌다. 가게 안에는 탁자가 많았고 안쪽에는 커다란 바가 벽면 하나를 차지하고 길게 놓여 있었다. 다른 한쪽에는 무대가 있었다. 술집에 벌써 손님들이 이렇게 많은 것이 놀라웠다. 아직 오후 여섯 시가 안 된 시간이다. 아빠가 술이라도 잘 안 마셔서 다행이었다.

"너희 엄마 보여?"

나는 하모니에게 물었다.

"아직. 그렇지만 분명히 가게 뒤쪽에 다른 공간이 있을 거야. 우리 엄마는 아마 거기 있을 거고."

"너희들 거기서 뭐 하는 거냐?"

굵은 목소리가 외쳤다.

돌아서 보니 거대한 체구의 무섭게 생긴 아저씨가 우리한테 걸어오고 있었다.

"여긴 아이들이 들어오는 데가 아니야!"

"저희 엄마를 찾고 있어요."

하모니가 대답했다.

"산타클로스를 찾든 누굴 찾든 모르겠고 아무튼 여기 있으면 안 돼! 스트립쇼 술집에 아이들이 있는 게 걸리기라도 하면 우리 가겐 면허 취소라고!"

스트립쇼 술집? 케이티 페리의 노래 같은 노래가 들려와 나는 뒤를 돌아보았다. 어떤 여자가 무대 위로 올라가고 있었다. 옷을 별로 많이 입지 않은 여자는 춤을 추기 시작했다.

"우린 빨리 나가야겠어."

나는 하모니에게 간절하게 말했다.

"밸러리! 밸러리! 밸러리란 사람 여기 있어요?"

하모니가 고함을 질렀다.

술집 안의 사람들이 우리를, 정확히는 하모니를 돌아보았다. 하모니는 계속 엄마 이름을 외쳐 댔다. 무대 위의 여자까지 춤을 추는 와중에도 우리 쪽을 보았다.

"꼬마야, 닥쳐라. 그냥 닥치고 빨리 여기서 꺼져."

"밸러리!"

거구의 아저씨가 하모니를 낚아채기라도 할 듯 성큼성큼 다가섰다.

하모니가 아저씨 얼굴에 대고 손가락을 흔들어 보였다.

"나한테 손 하나라도 대면 당신이 날 폭행했다고 소리 지를 거야. 경찰서에 가서 왜 열네 살짜리 여자아이를 건드렸는지 진술하고 싶어?"

아저씨가 엄마한테 야단을 맞았을 때의 표정으로 움찔 뒤로 물러섰다.

"우리 엄마 찾는 데 협조하든가 아니면 엄마가 여기 없다는 걸 증명해. 그러면 우린 갈 테니까."

남자가 고개를 끄덕였다.

"밸러리… 혹시 너 밸 스튜어트 아줌마 딸이야?"

"그래! 여기 있어?"

"아까 있었지. 한 30분쯤 전에."

"어디로 갔는지 알아?"

아저씨는 고개를 저었다.

"몰라. 그렇지만 우리 바텐더가 알 거야. 내가 가서 물어

보고 올 동안 너희 둘은 나가서 가게 앞에서 기다려. 금방 따라가서 바텐더가 뭐라고 했는지 전해 줄 테니까."

"만약 안 나오면 바로 다시 들어올 거야."

하모니가 말했다.

"나간다니까. 여기서 좀 나가. 제발."

무섭게 생긴 거구의 아저씨는 하모니가 무섭다는 표정이었다.

하모니는 돌아서서 문을 향해 갔다. 나는 나를 내려다보는 아저씨를 멍하니 올려다보고 서 있다가, 얼른 웃어 보이고 허겁지겁 하모니의 뒤를 따랐다. 나가는 길에 무대를 힐끗거리지 않을 수 없었다. 무대 위에서 춤을 추는 여자가 1분 전에 입고 있던 옷은 벌써 절반밖에 남지 않았다.

나는 문가에서 하모니를 따라잡았다. 하모니가 문을 열자 햇살과 신선한 공기가 밀려들었다.

"적어도 너희 엄마가 괜찮은 건 확인했네."

내가 말했다.

"우리 엄만 한 번도 괜찮은 사람이었던 적 없어. 넌 너희 엄마에 대해 아는 거 있어?"

하모니가 대꾸했다.

"별로 잘 몰라."

"네가 그때 어렸다는 건 알아. 그래도 너희 아빠가 너한테 엄마 얘기를 해 줬어야지."

"우리 아빠는 엄마 얘기 하는 거 싫어해."

"아예 안 해?"

나는 고개를 끄덕였다.

"아빠는 엄마 얘기를 하는 게 너무 힘들대."

"너희 아빤 정말 꼴통이야. 어마어마한 꼴통. 너한테 엄마에 관해서 물어보게는 해 줘야지."

"왜? 그런다고 뭐가 달라지는데?"

내가 물었다.

"네가 너희 엄마에 대해서 더 잘 알 수 있잖아. 넌 알아야지."

"굉장히 좋은 사람이었다고는 들었어."

"그래도 너희 아빠가 그 정도는 얘기했네."

"아빠한테 들은 게 아니야. 말했잖아. 아빠는 엄마에 대해서 좋은 것도 나쁜 것도 아무것도 얘기 안 한다고. 아빠는 엄마 사진까지 다 치웠어."

"그럼 너희 집엔 엄마 사진이 한 장도 없어?"

"옷장에 몇 장 있어."

어렸을 때는 아빠가 없으면 서랍에서 엄마 사진들을 꺼내서 보곤 했다. 엄마 사진을 안 본 것이 벌써 몇 년이다.

"엄마에 대해서 기억나는 거 없어?"

"난 네 살이었어. 아무것도 기억 안 나."

"하나도?"

"뭐, 하나는 기억나. 기억난다고 생각하는 것일 수도 있기는 하지만, 적어도 기억나는 장면이 있기는 해. 엄마가 날 원예용 손수레에 태워서 밀어 줬어."

"그게 다야?"

"그렇다고 할 수 있어. 엄마는 정원 가꾸는 걸 좋아하셨어. 옛날에는 우리 집 뒷마당이 온통 튤립이었어."

"그럼 넌 너희 엄마가 정원 가꾸던 모습은 기억하는 거네."

"아니, 정원 일을 좋아하셨다는 건 들은 거야. 튤립은 잘만 가꾸면 매년 피어. 다섯 살하고 여섯 살 때까지는 뒷마당에 튤립이 잔뜩 피었었어. 매년 줄어들더니 이제는 몇 송이만 겨우 피지만."

"정원을 잘 돌보는 사람이면 자기 아이도 잘 돌볼 거야. 엄마가 너희 아빠 같지 않아서 넌 다행이야."

"너희 아빠는 어때? 너는 아빠에 대해서 아는 게 있어?"

내가 물었다.

"우리 아빠는 원래 없었어. 처음부터."

"아빠에 관해서 아는 게 하나도 없어?"

내가 물었다.

"인생 실패자라는 건 알아."

"너희 엄마가 그렇대?"

"엄마는 말해 줄 필요도 없어. 이제까지 엄마가 만나 온 남자들을 쭉 봤는데, 하나같이 다 인생 실패자들이었어. 내 아빠라고 왜 아니겠어?"

하모니는 돌아서더니 술집 문을 바라보았다.

"아까 그 아저씨가 2분 내로 안 나오면 난 들어—."

문이 열렸다. 밝은 바깥에서 보니 거구의 아저씨는 어쩐지 더 거대해 보였다.

"우리 바텐더가 팀인데, 팀이 자기가 네 엄마를 30분 전에 내보냈다더라."

"그게 무슨 뜻이에요?"

하모니가 물었다.

"너희 엄마에게 술을 더 안 팔겠다는 뜻이지. 가서 커피나 마시라고 내보낸 거야. 아마 '커피타임'에 갔을 것 같다던데. 저쪽으로 쭉 가면 있는 카페야."

"브로드웨이가하고 자비스가 교차로에 있는 카페 알아요. 잠깐만요. 우릴 쫓아내려고 지어낸 얘기 아니에요?"

"거짓말하는 거 아니야. 자, 내 일은 잠깐 딴 사람한테 맡기고 왔으니까 나도 같이 가자."

"우리끼리 찾아갈 수 있어요."

하모니가 대답했다.

"알아서 찾아가기야 하겠지. 마침 커피를 마실 생각이었어. 그나저나 난 제프라고 하는데, 너희는…?"

"아, 저는 로버트예요. 얘는 하모니고요."

"만나서 반갑다."

우리 셋은 걷기 시작했다. 나는 여전히 아저씨가 좀 무서웠지만 한편으로는 우리에게 경호원이 생긴 기분이기도 했다. 그건 이런 동네에서는 참 잘된 일이다.

"처음에는 무슨 말인가 했지. 밸러리라고 해서 말이야. 우리는 밸 아줌마라고 부르거든."

제프 아저씨가 말했다.

"그러게요. 밸이 밸러리를 줄인 이름일 거라고 그 누가 상상할 수 있겠어요. 아저씨, 가방끈이 그렇게 길진 않죠?"

하모니가 말했다.

제프 아저씨가 크게 웃었다. 내 예상 밖이었다.

"얼굴만 닮은 줄 알았는데 말하는 것도 똑같구나. 밸 아줌마도 받아치는 데 선수지."

"술에 안 취했을 때는 더 선수예요. 엄마가 안 취한 건 아마 못 봤겠지만. 그럼 이제 말해 봐요. 왜 우릴 데려다주는 거예요?"

"말했잖아. 커피를 마시고 싶었다고."

"아저씨네 술집에서도 분명히 커피를 팔 텐데요? 그냥 말해 주는 게 어때요?"

"네 엄마가 나갈 때 혼자가 아니었거든."

"같이 나간 아저씨가 누군데요?"

하모니가 물었다.

"그게… 밴스라는 사람이긴 해. 그런데 넌 어떻게 같이 나간 것이 아저씨란 걸 아냐?"

"엄마는 언제나 아저씨하고 다니니까요."

"그렇군. 어쨌든 그 밴스가 좀 고약하게 나올 수 있어서 말이야."

"그런데 왜 얘네 엄마가 그 아저씨랑 같이 나가게 놔두셨어요?"

내가 물었다. 말할 생각이 아니었는데 말이 그냥 튀어나와 버렸다.

"그럼 내가 어떻게 해야 했겠냐? 가지 말라고 붙잡아? 꼬마야, 네 여자친구는 말본새가 별로 좋지 않아. 그리고 이 밴스란 남자는 유머 감각이라고는 없고. 자, 그럼 어떻게 할까? 내가 같이 가 줘, 아니면 그만둬?"

"전 아저씨가 같이 가 주시는 게 좋아요."

나는 대답하고 하모니를 바라보았다. 하모니는 설핏 고개를 끄덕였다.

"그럼 이제 가자."

우리 셋은 말없이 한 블록을 걸었다. 함께 차도를 건너는데, 차들이 제프 아저씨를 보고 비켜 가는 느낌이었다. 그 반대가 아니라.

제프 아저씨가 한 카페의 문을 열어 주었다. 하모니가 먼저 들어가고 내가 따라서 들어갔다. 카페 안에는 손님이 거의 없었다.

"저기 있다."

하모니가 말했다. 하모니는 구석 자리에 앉아 있는 아줌마에게 걸어, 아니 시위하듯 뚜벅뚜벅 다가갔다. 거친 인상의 남자가 같이 앉아 있었다. 남자는 검은 머리를 미끈하게 빗어 넘겼고 턱수염이 덥수룩했으며, 검은색 가죽 점퍼에 검은색 부츠와 찢어진 청바지 차림이었다.

"나는 여기서 기다리지."

마지막으로 들어온 제프 아저씨는 우리를 따라오지 않고 문 앞에서 대기했다.

나는 약간 간격을 두고 계속 하모니의 뒤를 따라갔다.

"이게 누구야? 내 딸이 여긴 어쩐 일이니?"

하모니의 엄마가 외쳤다. 그리고 자리에서 일어서더니 비틀비틀 걸어 나왔다. 한 걸음 디딜 때마다 몸이 위태롭게 휘청였다. 하모니의 엄마는 조금 어색하게 하모니를 안았다. 하모니는 엄마를 안아 주지 않았다.

"그것보다 이렇게 물어보는 게 낫겠죠. 엄마가 여긴 어쩐 일이에요? 지금 재활 센터에 있어야 하잖아요."

밸러리 아줌마가 키득키득 웃었다. 저건 대체 무슨 반응일까?

"밴스, 이쪽은 내 딸이야."

밸러리 아줌마가 말했다. 거칠고 쉰 목소리였다.

"너한테 아이가 있는 줄 몰랐는데. 밸러리, 생각보다 닳고 닳았나 봐."

밴스라는 남자가 낄낄거렸다. 밸러리 아줌마는 상처받은 것 같았다.

밴스가 손을 내밀어 하모니에게 악수를 청했다.

"만나서 반갑다."

"저도 그렇다고는 차마 말 못 하겠네요."

하모니는 밴스가 내민 손을 무시하고 말했다. 그리고 자기 엄마한테 말했다.

"당장 재활 센터로 돌아가요!"

밴스가 밸러리 아줌마의 팔을 낚아채고 거칠게 당겨 자기 옆에 주저앉혔다.

그리고 퉁명스럽게 말했다.

"밸은 가고 싶지 않은 데는 가지 않을 거다. 보아하니 이 녀석한테 예의범절을 좀 가르쳐야 했겠는데."

"당신은 너무 멍청해서 누구한테 뭘 가르치지—."

밴스가 벌떡 일어나더니 하모니에게 성큼성큼 다가섰다. 나는 얼른 하모니 앞을 막아섰다. 밴스가 몇 걸음 더 가까워졌고, 나는 주먹을 쥐었다. 방어 준비는 끝났다. 안에서 화가 치밀어 오르는 것 같았다. 이 남자는 날 때려눕히지 않고는 하모니에게 가지 못할 것이다. 다가오던 밴스가 문득 멈춰 섰다. 다행이었지만 예상 밖이었다.

제프 아저씨가 어느새 왔는지 나와 밴스 사이로 성큼 들어섰다.

밴스가 의아한 표정으로 물었다.

“제프, 네가 여기까지 무슨 일이야?”

“여기 하모니가 자기 엄마를 찾는다고 해서 도와주고 있지. 우리는 여기 이 둘이 얘기하게 놔두고 자리를 좀 피해 주는 게 어때?”

제프 아저씨가 대답했다.

“여긴 네 녀석 술집이 아니야. 여기선 나한테 아무 소리 못 하지.”

밴스가 말했다.

“맞는 말이야. 여기선 네 놈한테 나가라고 못 해. 그렇지만 그 골통을 땅콩 껍데기처럼 쪼개 줄 수는 있어. 그래 줄까?”

밴스는 대답하지 않았다. 가만히 제프 아저씨를 노려보기만 했다.

둘이 싸우려는 걸까?

밴스가 눈을 내리깔더니 발을 끌기 시작했다. 제프 아저씨를 지나쳐서 그길로 카페를 나갔다.

“정말로 가는 건지 보고 올게.”

제프 아저씨가 밴스를 따라 나갔다.

하모니는 자기 엄마 맞은편에 가서 앉았다. 나는 두 사람에게서 멀찍이 떨어진 곳에 그냥 서 있었다. 내가 서 있는 곳까지 술 냄새가 풍겼다.

"엄마한테 화내지 마, 딸."

밸러리 아줌마가 말했다. 말이 꼬이고 있는 데다, 머리와 화장도 엉망진창이었다.

"왜 내가 엄마한테 화났다고 생각하는데?"

하모니가 물었다.

밸러리 아줌마는 나를 빤히 쳐다보았다.

"이쪽은 누구야?"

"로버트는 내 친구야. 엄마를 찾으러 간다고 하니까 도저히 혼자 보낼 수는 없다면서 따라와 줬어. 그런 게 분별이 있고 배려심이 있는 사람들이 행동하는 방식이야."

밸러리 아줌마가 울기 시작했다.

나는 뒤에서 기척을 느끼고 홱 돌아섰다. 제프 아저씨였다. 아저씨는 내게 설핏 고개를 끄덕여 보였다.

"넌 그게 얼마나 힘든지 몰라."

밸러리 아줌마는 훌쩍이며 말했다.

"생판 모르는 사람들하고 대단한 위탁 가정에서 사는 것보다 힘든가 봐?"

하모니가 대답했다.

"엄만 널 데려오려고 노력하고 있어."

"멋대로 재활 센터를 나가서 술 먹고 취하는 일 어디가 날 데려오려는 노력하고 상관이 있어?"

"엄마 안 취했어."

"엄만 지금 너무 취해서 술집에서도 엄마 안 받아 줘."

하모니가 제프 아저씨를 올려다보았다.

"그렇죠?"

제프 아저씨가 고개를 끄덕였다.

"팀이 너무 조심하느라 그런 거야. 엄만 딱 두 잔밖에 안 마셨어… 많아 봐야 세 잔?"

"그런 거짓말 좀 하지 마!"

하모니가 쏘아붙였다. 하모니가 엄마고 밸러리 아줌마가 딸 같았다.

"미안해, 딸."

밸러리 아줌마가 웅얼거렸다.

"우리 딸 사랑해."

"술 취하는 걸 더 사랑하잖아."

"그렇게 말하지 마. 그건 그냥 엄마가 아파서 그래. 알코올 중독은 질병이거든."

"병에 걸렸으면 치료를 받으러 가. 도망쳐 나오지 말고."

하모니는 조금도 물러서지 않았다. 엄마의 말이나 눈물 때문에 하고 싶은 말을 포기하지 않았다. 어떻게 저렇게 강할 수 있을까? 나는 아빠 앞에서 언제나 물러섰다. 따져 봐야 무슨 소용이 있겠냐고 생각했다. 그래 봐야 더 비통할 뿐이었고 그래서 화를 그냥 삼켰다. 어쩌면 나는 더 강경하게 내 생각을 말해야 했을지 모른다.

밸러리 아줌마의 눈물은 시작되었을 때처럼 갑자기 말랐다. 다 연기였던 걸까?

밸러리 아줌마가 바닥의 핸드백을 집더니 담배와 성냥을 꺼냈다. 담배를 한 개비 물고 불을 붙이려 했다.

하모니가 탁자 너머로 손을 뻗어 엄마 손의 성냥을 낚아챘다.

"실내에서 담배 피우면 안 돼. 법에 걸려."

하모니가 말했다.

밸러리 아줌마는 입에 물었던 담배를 느릿느릿 빼서 담뱃갑에 도로 넣었다.

"재활 센터에서는 엄마가 담배 피워도 된다고 했어."

"그럼 돌아가면 되겠네."

"내일 돌아갈까 하던 참이야."

"왜 지금 당장은 아니야?"

하모니가 물었다.

밸러리 아줌마가 어깨를 으쓱했다.

"할 일이 좀 있어. 사람들도 좀 만나야 하고."

"아까 같이 있던 그 음침한 남자 같은 사람들 말이야?"

"밴스가 그 정도까진 아니야."

"밸 아줌마, 사실 밴스는 정말 나쁜 놈이에요. 그놈은 술을 안 먹고도 교활한 놈이라고요."

제프 아저씨가 말했다.

"그래서 제프 아저씨가 따라와 준 거야. 우리가 어떻게 될까 봐. 내가 어떻게 될까봐. 난 오늘 이 아저씨를 처음 보는데. 내가 아저씨 딸도 아닌데."

밸러리 아줌마가 움찔했다. 하모니의 말은 또 한 번 과녁에 명중했다.

"엄만 당장 재활 센터로 돌아가야 해."

하모니가 말했다.

"우리가 택시나 우버를 불러 줄게요."

제프 아저씨가 나섰다.

"나 그런 거 탈 돈 없어."

"술 마셔 댈 돈은 있었는데 말이지."

하모니가 대꾸했다.

"엄마는 술은 마셨지만 돈은 안 냈어."

밸러리 아줌마는 주저하며 덧붙였다.

"밴스가 냈지."

"택시비는 내가 내 줄게요."

제프 아저씨가 말했다.

"내 준다고? 지금은 그냥 줬다가 나중에 갚으라는 거지?"

밸러리 아줌마가 물었다.

제프 아저씨는 고개를 저으며 말했다.

"아니에요. 우버는 내 계정으로 불러서 내가 낼 거예요. 갚으라는 거 아니고요. 투자한 셈 칠게요. 아줌마가 필요한 도움을 받을 수 있게 내가 투자한 거예요."

"정말… 정말 너무 고마워."

밸러리 아줌마가 제프 아저씨에게 환히 웃어 보였다.

"이 정도로 뭘요."

밸러리 아줌마는 다리를 후들거리며 일어나서 탁자를 돌아 나와 제프 아저씨를 껴안았다. 아저씨는 어쩔 줄 모르는 표정이었다.

"내가 아까 술집에서 남자를 잘못 골랐나 봐."

밸러리 아줌마가 말했다.

"우리 엄마도 그랬죠. 남자를 잘못 골랐어요. 아마도 아줌마가 우리 엄마하고 비슷한 나이일 거예요."

제프 아저씨가 말했다.

"그럴 리가! 그럼 자기 엄마는 갓난아기였을 때 자길 가졌게!"

밸러리 아줌마는 머리를 정돈하려는 듯 손가락으로 머리카락을 쓸어넘겼다.

"우리 엄마는 고작 열아홉 살 때 날 가졌어요. 지금 마흔둘이죠."

밸러리 아줌마가 손사래를 쳤다.

"난 그 나이가 되려면 멀었어! 그, 그냥 화장 때문에 그래.

그리고 계속—"

"그리고 계속 마셔 댔으니까. 술은 사람을 늙어 보이게 해."

하모니가 대꾸했다.

제프 아저씨는 핸드폰에 뭔가를 입력하고 말했다.

"자, 우버 배차 신청했어. 다들 밖에 나가서 기다리자고."

제프 아저씨는 돌아서서 문을 향해 걸어갔다. 하모니가 엄마의 손을 이끌고 따라갔다. 나를 마지막으로 우리 일행은 모두 카페에서 나왔다.

"도와줘서 고마워요."

하모니가 제프 아저씨에게 말했다.

"천만에."

제프 아저씨가 우버를 기다리기 위해 보도 가장자리로 나가자 나도 하모니가 엄마와 이야기할 수 있도록 아저씨 곁으로 갔다.

제프 아저씨가 나를 돌아보았다.

"밴스를 막아서다니 배짱 좋았어."

"아니면 머리가 나빴던지요."

제프 아저씨가 웃었다.

"밴스 같은 놈들은 위험해. 왜냐하면 그런 놈들은 아무것도 신경 안 쓰거든. 너한테도 거리낌 없이 주먹질 했을 거야."

"네, 그럴 거 같았어요."

"그런데 한 번 망설이지도 않고 잘도 막아섰네."

"전혀 안 망설였어요. 조금이라도 망설였다간 절대로 못 나섰을 거니까요. 저도 아저씨한테 감사하다고 해야 할 것 같아요."

"나한테 고마울 것 없어. 저쪽 일이나 잘 풀렸으면 하는 거지."

제프 아저씨는 하모니와 밸러리 아줌마 쪽을 가리켰다.

두 사람은 조용히 이야기를 나누고 있었다. 밸러리 아줌마는 또 울고 있었다. 하모니도 울 것 같은 표정이었다.

제프 아저씨가 도로를 가리키며 말했다.

"아, 저 찬가 보다."

제프 아저씨가 손을 들자 빨간색 세단이 우리 앞에 와서 섰다. 운전자가 차창을 내리자 제프 아저씨가 탈 손님은 하모니의 엄마라고 설명했다.

"하모니, 엄마한테 인사해. 나도 이제 일하러 가야겠다. 시간이 다 됐어. 운전사한테 센터 주소 알려 줘."

제프 아저씨가 말했다.

하모니는 나에게는 들리지 않는 목소리로 엄마에게 몇 마디 더 하고는 엄마를 안아 주고 차에 태웠다. 차가 출발했다. 차는 제프와 내가 하모니 곁에서 지켜보는 사이에 모퉁이를 돌아 사라졌다.

"하모니의 엄마가 잘 해내실까요?"

내가 제프 아저씨한테 물었다.

"우리는 차에 태웠고 차는 잘 가고 있으니까."

제프 아저씨의 말에 하모니가 대꾸했다.

"그런 건 아무 의미 없어요. 엄마는 얼마든지 다른 술집에 데려다 달라고 할 수 있는 사람이에요."

"그럴 수도 있지. 밸 아줌마한테 달린 일이야. 나한테도 아니고 너한테도 아니야. 재활 센터 직원들한테 달린 것도 아니지. 온전히 자신한테 달렸어. 그걸 잘 기억해 둬. 자, 이제 너희 둘 차례다. 둘 다 어디 살아?"

"웨스트엔드요. 클레어가하고 올드웨스턴로드 교차로 근처예요."

"너희 둘한테도 우버 불러 줄게."

"저흰 요금 낼 돈 없어요."

내가 말했다.

"이것도 내가 낼 거야."

"저흰 지하철 타고 가도 돼요."

내가 말했다.

"그럼 어두워지기 전에 집에 못 들어가."

"아저씨는 왜 이렇게까지 해 줘요?"

하모니가 물었다.

"내가 좋은 사람인가 보지."

"아저씨 엄마도 옛날에 알코올 중독자여서요?"

내가 물었다.

제프 아저씨가 빙그레 웃었다.

"네 녀석은 배짱만 좋은 게 아니라 머리도 좋구나."

"얘가 우리 학교에서 제일 공부 잘해요. 아무튼… 얘 말이 맞아요?"

하모니가 물었다.

제프 아저씨는 고개를 끄덕였다.

"못해도 절반은 맞아. 우리 엄마는 아직도 알코올 중독자야. 7년 넘게 술은 한 방울도 입에 안 댄 알코올 중독자. 한 번 알코올 중독은 영원히 알코올 중독이야."

제프 아저씨는 하모니를 보며 말했다.

"해내는 사람들도 있어. 넌 그렇게 믿어야 해. 믿는 거 말고 다른 방법이 없을 때 특히. 그리고 꼭 기억해라. 이건 네 문제가 아니야. 네 엄마 문제야."

열여섯

나와 하모니는 집으로 오는 차 안에서 거의 한마디도 하지 않았다. 우버 아저씨가 이야기와 이야기와 또 이야기로 침묵을 채웠다. 마치 아저씨의 차라는 덫에 잡혀 있는 것 같았다. 우리는 하모니의 집을 한 블록 남기고 차를 세워 달라고 했다. 왓슨 아줌마에게 우리가 우버 차에서 내리는 모습이 발각될 위험을 무릅쓰고 싶지 않았다. 그랬다간 아줌마는 뭔가 잘못되었다는 걸, 우리가 거짓말을 했다는 것을 눈치챌 터였다.

우버에서 내린 타이밍은 거의 완벽했다. 걸어서 하모니 집 앞에 닿은 건 정말로 하모니와 내가 우리 집에서 저녁을 같이 먹고 공부하고 왔다면 도착했을 때쯤이었다.

“고맙다고 말하고 싶어.”

하모니가 말했다.

"널 혼자 보낼 수는 없잖아."
"아까 그 사람은 널 죽일 수도 있었어. 대체 무슨 생각이었던 거야?"
"아무 생각도 아니었어. 나는 그냥… 글쎄… 그냥…."
"화가 났던 거야?"
하모니가 물었다.
나는 고개를 저었다.
"화가 난 것보다 더 심했어."
"그런 마음을 늘 품고 사는 건 힘들어. 너희 아빠는 집에 와 있을까?"
"모르겠어. 상관없고."
"상관있어. 만약 아빠가 안 와 있으면 어떡할 거야?"
"캔디 산책시키고 저녁 먹고 기다려야지."
내 대답에 하모니가 말했다.
"만약 없으면 나한테 전화해."
하모니가 말했다.
"그럴게. 그렇지만 아빠가 오셨든 안 오셨든 난 괜찮아."
하룻밤이 또 지나갈 것이다. 또 하루는 이미 거의 지나갔다.
"어느 쪽이든 나한테 전화해. 내일 봐."
"그래."
"그리고 다시 한 번 말하지만, 같이 가 줘서 고마워."

"친구끼리 돕는 거지. 가족은 고를 수 없지만 친구는 고를 수 있잖아."

하모니가 웃었다.

"우리 할머니가 맨날 똑같은 말을 했었어. 정말이지 널 보면 할머니가 생각나."

"좋네. 언제나 듣고 싶던 말이야. 여자아이가 날 보면 자기 할머니가 생각난다고 하는 거."

"난 칭찬으로 한 말이야."

"당연하지. 그게 칭찬이 아니면 뭐겠어? 아무튼 내일 봐."

나는 우리 집을 향해 걷기 시작했다.

"로버트!"

내가 멈춰 서서 돌아보자 하모니가 나에게 다가왔다.

"왜 네가 내 남자친구가 될 수 없는지 알아?"

"얼굴을 볼 때마다 할머니가 생각나는 아이하고 사귀는 건 이상할 테니까?"

"그것도 맞아. 그런데 중요한 이유는 이거야. 난 위험을 감수할 수 없어."

"그러니까 이젠 내가 위험한 사람이 된 거야?"

하모니가 웃었다.

"네가 얼마나 웃긴지 다들 몰라."

"나하고 사귈 수 없는 이유가 또 있네."

"그 정도로 웃기지는 않고. 나는 그냥… 사귀는 사이가 좋게 끝나는 걸 본 적 있어?"

"좋게 끝나기도 해."

"좋게 안 끝나는 게 대부분이야. 넌 이제 나한테 너무 중요해서 난 그런 위험을 무릅쓸 수 없어."

하모니는 돌아서서 걸었다. 뒤에 남겨진 내가 지켜보는 가운데 집으로 들어가 문을 닫았다.

이제는 내가 집으로 가야 했다. 아빠 생각을 하지 않고 낮을 보냈고 저녁도 거의 보냈다. 학교에 간 덕분이었다. 하모니하고 먼 동네까지 간 덕에도 다른 생각을 할 겨를이 없었다. 그렇지만 이제는 머릿속을 차지할 생각이 없었다. 나는 곧 길의 모퉁이를 돌 것이고, 아빠의 차는 주차되어 있거나 혹은 주차되어 있지 않을 것이다. 이제 몇 걸음 안 가서 알게 될 것이다. 내가 숨을 죽이고 희망을 건 거기에는— 있었다. 아빠의 차가 있었다.

나는 멈춰 서서 숨을 내쉬었다가 다시 깊이 들이마셨다. 내내 어깨에 지고 있던 무거운 짐을 내려놓은 기분이었다. 아빠가 돌아왔다. 오늘 밤 나는 혼자가 아닐 것이다.

나는 조용히 현관문을 열었다. 캔디가 캉캉 짖으며 달려나와 반겼다. 나는 허리를 숙여 캔디의 얼굴을 양손으로 안고 귀 뒤를 긁어 주었다. 안에서 텔레비전 소리가 들렸다.

"다녀왔습니다!"

나는 큰 목소리로 인사했다.

대답이 없었다. 만약 아빠가 전날 밤을 꼬박 새우고 오늘 낮 동안에도 자지 못했다면 텔레비전 앞에서 잠들었을 수 있었다. 그리고 그렇다면 아빠가 그대로 자게 두는 편이 나을 거였다. 아니, 더 쉬울 거였다. 나는 가방을 내려놓고 거실을 들여다보았다. 아빠는 자지 않고 텔레비전을 보고 있었다.

"아빠."

나는 가만히 아빠를 불렀다.

아빠가 나를 내다보았다.

"잠시만."

나는 그 자리에 서서 아빠가 텔레비전을 보는 것을 기다렸다. 아빠는 시트콤을 보고 있었고, 때때로 재미있는 장면이 나오면 키득거렸다. 그건 좋은 신호였다. 다만 아빠가 보는 시트콤은 조금도 재미가 없었고 조금도 중요하지 않았다. 내가 자리에 그대로 서서 기다려야 할만큼은 아니었다. 뭔가가 가슴 속 깊은 곳에서 치밀어올랐다. 아빠는 밤새 집을 나가 있었다. 그리고 이제 돌아와서 나한테 기다리라는 것이다. 아빠는 자기가 뭐라고 생각하는 걸까? 나는 치밀어오르는 충동과 맹렬히 싸워야 했다. 아빠를 향해 고함을 지르거나 달려가서 텔레비전을 꺼 버리거나 아니면— 광고가 시작되었다.

"어디 있었냐?"

"친구랑 있었어요."

"알았다."

나는 아빠가 뭐라고 더 말하기를 기다렸지만 아빠는 텔레비전만 멀뚱히 쳐다보았다.

"엄청나게 대단한 광고인가 봐요."

내가 말했다.

아빠가 나를 쳐다보았다.

"그거 말고는 물어볼 게 없어요? 제가 어디에 있었는지도 안 궁금해요?"

내가 물었다.

아빠는 대답하지 않았다. 표정조차 변하지 않았다.

"학교 끝나고 하모니하고 같이 돌아다녔어요. 시내 반대편 이스트엔드까지 갔었어요."

"그래서 감자를 내가 깎아야 했군."

그것이 나에게 돌아온 대답이었다. 아빠는 내가 시내의 어디까지 갔든 왜 갔든 아무 관심 없었다. 아빠한테 중요한 건 그 일 때문에 자신이 무언가를 해야만 했다는 사실이었다.

"캔디는 살이 산책시켜 줬어요."

"난 집에 모르는 사람을 들이는 걸 좋아하지 않아."

"살은 모르는 사람이 아니에요. 내 친구예요."

"누구든 집에 오는 게 싫다. 너는 뭐 했고? 일했냐?"

"말씀드렸잖아요. 하모니하고 같이 이스트엔드까지 다녀왔다고요."

"어, 시작한다."

시트콤이 다시 시작되었고 아빠는 다시 텔레비전에 빠져들었다.

"만약 제가 일했으면 전 아홉 시 반이나 되어야 집에 와요. 제 퇴근 시간은 그때니까요."

"네가 하는 일 하나하나 다 쫓아다닐 순 없다."

"아빤 제가 하는 일 아무것도 쫓아다니지 않잖아요!"

"대체 뭐가 문제냐?"

적어도 아빠가 텔레비전에서 고개는 돌리게 만들었다. 아빠는 나를 빤히 보고 있었다.

그 말은 하지 말아야 했다. 나는 물러서고 싶었다. 아빠를 자극하고 싶지 않았다. 외면하고 싶었고 사과라도 해서 그러고 싶었다. 하모니라면 어떤 쪽도 하지 않을 것이다. 하모니는 그냥 물러서기에는 너무 용감하다.

"제 문제는 아빠예요."

나는 나직이 말했다.

"지금 뭐라고 했냐?"

아빠가 물었다.

이제는 참을 만큼 참았다.

"아빠가 제 문제라고요. 어젯밤에 어디 계셨어요?"

나는 아빠에게 되물었다.

"내가 어디 있었는지는 네가 신경 쓸 바가 아니야. 내가 부모고 네가 아이다."

"부모라면 밤새 안 들어와서 아이를 혼자 내버려 두지 않아요."

"널 다른 아이들보다 분별이 있는 아이라고 생각해서 미안하게 됐구나. 널 더 잘 키운 줄 알았는데."

"아빤 절 거의 키우지도 않았어요. 전 늑대 무리에서 자란 거나 마찬가지였어요. 아니, 그건 아니네요. 왜냐하면 늑대도 자기 새끼는 돌볼 테니까요."

아빠가 벌떡 일어났다. 그대로 나를 지나쳐 현관으로 걸어갔다.

나는 아빠를 쫓아갔다.

"뭐 하시려고요?"

"나갈 거다."

나는 아빠의 팔을 붙잡았다.

"어디 가시게요? 언제 오실 건데요?"

"두고 보면 알지 않겠냐?"

나는 아빠의 팔을 놓고 현관문으로 갔다. 문을 활짝 열었다.

"열한 시까지 안 들어오시면 큰아빠하고 큰엄마한테 전화할게요."

"전화해서 어쩔 건데?"

"다 말할 거예요. 두 분한테 다 말한다고요. 아빠가 얼마나 많이 절 혼자 내버려 두는지 다요."

"그러면 뭐가 어떻게 될 거 같고?"

아빠가 물었다.

"두 분한테 와서 저 좀 데리고 가 달라고 부탁할 거예요. 가서 두 분 집에서 같이 살아도 되냐고 여쭤볼 거예요."

아빠는 웃었다.

"잘도 그렇게 되겠다. 대체 누가 널 돌본다고 나선다고 그러냐? 넌 내가 아직 옆에 붙어 있어서 행운인 줄만 알아라."

"그래요. 정말 나는 행운아네요!"

나는 소리 질렀다.

아빠는 나를 오래도록 차갑게 쏘아보더니 갑자기 키득거렸다.

"믿고 싶은 대로 믿어라. 네 큰아빠랑 큰엄마가 와서 널 구출할 거라고 많이 믿으라고. 아니, 한번 전화를 해 보든지. 누구 말이 맞는지 보게."

"제 말이 틀릴 수도 있어요. 두 분이 안 올 수도 있죠. 그렇지만 경찰에 전화는 해 줄 거예요. 제가 직접 전화해도 되고요. 경찰한테 제가 혼자 있고, 전에 아빠가 나한테 어떻게 했는지 다 말할 거예요."

"그래야지."

"그럴 거예요. 정말로 그럴 거예요."

"어서 그래라. 넌 그럼 어디 위탁 가정으로 가게 될 테니 나도 드디어 널 치우겠구나. 어딜 봐도 내 인생은 네가 없는 편이 낫지 않겠냐?"

배로 주먹이 정통으로 꽂힌 것 같았다. 그렇지만 나는 내색하지 않았다.

"아빠 인생은 더 나을 수도 있겠죠. 단지 달라져야 한다는 거예요. 아빠가 달라져야 해요. 오늘 열한 시까지 집에 안 들어오시면, 전 전화할 거예요."

아빠의 표정에서 자신만만하던 기색은 사라졌지만 그렇다고 납득한 표정도 아니었다. 아빠는 내가 허풍을 떤다고 생각하는 걸까? 허풍인지 아닌지는 나 자신도 알 수 없었다. 무슨 말을 어디서부터 시작해야 할까? 무슨 얘기부터 시작하든 중간에 물러서진 않을 것이다.

"아빠가 또 단 한 번이라도 밤에 나를 혼자 내버려 두면, 전 전화할 거예요. 오늘 밤만 말하는 게 아니에요. 언제라도 밤에 또 안 들어오면요. 한 번이라도 또 그러면 전화하겠어요."

"넌 네 할 일을 해라. 난 내 할 일 할 테니."

아빠는 나를 그대로 지나쳐 집 밖으로 나갔다. 차로 가는가 싶더니 돌아서서 걷기 시작했다. 아빠는 나가긴 나가지만 아마도 그렇게 멀리나 그렇게 오래 나가지는 않을 것이다. 나는 게임에서 이기지 못했지만 지지도 않았다. 아빠는 오늘 집에 들어올 것이다. 아마도 들어올 것이다.

나는 문을 닫았다. 나한테는 걱정할 시간이 없었다. 해야 할 숙제가 있었다. 그렇지만 먼저 하모니에게 전화해서 아빠가 집에 왔다는 걸 말해 주어야 했다. 그러다가 아빠가 다시 들어온 다음에 전화하기로 생각을 바꾸었다. 만약 아빠가 다시 들어온다면. 만약 아빠가 들어오지 않는다면 과연 나는 큰아빠나 경찰한테 전화할까? 누구에게든 전화를 걸고 나면 그 무엇도 예전과 마찬가지일 수 없다는 것을 나는 알고 있었다.

~~1,614~~ 1,613

열일곱

하모니의 집 앞에 도착해 보니 하모니가 인도와 차도를 가르는 경계석에 앉아 있었다.

"늦었잖아!"

하모니가 쏘아붙였다.

나는 손목시계를 확인했다. 사실 평소보다 몇 분 일렀다.

하모니는 일어서더니 걷기 시작했다. 나는 하모니 곁으로 갔고 우리는 말 없이 나란히 걸었다.

"너 어제 전화 안 했어. 그래서, 아빠는 집에 와 있었어?"

하모니가 물었다.

"집에는 오셨어. 그런데 너무 늦게야 오셔서 전화 걸기에는 너무 늦어 버렸어."

사실 나는 전화 거는 걸 잊어버렸다. 아빠는 나하고 그렇게 한바탕하고 나가서 두 시간 가까이 돌아오지 않았다. 그리고 열한 시가 되기 직전에 들어왔다. 최종 시한 직전이었다. 아빠는 나한테 말도 붙이지 않고 방으로 직행했다. 나에게 일종의 벌을 주었다고 생각하는 것 같았다. 나에게 그건 다행에 가까웠다. 내가 여전히 궁금한 점은 전화하겠다는 나의 말이 허풍이었는지 아닌지였다. 만약 아빠가 십오분만 더 늦었더라면 나는 전화를 걸었을까? 아니면 아빠가 밤새 안 돌아오는지 기다렸을까? 그 답은 잘 모르겠지만, 오늘 학교가 끝나면 큰엄마와 큰아빠에게 전화해서 안부를 묻기로는 결심했다. 연락 안 한 지 한참이 지났으니까 통화하면 좋을 것이다.

"어디에 있었다고는 말해 줬고?"

하모니가 물었다.

"안 물어봤어. 아빠는 말 안 했고."

"그러면 너희 아빠는 아무 일도 없었고 안 들어온 적도 없었다는 듯 어슬렁어슬렁 들어온 거네."

"딱 그거야."

"'미안하다'라든지 '너 괜찮니' 같은 말은 전혀 없고?"

"전혀."

"우리 엄마 같은 사람도 사과는 해. 사실 우리 엄마는 맨날 사과하지. 어떨 땐 밤에 자는 나를 깨워서 지금까지 잘못한 일들을 다 사과해."

"그게 무슨 의미가 있어?"

내가 물었다.

하모니는 고개를 저었다.

“어쨌든 너희 엄마를 찾아서 다행이야. 재활 센터에 잘 가셨을까?”

내가 물었다.

“담당 사회복지사가 내 위탁 엄마한테 전화를 걸어서 말해 줄 때까진 몰라. 오늘 내가 위탁 엄마하고 한마디라도 한다면 말이야.”

이래서 아까 하모니가 도로 경계석에 나와서 기다리고 있던 거였다.

“너 왓슨 아줌마한테 싸움 걸었어?”

“아니, 왓슨 아줌마가 나한테 싸움을 걸었지.”

“무슨 일이야?”

내가 물었다.

“왓슨 아줌마는 한시도 날 가만두지 않아. 아침 먹는 내내 옆에서 귀찮게 하잖아. 이것저것 물어보면서.”

“뭘 물어봤는데?”

“학교생활은 어떠니, 아줌마가 사 줬으면 하는 게 있니, 새 옷은 필요 없니, 학용품은 필요 없니—.”

“인간이 그렇게 지독할 수가. 네가 그 집에서 도망치려는 것도 너무나 당연해.”

“입, 닥쳐, 줘. 왓슨 아줌마는 너무 사생활을 침해해. 친구에 관해서 캐묻고 내 엄마에 관해서 캐묻고."
"너한테 마음을 쓰니까 그런 걸 수도 있어."
내가 물었다.
"돈에 마음을 쓰는 거야. 왓슨 아줌마가 알고 싶은 건 내가 학년이 끝날 때까지, 아니면 학년이 끝나도 쭉 그 집에 있고 싶어 하는지야. 돈을 계산하는 것 같아."
"아니면 너를 위탁하고 있는 게 좋아서일 수도 있어. 아니, 잠깐만. 그건 이유가 될 수 없어. 제정신인 사람이 너하고 같이 있는 걸 좋아할 리 없잖아? 네가 경계석에 나와 기다리던 것도 당연해. 우리, 그 집 사람들을 위험한 사람들이라고 경찰에 신고하는 게 좋지 않을까?"
"내가 가고 나면 넌 내가 보고 싶을 거야."
갑자기 내가 정말로 하모니를 그리워할 것을 깨달았다. 이 아이는, 이 여자아이는 어떻게 이토록 빨리 내 인생에 이렇게 중요해졌을까? 나는 이런 식으로 생각하는 나를 용납할 수 없었다.
"그렇지만 전화가 있으니까. 통화는 할 수 있어."
하모니가 말했다.
나는 대답하지 않았다. 그건 같을 수 없었다.
"한동안은 여기 있을 것 같아?"
내가 물었다.
"우리 엄마한테 달렸어."

"그렇다면 어제는 출발이 괜찮았네. 네가 너희 엄마를 재활 센터로 돌려보냈으니까."

"우리가 한 일은 엄마를 우버에 태운 것뿐이야. 우리 엄마는 도착하기 전에 뛰어내렸을 수도 있어."

"그게 가능하다고 생각해?"

"알코올 중독자는 믿을 수 없어."

나는 알코올에 중독되지 않아도 믿을 수 없는 사람들이 있다고 생각했지만 말하지는 않았다.

"재활 센터에 계시길 바라자."

내가 말했다.

아니면 하모니의 엄마가 진짜로 우버에서 내려서 하모니가 이곳에 조금 더 오래 머무르게 해 달라고 바라든지. 그런 생각이 떠오르자 곧 마음이 무거웠다. 하모니는 집으로 돌아가고 싶어한다. 설령 그곳이 끔찍한 곳이더라도 돌아가기를 바란다. 나는 그 마음을 세상 그 누구보다 이해한다. 하모니를 위해 나도 같은 걸 바라야 하지 않을까?

"우리 위탁 엄마는 널 정말 좋아해."

하모니가 말했다.

"나도 왓슨 아줌마가 좋아."

"아니, 진짜로 좋아한다고."

"이렇게 말하기는 좀 그렇지만 네가 왓슨 아줌마한테 전해 줄래? 나한테는 너무 연상이시고 나는 유부녀하고는 사귀지 않는다고 말이야."

"넌 네가 엄청 웃긴 줄 알지."

"그렇다고 줄곧 말한 건 너야."

내가 말했다.

"내가 하고 싶었던 말은 네가 꼭 위탁 가정에 들어가야 한다면 그 집이 너한테 괜찮을 거라는 거였어."

"난 위탁 가정에 안 들어가."

"그건 모르지. 있을 수도 있는 일이야."

전날 밤에 내가 위탁 가정을 들먹이며 아빠를 위협했다고 말해야 할까?

"만약 너희 아빠가 그렇게 자꾸 집에 안 들어오면 네가 원하든 아니든 생길 수도 있는 일이라고."

"우리 아빠가 집에 안 들어오는 건 아무도 몰라. 너만 아는데 넌 아무한테도 말 안 할 거잖아. 맞지?"

"알잖아."

내가 알고 있을까? 나는 하모니를 정말로 믿을 수 있을까?

"그냥 너희 아빠가 오랫동안 집에 안 들어오면 너 혼자서는 살 수 없다는 얘기야."

"아니, 난 살 수 있어. 난 혼자서 아주 오랫동안 있을 수 있어. 너도 우리 집 지하실에 식량이 얼마나 많은지 봤잖아. 공과금 낼 돈도 있어. 몇 달은 충분히 버텨."

그리고 하루하루 나는 가까워지고 있었다.

"왓슨 아줌마네 집에서 사는 것도 그렇게 나쁘진 않아."

하모니가 말했다.

"그 말은 네가 명심하도록 해."

"내 말은 세상에는 어쩔 수 없는 일이 벌어지기도 한다는 거야. 너한테도 벌어질 수 있고."

하모니가 말했다.

"난 괜찮아. 나한테는 계획이 있어."

"집에 박혀서 지하실의 식량이 다 떨어질 때까지 버티는 거?"

하모니가 쏘아붙였다.

"그건 계획의 일부야."

"바보 같은 계획이야. 세상이 중학교 2학년짜리를 혼자 살게 내버려 둘 것 같아?"

"있는 줄 모르면 내버려 둘 거야."

"누군가는 눈치챌 거야."

하모니가 말했다.

"아니, 눈치 못 채. 이웃 사람들은 모를 거야. 뭔가를 아는 유일한 사람은 너야. 게다가 그건 계획의 하나일 뿐이야."

"그 계획이란 게 나머지는 뭔데?"

하모니가 다그쳤다.

나는 말하려고 입을 열었다가 애써 다물었다. 계획의 나머지는 발설해선 안 된다. 그건 누구도 알아서는 안 되는 나의 비밀 계획이다. 아닐까? 하모니에게는 말해도 될까? 하모니를 믿어도 될까? 내가 마음을 정하기도 전에 하모니가 끼어들었다.

"말만 그렇게 하는 거야, 아니면 정말로 다른 계획이 있는 거야?"

나는 하모니에게 말할까 생각해 보았다. 만약 누군가에게 말한다면 그 누군가는 하모니일 것이다.

"계획은 있는데 나한테 말을 안 하고 싶든지, 계획 같은 건 없으면서 거짓말을 하든지 둘 중 하나겠지. 어느 쪽이든 너는 꼴통이고, 나는 꼴통하고 놀아 줄 시간 같은 건 없어!"

하모니는 홱 돌아서더니 차도로 내려섰다. 차 한 대가 하모니를 향해 경적을 길게 울리며 속도를 줄였다. 하모니는 건너편 길로 넘어가서 그대로 가 버렸다. 나는 놀란 채 그대로 얼어붙어 있었다. 하모니를 따라가야 할까 아니면 이름을 불러야 할까 아니면… 그냥 가게 둬야 할까? 우리 둘 중 하나는 꼴통처럼 굴고 있었다. 그리고 나는 그것이 내가 아니란 걸 확신했다.

* * *

점심시간이 되자 나는 원래의 내 자리, 하모니 옆자리로 가서 앉았다. 하모니는 나에게 인사도 하지 않았고 내 쪽으로 고개를 돌리지도 않았다. 나는 놀라지 않았다. 하모니는 농구 연습 중에도 연습이 끝난 뒤에도 나에게 말을 걸지 않았고, 교실에서도 오전 내내 내 쪽을 보지 않았다.

하모니 빼고 모두가 나에게 왔냐고 인사했다. 아이들은 하모니가 나를 본척만척하는 걸 눈치챘을까? 우리는 각자의 점심을 꺼냈다. 나와 하모니는 학교에 오는 길에 점심을 맞바꾸지 않았고, 나는 점심을 바꾸는 일 같은 건 지금도 없을 거라는 걸 왜인지 알 수 있었다. 하모니가 가져온 통밀빵 비프 샌드위치는 빵 가장자리로 녹색 채소를 내밀고 있었다. 나는 물론 잼 샌드위치를 가져왔다. 나는 잼 샌드위치 대장이다.

하모니가 모두와 이야기를 나누면서 나만 완전히 모른 척하는 가운데 앉아 있기란 낯설었다.

"다들 이따가 밤에 파티에 갈 거지?"

테일러가 물었다.

"당연하지."

라즈가 대답했다.

"절대 안 놓치지."

살이었다.

"무슨 파티?"

내가 물었다.

"데번이 집에서 파티를 한대."

제이가 설명해 주었다.

"데번의 형이 하는 파티라고 해야겠지만."

테일러가 덧붙였다.

데번의 형은 고등학생이다. 동네에서 몇 번 본 적은 있지만 나는 잘 모른다.

"그게 무슨 뜻인지 알아?"

라즈가 말했다.

"고등학생 누나들이 온다는 뜻이지."

살이 대답하며 라즈와 하이파이브를 나눴다.

"그리고 우리 모두는 그게 무슨 뜻인지 알아."

테일러가 말했다.

"너희들 모두에게 연상의 여자에게 거절당할 기회가 생겼다는 뜻이야."

하모니가 대꾸했다.

나는 웃지 않을 수 없었다.

"잘 될 수도 있어."

테일러가 말했다.

"그래, 계속 그렇게 믿어. 자신감과 망상은 종이 한 장 차이고 너희 둘은 그 사이를 넘나들고 있으니까."

하모니가 대꾸했다.

"어쨌든."

테일러가 하모니의 말을 못 들은 척 말을 이었다.
“데번의 형이 데번한테 친구들을 초대해도 된다고 했대. 부모님한테 두 분이 안 계신 사이에 집에서 파티 벌인다는 걸 얘기 안 한다는 조건으로 말이야.”
“그럼 데번의 부모님은 집에 안 계시는 거야?”
내가 물었다.
“그러니까 파티를 하지.”
제이가 대답했다.
“그러니까 진짜 파티가 될 거고.”
테일러가 거들었다.
“그럼 너희들 다 가는 거야?”
내가 물었다.
모두 고개를 끄덕였다.
“데번이 나한테는 오라고도 안 하던데.”
내가 말했다.
“어차피 너는 안 올 거라고 생각했을걸.”
“왜 그렇게 생각하지?”
“넌 늘 아르바이트하거나 공부하니까. 더구나 이번 건은 좀 화끈해질 수도 있고.”
“나도 화끈해질 수 있어.”
내가 대답했다.
모두가 키득거리며 눈빛을 교환했다. 내가 방금 한 말을 믿지 않는다는 걸 분명히 보여 주고 있었다.

"그렇다면 너도 가야지."

제이가 말했다.

"못 갈 것 같아. 아홉 시까지 아르바이트해야 해."

내가 설명했다.

"그러니까 내가 말했잖아. 넌 아마 아르바이트할 거라고."

테일러가 말했다.

"아르바이트 끝나고 와도 돼. 아마 아홉 시는 넘어야 진짜 시작일 거야."

제이가 말했다.

나는 아르바이트가 끝나고 두 시간 정도 공부를 해야 한다고 말하려다가, 녀석들의 말이 옳다는 것만 증명할 거라는 생각이 들어서 그만두었다.

"너도 꼭 와. 우리 다 갈 거야."

라즈가 말했다.

"모르겠어. 가게에 늦게까지 남아서 청소해야 할 때도 있어서. 집에 들러서 옷 갈아입고 데번네 집에 갈 때쯤이면 파티는 거의 끝날걸."

"파티는 한밤중이나 되어야 끝날 거야. 너도 오면 좋겠다. 생각해 봐."

테일러가 말했다.

"그래."

그렇지만 나는 생각하지 않을 생각이었고, 가지 않을 생각이었다.

"난 데번이라는 애를 잘 모르긴 하는데, 나도 가도 돼?"

그건 하모니였다.

"당연하지."

살이 대답했다.

"잘 됐다."

하모니의 대답에 제이가 말했다.

"좋아. 그럼 파티에서 보자. 아니면 내가 너희 집에 들러서 같이 갈까?"

"그럼 좋지."

하모니가 대답했다.

"좋아, 한 여덟 시 반쯤 가면 어때?"

"아주 좋아. 그럼 그때 보자."

대답을 마친 하모니는 자기 물건들을 챙겨 일어섰다. 우리는 하모니가 가는 모습을 지켜보았다.

"너희 깨졌냐?"

제이가 물었다.

"당연히 아니지. 그러니까, 사귄 적이 없으니 깨질 수도 없다는 뜻이야."

"그렇지만 지금 싸우고 있잖아."

살이 말했다.

"나는 싸우고 있지 않아."

"그럼 하모니가 파티에 와도 너 상관없는 거지?"

테일러가 물었다.

"자기가 가고 싶으면 가는 거지."

내가 대답했다.

"그 파티에 내 파트너로 가도 너는 상관없는 거고."

나는 제이에게 미쳤냐고 말할 뻔했지만, 모두가 웃었기 때문에 내가 말할 필요가 없었다.

"하모니는 너하고 같이 파티에 가는 거야. 네 파트너로 가는 게 아니고."

테일러가 말했다.

"그건 확실하지."

살이 덧붙였다.

수업 종이 울렸다. 이야기는 그걸로 끝이었다. 적어도 당장은 끝이었다.

* * *

하모니가 건너편 길에서 나보다 조금 앞서 걷고 있었다. 하모니는 오후 내내 폭발 직전의 상태였다. 아무라도 시비를 걸 사람을 찾아다녔다. 뭐, 나는 제외였다. 내 쪽은 쳐다보지도 않았으니까.

오후 내내 나는 파티에 가야 할 것인지 생각했다. 그렇지만 그보다는 하모니에 관해 더 많이 생각했다. 더 정확하게는 하모니가 며칠 전에 나에게 내 친구들은 진짜 내 친구들이 아니라고 한 것에 관해 생각했다. 하모니는 완전히 틀렸다. 점심시간에 나에게 말을 걸지 않은 것은 그 아이들이 아니었다. 그 아이들은 하모니가 나타나기 훨씬 전부터 내 친구들이었고, 하모니가 가고 난 뒤에도 오랫동안 내 친구들일 것이다.

그리고 아빠의 말이 밀려들었다.

"친구란 건 있다가도 없는 거다. 친구들한테 기댈 수 있다고 믿지 마라. 믿을 놈 아무도 없다. 자기만 믿는 거지. 이 말 반드시 명심해라. 남들을 믿는 건 실망하기로 작정하는 거야."

친구란 필요한 걸까? 친구들이란 결국 서로를 실망시키게 되는 걸까? 어쩌면 아빠가 맞고 우리가 믿을 수 있는 건 자기 자신밖에 없는지도 모른다. 그렇다면 하모니가 나에게 말을 걸지 않았다고 해서 뭐? 다시는 나한테 말을 안 한다고 해도 뭐? 하모니가 떠난다고 해서 뭐? 하모니가 빨리 떠날수록 내 비밀은 안전해진다. 하모니와 이야기하고 하모니가 가까이 다가오도록 내버려 둔 것은 큰 실수였다.

앞에 락웰가가 보였다. 이제 하모니는 오른쪽으로 꺾어서 실버손가로 갈 것이고, 나는 왼쪽으로 꺾어서 챔버스가로 갈 거였다. 우리는 거기서 갈라진다. 하모니는 여전히 나보다 조금 앞서 걷고 있었다. 그건 하모니가 먼저 방향을 틀어 나를 떠난다는 뜻이다. 내가 방향을 틀어 하모니를 떠나기 전에. 나에게 떠나는 사람이란 다른 사람들에게만큼 큰 위협이 아니다. 삶은 계속된다. 삶은 하모니가 떠난 뒤에도 계속될 것이다.

하모니가 길을 꺾었다. 나도 내 길로 꺾었다. 나는 하모니가 뒤를 돌아보는지 보려고 돌아보지 않았다. 그건 중요하지 않았다. 나에게는 해야 할 일과 지켜야 할 계획이 있고, 하모니는 그 계획의 일부가 아니다. 어쩌면 월요일 아침에는 몇 분 천천히 집에서 나설 수도 있을 것이다. 하모니와 둘이 걷기 위해서 멀리 돌아갈 필요가 없을 테니까.

열여덟

집에서 나오면서 손목시계를 힐끗 보았다. 열 시가 다 되어 가고 있었다. 샤워하고 옷을 갈아입는 데 생각보다 오래 걸렸다. 나는 하나뿐인 비싼 바지를, 하모니와 함께 가서 산 그 바지를 입었다. 파티장까지 다섯 블록을 걸어가면서 가지 말까 하고 다섯 번은 생각했다. 그런데도 나는 여전히 파티 장소로 향하고 있었다. 하모니가 거기에 있다는 것이 한몫했다. 나는 하모니와 이야기하고 싶다고 결론 내렸다. 하모니가 나한테 바보처럼 군다고 해서 나도 하모니한테 바보처럼 굴어야 한다는 것은 아니었다. 그리고 나는 알아야 했다.

반 블록이나 남았는데 시끌벅적한 소리가 들리기 시작했다. 소리는 다가갈수록 요란해졌다. 집 앞 잔디밭에 다섯 명이 서 있는 모습이 보였다. 남자 셋에 여자 둘, 모두 빨간색 플라스틱 컵을 들고 있었다. 다 나보다 나이가 많아 보이는 것이 데번네 형의 친구들일 것 같았다.

"개빈 친구야?"

모여 있던 형 중에서 하나가 물었다.

"아니요."

"그럼 꺼져. 초대받은 사람만 들어갈 수 있어."

"전 개빈 형 동생 데번 친구예요. 데번한테 초대받았어요."

"그래? 그럼 집 뒤쪽으로 가 봐. 파티는 뒷마당에서 하니까."

나는 땅에서 베이스 기타의 울림을 느끼며 뒷마당으로 들어섰다. 어안이 벙벙해져 그대로 멈춰 섰다. 마당이 사람들로 꽉 차 있었다. 백 명도 넘어 보였다. 한쪽에서 댄스 무대로 쓰이고 있는 파티오가 특히 붐볐다. 머리 위로 걸린 크리스마스 조명이 예뻐 보였다.

친구들의 모습이 보이자 나는 안심이 되어 손을 흔들었다. 제이와 테일러, 살과 라즈가 손을 흔들며 몰려왔다.

"로비! 왔구나!"

테일러가 외치며 나를 꽉 안는 바람에 나는 깜짝 놀랐다. 술 냄새가 풍겼다.

"로버트, 우린 네가 안 오는 줄 알았어."

제이가 말했다.

"아르바이트 끝나고 온다고 했잖아!"

나는 음악 소리에 묻히지 않도록 고래고래 외쳤다.

"어쨌든 내가 집에 가기 전에 와서 다행이야."

살이 말했다.

"지금 간다고?"

내가 물었다.

"아직은 아니지만, 열한 시까진 가야 해. 그래서 시간이 얼마 없어."

"나는 자정까지만 가면 돼."

테일러가 말했다.

"나도 자정까지야."

제이도 거들었다.

"나는 새벽 한 시까지만 가면 돼. 로비, 넌?"

라즈가 말했다.

"자정까지."

거짓말이었다. 나는 밤새도록 있을 수도 있었다.

"가서 너 마실 것 좀 가져와."

테일러가 자신의 빨간 플라스틱 컵을 들어 보이며 말했다.

"맞아! 가져와야 해! 특제 펀치(과일주스에 설탕이나 양주 등을 섞은 음료)가 있어!"

테일러의 말에 제이가 맞장구쳤다.

특제란 표현에서 뭔가가 느껴졌다.

"로비, 넌 지금 밀린 할 일이 많다고."

살이 손에 들고 있던 음료를 꿀꺽 삼킴으로써 자기가 한 말의 의미를 명확히 보여 주었다.

"알았어. 그런데… 하모니는?"

내가 물었다.

"나하고 같이 왔어."

제이가 대답했다.

"안 보이는데."

내가 대답했다.

"아까부터 안 보이더라."

테일러가 대꾸했다.

"사람들이 너무 많이 와서 그런가 봐. 마당에 자리가 모자라서 골목으로도 많이 나갔어."

라즈가 설명했다.

"하모니가 거기 있다는 거야?"

"그럴걸. 그렇지만 너 오늘 하모니하고 말 안 하는 줄 알았는데."

테일러가 대꾸했다.

"하모니는 나하고 말 안 해. 그렇다고 나도 하모니하고 말 안 하는 건 아니니까. 어딘지 알려 줘."

"먼저 펀치부터 마셔야 하지 않을까?"

테일러가 물었다.

“이따가 마실게.”

내 말에 살이 대꾸했다.

“기다릴 것 없어. 내가 지금 가져다줄게.”

“그래, 고마워.”

나는 술 같은 건 마시고 싶지 않았지만 이 상황에서 뭐라고 할 수 있을까? 나한테 술이란 이해할 수 없는 거였다. 나는 내 삶을 통제하기 위해 애써 왔다. 그 통제력을 날릴 위험을 감수할 수 없었다.

살이 펀치를 가지러 간 사이에 나는 나머지 친구들과 함께 사람들 사이를 파고들었다. 대부분 우리보다 나이가 많거나 훨씬 많았고, 목청을 높이고 있었다. 펀치를 상당히 많이 마신 것이 분명했다. 나는 어딘가 마음이 불편했다. 사방의 분위기가 모두 미쳐 날뛰기 직전이라고 말하고 있었다.

우리는 서로에게 고함을 지르는 두 남자를 피해 앞으로 나아갔다. 뒤로 구경꾼들이 몰려드는 것으로 보아 뭔가 큰 일이 터질 것 같다는 생각은 나만 하는 게 아니었다. 몇 걸음 채 못 가서 뒤에서 큰 소란이 벌어졌고, “싸워라, 싸워라!” 외치는 소리가 들려왔다. 파티장의 사람들이 고함이 들리는 쪽으로 우르르 몰려들었다.

나는 한참을 꾸역꾸역 가서 돌아보고야 내 친구들이 뒤에 없었다는 사실을 깨달았다. 어느새 싸움 구경에 합세해 있었다. 열려 있는 마당의 뒷문으로 구경을 놓치지 않으려는 아이들이 쏟아져 들어왔다. 나는 나갈 틈이 생기기를 기다렸다가 골목길로 나섰다. 순식간에 주위가 어두워졌다. 반 블록 떨어진 대로의 가로등 빛이 골목의 유일한 빛이었다.

골목에는 아이들이 멀리까지 띄엄띄엄 흩어져 있었고, 하모니는 보이지 않았다. 어쩌면 일찌감치 집에 돌아갔을 수도 있었다. 그건 현명한 일이다. 그렇다는 건 하모니가 아직 여기 있을 확률이 높다는 뜻이었다. 이렇게 어둡고 으슥한 골목길에 있는 것은 나에게 현명한 일이 아니었지만, 하모니와 말 한마디 해 보지도 못하고 그냥 집으로 갈 수는 없었다. 하모니가 내 머릿속에서 떠나지 않았다. 나는 아르바이트 내내 하모니를 생각했다. 이제 우리가 더는 친구가 아니라면 적어도 확실히 알고 싶었다. 일이 벌어지고 통제 불가능하게 흘러갈 때까지 무력하게 기다리는 것은 지긋지긋했다.

뒷문을 기준으로 왼편 길에 아이들이 더 많아 보여서 나는 왼쪽으로 꺾었다. 골목을 따라 늘어선 차고 앞으로 사람들이 듬성듬성 무리 지어 있었다. 맨 앞의 무리를 쳐다보자 그쪽도 나를 쳐다보았다. 형처럼 보이는 남자가 나를 보며 인상을 찌푸렸다. 나는 재빨리 고개를 돌렸다. 며칠 전 뒷골목 사건이 떠오르면서 그 남자들도 여기에 있을 것만 같았다. 덜컥 겁이 났다. 돌아서서 집에 가고 싶었다. 그때 하모니가 보였다. 적어도 내 눈에는 하모니 같았다. 내 쪽으로 등을 돌리고 서 있었다.

"하모니?"

나는 하모니를 불러 보았다.

하모니가 돌아섰다. 하모니는 으슥한 그림자 안에 네 명의 일행과 서 있었다. 일행 중에 한 사람만 여자고, 남자 여자 할 것 없이 모두 하모니보다 나이가 많아 보였다. 하모니도 빨간색 플라스틱 컵을 들고 있었다. 일행 모두가 같은 빨간 컵을 들고 있었다. 여기서 술을 마시지 않은 건 나뿐인 걸까?

"우리 얘기 좀 할 수 있을까?"

나는 하모니에게 물었다.

"내가 말린다고 네가 안 할 것 같지 않은데."

하모니가 대꾸했다.

"둘만 따로 얘기하고 싶다는 말이야."

"이 꼬마는 누구야?"

무리 중의 남자 하나가 물었다.

"내 친구야."

하모니가 대답했다.

"친구야 아니면 남자친구야?"

다른 남자가 물었다.

"남자친구냐고?"

하모니는 코웃음을 치고 말을 이었다.

"얘를 보고 좀 참아 줘. 너흰 내가 이런 애를 남자친구로 사귈 것 같아?"

모두가 웃었다. 모두가 나를 비웃었다. 나는 하모니가 그런 말을 하리라고 생각하지 못했고 그런 말이 이렇게 상처일 거라고도 생각하지 못했다.

"그럼 네 친구한테 지금 파티 중이라고 알려 줘야지!

남자는 옆의 자기 친구와 하이파이브했다.

"하모니, 중요한 얘기야."

"난 얘기하고 싶지 않아."

"1분만."

"얘가 얘기하고 싶지 않다잖아. 저리 가."

남자 중에서 덩치가 제일 큰 남자가 말했다.

"하모니?"

하모니의 표정이 누그러졌다.

"알았어, 얘기하자."

하모니가 나를 따라 서려는데 덩치가 하모니 팔을 잡았다.

"그냥 무시해."

"그 팔 놔!"

내가 외쳤다.

표정으로 보아 내가 덩치를 놀라게 한 것 같았다. 나 자신을 놀라게 한 만큼이나.

"안 놓으면 네가 어쩔 건데? 나하고 싸우기라도 할 거야?"

"그래."

덩치가 크게 웃었다. 거기 있는 모두가 하모니 빼고 다 웃었다. 덩치가 하모니를 잡은 손을 놓았다.

"꼬마야, 네가 정말 날 상대할 수 있을 것 같아?"

나는 고개를 저었다.

"상관없어. 싸워야 한다면 싸울 거니까."

"보니까 지금이 바로 싸워야 할 때 같은데."

덩치가 손가락으로 내 가슴을 쿡 찍으며 계속 말했다.

"갈 수 있을 때 조용히 가라."

나는 목덜미의 털이 곤두서면서 가슴 속에서 덩어리 같은 것이 엉기기 시작했다. 화가 엉기고 있었다.

"너야말로 갈 수 있을 때 가 줘야 할 것 같아."

내 말에 또 모두가 웃었다. 이번에는 덩치를 비웃는 거였다. 덩치도 나만큼 화가 치미는 것 같았다.

"난 안 무서워."

내가 말했다.

"무서워해야 할 거야."

덩치가 양손으로 내 가슴팍을 세게 밀치자 나는 주춤주춤 물러서다가 한쪽 무릎을 짚으며 넘어졌다.

나는 일어섰다. 손으로 무릎을 털었다. 청바지가 찢어졌을까 봐 걱정했는데 무사했다. 물러나야 했지만 그럴 수 없었다. 오히려 한 발 가까이 갔다. 덩치가 또 나를 밀쳤고, 나는 아예 바닥으로 나동그라질 뻔했다.

다시 덩치 앞으로 나섰다. 이번에는 주먹을 쥐었다.

"험한 꼴 자초하지 마. 갈 수 있을 때 조용히 가라고."

덩치가 말했다. 목소리가 어느새 위협이라기보다 부탁에 가까워져 있었다.

나는 고개를 저었다.

"하모니를 두고는 안 가."

"조시, 왜 이래. 애잖아. 그냥 둬."

무리 중에 누나로 보이는 여자가 말했다.

"그건 저 아이한테 말해. 싸우려는 건 저 녀석이니까."

덩치가 말했다.

"너 몇 학년이니?"

여자가 물었다.

"중학교 2학년이요. 하모니하고 같은 학년이에요."

모두가 놀란 얼굴로 하모니를 돌아보았다.

"너 중학생이었어?"

조시라고 불린 덩치가 물었다.

"맞아. 그래서 뭐?"

하모니가 되물었다.

"난 고등학교 2학년이야. 여기 우리 다 고등학교 2학년이라고. 당연히 너도 고등학생인 줄 알았는데."

"조시, 우린 가는 게 좋겠어. 둘이 얘기하게 놔두— 젠장! 경찰이다!"

나는 빙글 돌아섰다. 번쩍이는 헤드라이트로 뒤로 경찰차 두 대가, 아니 세 대가 우리에게 다가오고 있었다.

나는 재빨리 하모니의 손을 낚아챘다.

"빨리!"

나는 그대로 하모니를 끌고 달렸다. 내가 갈 곳을 아는 것도 아닌데 골목에 있던 사람들이 우리 뒤를 따라왔다. 몇 명이 더 합세해서 우리는 헤드라이트의 반대편으로 달렸다. 그런데 반대편에 헤드라이트 한 쌍이 다가오고 있었다! 우리는 일제히 멈춰 섰다. 앞뒤에서 다가오는 경찰차의 불빛에 포위된 채 그대로 얼어붙었다. 갇혔다!

나는 숨을 죽이고 슬그머니 하모니를 끌고 차고 사이로 물러났다. 거기에 철망으로 된 문이 있었다. 문을 열고 누군가의 집 뒷마당으로 들어갔다. 조용히 문을 닫았다. 마당은 아무도 없이 고요하고 어두웠다.

"우리 어디 가는 거야?"

하모니가 물었다.

"경찰들한테서 도망쳐야지. 여기 숨어 있으면 괜찮을 것 같아."

그러고 보니 하모니가 여전히 플라스틱 컵을 쥐고 있었다. 나는 하모니의 손에서 컵을 받아 들었다.

“너 이미 마실 만큼 마신 것 같아.”

나는 하모니가 순순히 내어 준 컵의 내용물을 길가에 부었다. 안에 있던 음료가 나에게 튀었다.

우리가 뒷마당에 숨어 들어간 집은 집 안이 깜깜했다. 불도 꺼져 있고 사람의 움직임 같은 것도 보이지 않았다. 모두 외출했거나 자는 것 같았다. 그대로 숨어 있어도 나쁠 것 같지 않았지만, 경찰들이 데번의 이웃집들을 수색하기 시작한다면? 우리는 더 멀리 도망쳐야 했다. 나는 하모니를 끌고 골목으로 나섰다. 어둠 속에 몸을 숨긴 채 고개를 내밀어 큰길을 살폈다. 경찰차가 두 대 보이고 경찰관 몇 명이 순찰을 돌고 아이들이 많이 모여 있었지만, 모두 다 멀찍이 데번네 집 근처에 있었다.

“너 뛸 수 있겠어?”

내가 물었다.

“그건 또 무슨 멍텅구리 같은 질문이야?”

“너 지금 잘 걷지도 못하잖아. 대체 얼마나 마신 거야?”

“네가 알 바 아니잖아.”

“우리가 경찰한테 잡히면 내 알 바도 되지. 좋아, 가자.”

우리는 골목에서 뛰쳐나와 큰길을 따라 달리기 시작했다. 우리만이 아니었다. 다른 아이들도 합세해서 나란히 달렸다.

나는 하모니를 끌고 길이 끝나는 데까지 달려 모퉁이를 꺾었다.

"잠깐만."

하모니가 말했다.

나는 속도만 조금 늦추었다.

"우리 계속 가야 해."

하모니가 발을 끌며 버텨서 우리는 멈춰 섰다.

"난 다른 걸 좀 해야겠어."

하모니는 허리를 숙이더니 왈칵 뭔가를 게워냈다. 알코올 냄새가 확 끼쳤다.

"괜찮아?"

내가 물었다.

하모니는 대답 대신 다시 왈칵 토했다. 물밖에 나오지 않았지만 술 냄새에 토 냄새가 합쳐지자 상상을 초월하는 악취가 진동했다. 하모니가 소맷단으로 입가를 닦았다.

"나 좀 앉아야겠어."

"조금만 더 가면 공원이야. 거기 벤치가 있어. 거기 가서 앉아."

나는 다시 하모니의 손을 잡고 길을 따라 걸어서 공원으로 들어갔다. 조그마한 잔디밭에 벤치 하나와 작은 화단이 있었다. 캄캄하고 아무도 없어서 마음이 놓였다. 여기서라면 들키지 않게 앉아 있을 수 있었다. 나는 하모니를 벤치로 데리고 가서 나란히 앉았다. 손을 놓고 그렇게 한참을 어두운 공원에서 말없이 앉아 있었다.

"나는 꼴통이야."

하모니가 말했다.

나는 대답하지 않았다.

"네가 아니라고 말해 줘야 하는 타이밍이야. 아니라고, 너는 지금 힘든 시기일 뿐이라고 말이야. 사회복지사가 늘 나한테 그러거든. 내가 지금 힘든 시기래."

"힘든 시기에 있다고 해서 꼴통이 못 되란 법은 없잖아."

나는 덧붙였다.

"술 취한 꼴통 말이야."

"좋아, 지금 나는 그런 말을 들어도 싸. 그런데 말해 줄 게 있어. 사회복지사가 전화 와서 우리 엄마 재활 센터에 잘 찾아갔대."

"정말 잘 됐다!"

"그리고 다음 날 아침에 또 나갔대."

"이런. 이번에도 같이 찾으러 갈까?"

"그래 줄 거야?"

"같이 가자면 갈게."

"고마워. 그런데 그런다고 소용이 있을까?"

하모니가 물었다.

나는 소용이 없을 것 같았다. 그리고 하모니가 찾으러 가자고 하지 않아서 고마웠다.

"내일은 토요일이니까 너 일하는 날 맞지?"

"내가 마감하는 날이지만 여섯 시면 집에 올 거야. 집에 놀러 올 거야? 나 숙제, 아니 우리 둘 다 숙제가 있지. 숙제하고 텔레비전 보면 되겠다."

"너희 아빠는?"

"토요일 밤이니까 집에 없을 거야."

내가 대답했다.

"그렇다면 좋아. 미안해, 정말."

"괜찮아. 우린 다 바보 같은 짓을 하니까."

"너도 바보 같은 짓을 해?"

하모니가 물었다.

"방금 덩치가 내 두 배는 되는 형한테 싸움 걸었잖아."

"그건 바보 같았지. 며칠 만에 벌써 두 번째야."

하모니가 대답했다.

"너한테 너무 물들고 있어."

나는 숨을 깊이 들이마시고 덧붙였다.

"그리고 너희 엄마 일은 유감이야."

"전에 네가 계획이 있다고 했을 때 너한테 거짓말쟁이라고 해서 미안해. 넌 나한테 거짓말을 하지 않는 거의 유일한 사람인데."

"그런 거 신경 쓰지 마. 지금은 널 집에 데려가는 게 중요해. 몇 시까지 들어가야 해?"

"열한 시 반."

"그 시간 전까지는 들어갈 수 있어. 집에 가면 곧장 2층으로 올라가서 네 방으로 가서 자. 네가 술 마셨다는 거 아무도 모르게."

"그래, 그러면 될 것 같아. 내가 너무 바보처럼 느껴져."

"좋은 얘기야. 다시는 안 이러겠네."

"그렇다고 술을 안 마시게 되지는 않던데. 그런데 최악은 뭔 줄 알아?"

하모니가 물었다.

"네가 네 신발에다 토한 거?"

하모니는 픽 웃었다.

"최악인 건, 내가 지금 우리 엄마가 내 나이 때 했던 일을 똑같이 하고 있다는 거야… 엄마가 지금도 하고 있는 일 말이야… 그리고 난 내가 엄마와 똑같다는 생각이 들기 시작했어."

"넌 너희 엄마하고 전혀 달라."

나는 대꾸했다.

"술에 취해서 뒷골목에서 인생 실패자들하고 어울린 건 어쩌고?"

하모니가 물었다.

"여긴 공원이고 난 인생 실패자가 아니야."

"조금 전에 말이야… 아, 너 농담한 거구나."

"안 통한 게 분명하긴 하지만 맞아. 농담이었어."

"내가 하고 싶은 말은 말이야… 내가 나중에 엄마 같은 사람이 되는 게 아닐까?"

"안 그래."

"넌 우리 엄마 모르잖아. 그리고 넌 나에 관해서도 전혀 몰라."

"난 널 알고, 네가 누구든 네가 바라는 사람이 될 거란 것도 알아."

"난 너랑 달라."

"그리고 너희 엄마하고도 다르고. 너는 너야. 너는 똑똑하고—."

"너완 다르다고."

하모니가 말했다.

"너하고 내가 다른 점은 나는 열심히 산다는 것뿐이야. 그리고 너도 그럴 수 있어. 너한테 계획만 있으면 돼. 너 아직도 내 계획의 나머지가 뭔지 알고 싶어?"

"말하기 싫으면 꼭 말 안 해 줘도 돼."

"말 안 해도 되는 거 알지만 할게. 말할 건 아니야. 보여줄게. 내일. 지금은 널 집에 보내고."

~~1,613~~ 1,612

열아홉

프리아모 아줌마가 나를 조금 일찍 보내 주었다. 나는 재빨리 가게에서 나와서 집으로 달려가 샤워하고 옷을 갈아입었다. 새 바지에 구멍 나지 않은 양말을 신고 셔츠를 입었다. 다 깨끗하다. 내 옷이 모두 다 깨끗했다. 내가 일하는 동안 아빠가 세탁기를 돌렸다. 그뿐만 아니라 집도 청소하고 장도 봐 두었다. 아빠의 엘리베이터는 내려가는 중이었고 따라서 모든 것이 차분했다. 내가 알 수 없는 이유로 엘리베이터가 중간층에서 덜컥 걸리지 않을까 하는 희망을 품는 때다.

저녁 식사가 집으로 돌아온 나를 기다리고 있었다. 으깬 감자에 크림소스로 버무린 옥수수 통조림, 통조림 햄 4분의 1조각이다. 우리는 비싼 음식을 잘 먹지 않는다. 나는 햄을 좋아한다. 아빠가 식사 준비에 큰 수고를 들였다는 것이 아니라, 아빠가 식사를 준비하고 내가 먹게 준비해 두었다는 것이 중요했다. 그러고 나서 아빠는 옷을 차려입고 늘 그렇듯 토요일 밤을 즐기러 차를 몰고 떠났다.

내가 기억하는 시절부터 아빠는 토요일 밤마다 늘 마을 회관에 춤을 추러 갔다. 거기에는 밴드가 있고 아빠가 알고 지내는 사람들이 와 있었다. 그게 그들의 토요일 일과였다. 회관에 나와서 이야기하고 춤을 추고 술을 조금 마셨다. 아빠는 보드카를 마셨다.

어렸을 때 아빠가 나갈 낌새를 보이면 나는 아빠가 집에서 나가기 전에 준비를 했다. 먹고 싶은 음식과 마시고 싶은 음료수를 챙겨서 캔디를 데리고 아빠 방에 들어가서 문을 잠갔다. 텔레비전을 보면서 혼자 있다는 사실을 잊으려고 애썼다. 물론 이제 나는 많이 컸고 더는 그렇게 할 필요가 없다.

현관문을 두드리는 소리가 들리기도 전에 캔디가 짖기 시작했다. 캔디가 짖는 소리는 노크 소리보다 크고 캔디는 그 어떤 경보 시스템보다 나았다. 하모니가 도착한 것 같았다. 창문을 내다보았다. 하모니다.

"캔디, 괜찮아. 하모니야."

나는 현관문을 열고 캔디를 한쪽으로 비켜나게 해 하모니를 들어오게 했다. 하모니는 먼저 캔디에게 인사했다. 하모니가 내민 손에는 강아지 간식이 들려 있었다. 하모니는 늘 캔디에게 줄 간식을 챙겨 온다. 오늘은 저녁 식사에서 남겨 온 고기 조각이었다. 캔디가 냉큼 받아 물고 혼자 있는 데서 먹으려고 달려갔다.

"차가 안 보이던데. 그럼 너희 아빠 외출하신 거지?"

하모니가 물었다.

"한 이십 분쯤 전에. 그리고 우리도 나갈 거야. 가자."

내가 대답했다.

우리는 문밖으로 나갔다. 하모니가 길로 나섰다.

"이쪽이야."

내가 말했다.

나는 우리 집을 끼고 옆으로 돌아가 창고의 문을 열고 들어갔다. 하모니는 어리둥절한 표정으로 잠자코 있었다. 나는 벽에 걸린 큰 배낭을 내렸다. 배낭은 무거웠고, 그 묵직함에 나는 기분이 좋았다. 나는 영차 배낭을 짊어졌다.

"이제 가자."

내가 말했다.

나는 창고에서 나와 문을 닫고 걷기 시작했다. 하모니가 얼른 내 곁으로 와서 섰다.

"배낭엔 뭐가 든 거야?"

하모니가 물었다.

"도착하면 알게 될 거야. 그런데 어제 위탁 부모님한테 술 마신 거 안 걸렸어?"

"달린 아줌마는 눈치챈 것 같은데 모른 척해 줬어. 그리고 나보고 미안하다고 하시더라."

"뭐가?"

"지금 내가 겪고 있는 일들을 겪는다는 게 힘들 거라는 거 잘 알고 있다고. 앞으로는 좀 더 자유롭게 지내게 해 준대. 말했잖아. 그렇게 나쁜 데는 아니라고."

우리는 철로까지 걸어갔다. 경사면 위의 철길과 나란히 한참을 걸었다. 적당한 데가 나오자 경사면을 올라갔다. 철로 접근 방지용 펜스가 나왔다. 나는 우리를 지켜보는 사람이 없는지 주위를 둘러보았다. 우리밖에 없었다. 펜스의 철조망에서 느슨한 클립을 두 개 빼내 사람이 통과할 크기의 입구를 만들었다.

나는 하모니에게 손짓했다.

"먼저 가."

하모니가 먼저 철길로 들어갔다. 다음으로 나와 내 배낭이 차례로 들어갔다. 나는 돌아서서 철조망을 제자리에 돌려놓고 고리를 다시 단단히 연결했다. 주위를 둘러보았다. 여전히 아무도 없었다.

"이제 거의 다 와 가."

내가 말했다.

우리는 먼저 철로를 하나 건넌 다음, 원재료를 공장으로 실어 가거나 완제품을 공장에서 실어 나올 때 쓰이던 화물

열차 철로를 두 개 더 건넜다. 반대편 경사를 내려가자 아래에 좁은 물줄기가 흘렀다. 북쪽으로 몇 블록 떨어진 큰 하수구에서 시작되는 물줄기였다. 물살이 빠르지 않아서 돌들을 밟고 건널 수 있었다.

하모니는 마음이 불편한 것 같았다. 하모니에게서는 좀처럼 보기 힘든 모습이었다. 우리는 계속 걸어서 동그란 숲에 닿았다. 크지 않은 숲이었다. 정확히 말하면 숲이라고 부르기도 어려운, 그저 철로 지대와 버려진 공장들 옆에 나무와 덤불이 자라는 장소였다. 우리는 가운데로 난 오솔길을 따라 숲속으로 들어가 작은 공터에 닿았다.

"다 왔어."

내가 말했다.

"좋아. 그런데 난 아직도 우리가 왜 여기에 있는지 모르겠어."

"뭐가 보여?"

내가 물었다.

하모니는 주변을 둘러보았다.

"나무하고 덤불이 보이고 멀리 아파트들이 몇 채 보여. 망한 공장 옥상들이 보이고. 한마디로… 아무것도 안 보이는데."

"아무것도 안 보이는 게 중요해."

내가 배낭을 내려놓자 달그락 소리가 울렸다. 나는 배낭을 열고 먼저 필요한 것을 꺼냈다. 접이식 의자다. 나는 의자를 펼쳐 맞춰야 할 부분들을 맞춘 다음 하모니에게 권했다.

"앉아."

내 말에 하모니가 의자에 앉았다.

나는 배낭에서 다른 것들도 꺼내기 시작했다. 손으로 돌려서 밝히는 손전등과 프로판가스 버너, 여분의 가스통들과 다양한 냄비와 팬을 꺼냈다.

"우리 야외에서 요리하는 거야?"

하모니가 물었다.

나는 침낭을 꺼냈다.

"야영할 수도 있어. 이건 보온 플리스 침낭이야. 기온이 영하로 내려가도 따뜻하게 잘 수 있어."

"그 배낭 안에 텐트도 있다는 데에 돈도 걸 수 있어."

나는 텐트를 꺼냈다.

"이글루의 형태를 본 떠 만든 혹한기 2인용 난방 텐트야. 위장 가능한 녹색이고. 나무 사이에 있으면 잘 보이지 않고 설치도 간편해."

내가 텐트를 들어 공중에서 탁하고 털자 접힌 텐트가 단번에 펼쳐지며 형태를 갖췄다. 마술 쇼 같았다.

"텐트는 진짜 멋진걸."

"백 퍼센트 방수 텐트야. 바깥에 비바람이 몰아쳐도 안에서 안전하고 뽀송뽀송하게 있을 수 있어. 전에 큰 폭풍우가

왔을 때 직접 실험해 본 거니까 확실해. 우리 집 창고에 삽도 있고 도끼도 있고 아이스박스도 있으니까 다 가져올 수 있어. 이게 내가 마지막으로 선택할 대안 계획이야."

"너 지금 무슨 소릴 하는 거야?"

"우린 지금 수만 명이 사는 동네 한가운데에 있으면서 완전히 고립되어 있어. 내가 여기서 살면 아무도 모를 거야."

"그게 무슨 말이야? 여기서 살다니?"

"내가 여기서 지낼 수 있다고. 바로 여기서 살 수 있다고."

"설마 진지하게 하는 말은 아니겠지."

"진지해. 진짜 가능해. 나 여기서 잔 적 있어."

"너 혼자?"

"당연히 나 혼자지. 내가 준비한 캠핑 장비가 다 잘 작동되는지 확인할 필요가 있었어. 여기가 내가 생각한 것만큼 고립된 곳이라는 것도 확인해야 했고. 벌써 몇 번이나 시험해 봤어. 한 번에 사흘씩."

"너희 아빠는 네가 그렇게 혼자 야영하게 내버려 뒀고?"

"아빠한테는 친구네 집에서 잔다고 했으니까. 아빠는 이런 데가 있는 줄도 몰라. 당연하지. 아무도 모르니까. 아무도 내 계획은 몰라. 너 빼고."

하모니는 뭐가 뭔지 모르겠다는 표정이면서도 생각을 해 보고 있었다.

"그러니까 네 말은, 내가 제대로 이해한 게 맞는다면 철로 옆에 텐트를 치고 너 혼자 살겠다는 거네?"

"이건 최후에 선택할 대안 계획이야. 아니, 정확히 말하면 대안 계획의 대안 계획인 셈이지. 내 일차 계획은 최대한 오래 아빠하고 같이 살면서 버티는 거야. 그게 틀어지면 아빠가 없더라도 누구한테 들킬 때까지 최대한 오래 우리 집에서 사는 거고. 그것도 틀어져서 누구한테 들키면, 그때 여기 와서 살 거야."

"여기서 며칠 야영하는 거하고 그건 달라. 설마 진짜로 네가 여기서 평생 살 수 있다고 생각하는 건 아니지?"

하모니가 물었다.

"평생이 아니야."

나는 배낭에서 한 가지를 더 꺼냈다. 내 공책이다. 하모니가 집에 오기 전에 배낭에 먼저 챙겨 두었다. 나는 공책을 건넸다.

"펼쳐 봐. 내 글씨가 있는 데까지 펼쳐서 뭐가 적혀 있는지 말해 줘."

하모니는 내 말대로 했다.

"숫자네. 1,612. 무슨 뜻이야?"

"그건 오늘부터 내가 대학에 갈 때까지 남은 날들이야."

"며칠 남았는지 어떻게 알아?"

"셌어. 나는 디데이까지 날짜를 지워 가고 있어. 그때까지가 내가 어떻게든 버텨야 하는 기간이야."

"넌 여기서 살 수 없어. 불가능할 거야."

하모니가 말했다.

"나도 그럴 필요가 없기를 바라고 있어. 나는 최대한 오래 아빠하고 같이 살 거야. 아빠가 집을 나가든지 세상을 떠나든지 아무튼 무슨 일이 날 때까지는. 그런 일이 벌어지면 아빠 없이 우리 집에서 살 거고."

"세상이 널 혼자 살게 내버려 둘 리가 없어."

"아빠가 그냥 사라져 버리면 아무도 모를 거야. 나는 공과금도 제때 낼 거고 집을 문제 없이 관리할 거야. 학교에 가고 정육점에서 일할 거야. 은행 계좌 비밀번호도 알아. 나는 계속 우리 집에서 살 수 있어. 잘만 하면 6개월이나 어쩌면 일 년까지도 살 수 있을 거야. 하루가 지나면 하루가 더 가까워져. 만약 아빠가 오늘 사라진다고 한다면 고작 1,612일 남아."

"넌 그렇게 오래 못 버틸 거야."

"왜 못 버텨? 난 벌써 3,000일 넘게 버텼어."

"뭐라고?"

"엄마가 돌아가신 날, 나에게 남은 날은 5,012일이었어."

나는 하모니에게서 공책을 받아 첫 장을 펼쳤다. 거기에 적힌 첫 번째 숫자가 5,012이었다.

"웃기지 마. 네 살짜리가 날짜를 세기 시작했을 리 없잖아."

하모니가 말했다.

"물론 아니야. 날짜를 지우기 시작한 지는 2년밖에 안 됐어. 날짜를 거슬러 올라가서 숫자를 적은 다음 이미 버틴 날짜에는 줄을 친 거야. 나는 앞으로 남은 날들의 두 배도 넘는 날을 이미 버텼어. 말이 되지?"

"그래, 말이 참 잘도 된다. 그런데 정말로 너 혼자 살 수 있다고 생각하는 거야?"

하모니가 물었다.

"왜 못 살아? 우리 아빠하고 같이 사는 건 혼자 사는 거나 마찬가지야. 난 할 일들을 알아."

나는 잠시 말을 끊었다가 다시 이었다.

"아빠 덕에 난 준비가 됐어. 계속해 나가야 할 일들을 다 할 수 있어."

아빠가 한밤중에 나를 깨우던 모든 순간이, 아빠가 말없이 사라지던 모든 순간이, 지하실의 식량이, 집 안 곳곳에 숨긴 현금 다발이, 은행 통장이, 공과금을 내고 시장을 보고 식사를 준비한 나 자신이, 그리고 아빠가 언제든지 나를 떠나거나 세상을 떠날 수 있다고 마음 졸인 모든 순간이 나에게 준비 과정이었다. 나는 버텨 낼 수 있을 것이다. 이제까지도 그 많은 것을 버텨 냈으므로.

"그러니까 만약 사람들이 내가 혼자 사는 것을 눈치챈다면 난 집에서 나와 여기로 올 거야. 숲속에서 살 거야. 그게 내 대안 계획의 대안 계획이야."

하모니가 의자에서 일어나서 나에게 다가왔다.

"너도 알겠지만 이건 좀… 좀…"

"무모하다고?"

내가 물었다.

"나는 미친 것 같다고 말하려고 했어."

"누군가 내 계획을 이해할 수 있다면 그건 너라고 생각했는데."

하모니는 대꾸하지 않았다.

"말도 안 되는 소리일 수도 있겠지, 그렇지만 이게 내가 가진 전부야."

내가 말했다.

"그리고 난 그걸 너한테서 빼앗으면 안 될 거고. 로버트, 만약 이 계획을 실행에 옮길 사람이 세상에 있다면 그건 너야."

"난 실행에 옮길 수 있어. 다른 방법이 없으니까."

"그동안 아르바이트해서 번 돈을 다 여기에 쓴 거야? 캠핑 용품 사는 데에?"

하모니가 물었다.

"모으기도 했어. 거의 1,000달러는 저금했어."

"그럼 이쯤에서 너한테 바지 한 벌을 새로 살 돈이 있는지 궁금하네."

"난 꼭 해야 할 일이라면 할 돈이 있어. 하모니, 어두워지기 전에 짐들 정리하고 챙겨야겠어."

"도와줄게."

하모니가 말했다.

"괜찮아. 난 정리하는 순서도 정확히 기억하고 있으니까."

"그래도 옆에서 누가 도와주면 좋잖아?"

나는 그렇다고 인정할 수밖에 없었다. 그리고 마침내 마지막으로 남은 비밀까지 하모니와 나누게 된 것은 더 좋았다.

~~1,586~~ 1,585

스물

역사 선생님인 그린 선생님이 토론을 따로 계속하자며 하모니를 복도로 데리고 나갔다. 두 사람의 모습은 사라졌을지 몰라도 목소리는 계속 들리고 있어서 엄밀히 말해 따로라고는 할 수 없었다. 선생님은 나가면서 아이들에게 교과서를 읽고 있으라고 했지만 아무도 읽지 않았다. 모두가 복도의 토론에 귀를 기울이고 있었다.

라즈가 나에게 몸을 숙였다.

"네가 나가 봐야 할 것 같아."

"뭐?"

"너라면 말릴 수 있을 거야."

"라즈 말이 맞아. 넌 나가 봐야 해."

테일러였다.

"난 그렇게까지 용감하진 않은데."

내 말에 라즈와 테일러가 함께 키득거렸다.

복도의 목소리가 점점 작아졌기 때문에 어쩌면 나갈 필요는 없는지도 몰랐다. 그런데 목소리들이 다시 커지기 시작했다. 적어도 하모니의 목소리는 커졌다. 뭐라고 하는지는 알아들을 수 없었지만 화가 섞여 있다는 것만은 모를 수 없었다. 그러다가 선생님의 목소리가 크고 냉정해지고 연이어 하모니의 고함이 터져 나오더니… 조용해졌다.

교실 문이 열리며 선생님이 들어왔다. 하모니는 따라 들어오지 않았다. 선생님은 문을 닫았다. 하모니는 조퇴했던지 행정실로 보내졌을 것이다. 하나는 나쁘고 다른 하나는 더 나빴다.

나는 손을 들고 선생님이 부르기도 전에 말했다.

"화장실 다녀와도 되나요?"

선생님은 고개를 끄덕였다. 나는 벌떡 일어나서 문으로 갔다. 아직 문 앞에 있던 선생님이 작게 귀띔했다.

"하모니는 행정실로 보냈어…. 달리 방법이 없어서 말이야…. 할 수 있으면 가서 한번 달래 보렴."

"네, 선생님."

나는 행정실로 달려갔다. 하모니가 들어가기 전에 잡고 싶었다. 이런 식으로 계속 나가다간 하모니는 교실에서 쫓겨나는 것으로 끝나지 않을 거였다. 하루나 아니면 더 오래 등교 중지 처분을 받을 수도 있었다.

행정실이 보이는데 하모니는 보이지 않았다. 창문으로 행정실 안을 들여다보았다. 하모니는 없었다. 헨리 선생님이 나를 보고 손을 흔들길래 나도 함께 흔들었다.

생각을 해야 했다. 하모니가 행정실에 없다면 어디로 갔을까? 자기 사물함으로 갈 수도 있고 우리가 가끔 앉아 있곤 했던 강당 뒤편 외진 복도에 갔을 수도 있었다. 아니면 그냥 학교 밖으로 나가 버렸을 수도 있었다. 마지막 가능성을 제일 먼저 확인하고 돌아오는 길에 두 가지 가능성을 확인할 수 있을 것이다.

나는 복도를 달려서 건물 밖으로 나갔다. 학교 정원에 들어서자마자 하모니가 큰길로 나서는 모습이 보였다. 나는 달려가서 하모니를 잡았다. 하모니는 나를 보고도 놀란 얼굴이 아니었다.

"너 그냥 이렇게 가면 안 돼."

"내가 하는 거 잘 봐."

하모니는 다시 걷기 시작했다. 나는 뛰어가서 하모니 앞을 막아섰다.

"하모니, 그냥 행정실에 가서 죄송하다고 해. 그러면 그만이야."

"난 하나도 죄송하지 않아. 나더러 거짓말을 하라는 거야?"

하모니가 말했다.

"당연히 그러라는 거지. 하모니, 너 그냥 이렇게 가면 정학당할 거야."

"멍청한 소리. 내가 학교를 때려치우면 날 학교에 나오지 못하게 할 거라고?"

"똑똑한 소리라고는 안 했어. 부탁이야. 이제까지 잘하고 있었잖아. 너 지금까지 벌 한 번도 안 받고 여섯 주나 버텼어. 너한테는 신기록 아니야?"

"거의 신기록이지."

하모니의 표정이 아주 조금 누그러졌다.

"하모니, 만약 너 정학당하면 집에서 외출도 금지일 거야. 외출 금지되면 농구 시합 끝나고 나하고 쇼핑 가기로 했으면서 그것도 못 가잖아. 내가 너 없이 사 온 바지, 네가 책임질 거야?"

하모니는 빙그레 미소 짓더니 웃었다.

"그러니까 네 취향이 엉망인 게 내가 돌아가야 할 이유라는 거야?"

"그런 셈이지. 그것도 그렇고 내가 너한테 부탁하고 있기도 하고. 안 갈 거지?"

"매일 날짜나 지우면서 철도 옆에서 천년만년 살 수 있다고 생각하는 애가 하는 부탁에 어떻게 안 된다고 하겠어?"

"그래, 나도 네가 못 하길 바라. 가자."

나는 하모니의 손을 잡고 학교를 향해 걷기 시작했다. 하모니는 거부하지 않았다.

"남은 날짜는 며칠이야?"

하모니가 물었다.

"1584일. 너는?"

"23일. 엄마는 그만큼 재활 센터에서 버텨야 해."

"그런 다음 널 다시 데려갈 준비가 되기까지는 며칠이나 더 필요할 것 같아?"

내가 물었다.

"그러려면 한 달 정도 더 걸릴 거야. 엄마가 언제 살 집을 구해서 날 데려가겠다는 서류를 제출하느냐에 따라 달라."

"집은 이 동네에서 알아보신다고 했지?"

"일단 계획은 그래."

"누구나 계획은 필요하지."

"어디서 듣기로는 계획대로 안 됐을 때를 대비한 계획이 적어도 두 개는 더 있어야 한다던데."

하모니와 담당 사회복지사의 설득 끝에 하모니의 엄마는 하모니에게 연결성을 유지해 주는 것이 중요하다는 것과 재활 센터에서 나오면 근처에 아파트를 얻어 다시 하모니의 도움을 받는 것이 자신에게 도움이 되리라는 데에 동의했다. 두 사람은 하모니가 오슬러 중학교에서 졸업할 수 있도록 가까운 곳의 아파트를 구하고 있었다. 나도 그렇게 되기를 바랐다. 그런데 내가 정말로 바라는 것은 하모니가 왓슨 아줌마네 집에서 살면서 매일 나와 등하교를 같이 하는 거였다. 내가 이기적으로 생각해서만은 아니었다. 많은 날을 놔두고 굳이 꼭 지금 하모니가 엄마에게 돌아가야 할까?

"사실 23일에 집을 찾는 데 들어갈 30일을 더해야 하니까 너한테 남은 날은 합해서 53일이야. 얼마 안 남았네."

"그건 엄마가 재활 센터에서 무사히 나왔을 때 얘기고."

"지금까지 버티셨는데 무사히 마치시지 않을까?"

하모니는 대답하지 않았다. 하모니는 엄마하고 이틀에 한 번꼴로 통화하니까 그럼 어젯밤이 통화하는 날이었을 텐데…

오늘 하모니가 온종일 사고를 치던 이유를 이제야 알 수 있었다.

"어제 엄마하고 통화하다가 뭐가 잘 안 됐어?"

"아주 좋지는 않았어. 엄마는 계속 불평이야. 이젠 치료도 필요 없고 거기 있는 것도 시간 낭비래."

하모니는 깊이 한숨을 쉬었다.

"그래도 아직 버티고 계시잖아. 이따가 바지 사러 가면서 얘기 더 하자. 그리고 걱정하지 마. 행정실엔 그렇게 오래 있진 않아도 될 거야."

하모니가 우뚝 멈춰 섰다.

"나 행정실에 남아 있어야 해?"

"당연하지. 수업 시간 중에 그냥 가 버렸으니까 틀림없이 남아 있게 될 거야. 그렇지만 농구 시합 전에 20분 남아 있는 게 하루 출석 중지보다는 훨씬 낫잖아?"

"좋아."

하모니는 걷기 시작했다. 나는 하모니의 뒤를 쫓아 복도를 지나 행정실로 향했다. 행정실 앞에서 하모니가 헨리 선생님에게 뭔가를 듣는 모습을 창문으로 지켜보았다. 하모니가 행정실 의자에 풀썩 앉는 것을 보고서야 나는 다시 교실로 향했다.

~~1,581~~ 1,580

스물하나

내가 현관으로 들어서자 평소처럼 캔디가 나를 반겼다. 아르바이트는 힘들었지만, 프리아모 아줌마가 먹고 하라며 푸짐하게 음식을 준비해 주었다. 나는 프리아모 사장님 부부가 아주 좋다. 두 분 모두 늘 따뜻하다. 많은 사람이 나에게 따뜻했다. 선생님들도 그렇고 이웃들도 그렇다. 친구들과 하모니도 그랬다. 나는 하모니를 친구로 분류하지 않았는데, 하모니는 그냥 친구 이상이기 때문이다. 하모니는 나와 가장 가까운 친구다. 살마저도 이젠 그렇게 생각하는 것 같았다.

아빠가 집에 와 있었다. 아빠는 내가 다녀왔다고 인사해도 대답하지 않았다. 그냥 앉아 있던 그대로 텔레비전만 멍하니 쳐다보았다. 아빠의 엘리베이터가 바닥층으로 내려가고 있었다. 아빠의 표정과 앉아 있는 자세에서 알 수 있었다.

아빠는 아직 일상의 일들을 수행하고 있었지만, 곧 수행하지 못할 상태로 향하고 있었다.

아빠는 너무 피곤하다는 핑계를 대며 잠자리에 들었다. 나는 평소보다 알람을 일찍 맞춰 아빠가 잘 일어나는지 확인할 것이다. 아빠의 아침을 차리고 점심 도시락을 준비한 다음 집을 나서 출근하는 것을 확인할 것이다.

* * *

나는 아빠가 차에 올라 출발하는 모습을 지켜보았다. 아빠는 아침이 되자 이성적인 상태였다. 아마도 전날 밤에 깨지 않고 푹 잤을 것 같았다. 푹 자면 상황은 나아지니까.

다만 나도 아빠처럼 잘 잘 수 있었더라면 좋았을 것이다. 나는 잠들지 못한 채 누워서 계획들을 하나하나 점검했다. 두 시쯤에 잠이 들었지만 곧 다시 깨었다. 공책을 펴서 숫자를 적었다. 열두 시가 지난 시간이어서 1,580이라고 썼다. 여러 가지 수로 나눌 수 있는 좋은 숫자다. 계획은 하루하루 착착 진행되고 있었다.

전화벨이 울렸다. 나는 부리나케 달려갔다. 누구 전화일지 알고 있었다. 아침 일곱 시에 나한테 전화할 사람은 달리 없다.

"하모니, 어제는 잘—."

"로버트, 하모니가 아니라 달린 아줌마야. 하모니네 왓슨 아줌마 말이야."

"아… 네… 안녕하세요?"

왓슨 아줌마가 나한테 전화했다는 것은 나쁜 일이 일어났다는 거였다.

"이렇게 이른 시간에 전화해서 미안해."

"무슨 일 있어요?"

"하모니가 어젯밤에 집을 나가 버렸어."

나는 심장이 목구멍까지 튀어 올랐다.

"우린 밤을 꼬박 새웠어."

"언제 나갔는데요?"

내가 물었다.

"우리가 잠자리에 들고 얼마 지나서야. 한 시쯤에 하모니가 없어진 걸 알았어. 내가 무슨 소릴 들었거든. 하모니가 나가면서 뒷문이 닫히는 소리였던 거지."

"지금 어디에 있을지는 전혀 모르시는 거죠?"

"네가 알았으면 했는데."

"전혀요."

"우린 너무 걱정스러워… 아니, 겁이 나지."

나는 그 둘 다였다.

"그런데 하모니가 대체 왜 도망쳤을까요? 다 잘 되어 가고 있었어요."

잠깐만.

“하모니 엄마가 또 재활 센터에서 도망쳤나요?”

“그래, 센터에서 나가셨다는구나.”

“그럼 아마 하모니는 엄마를 찾으러 이스트엔드로 갔을 거예요.”

나는 우리가 찾아갔던 술집들을 빠르게 떠올려 보았다. 제프 아저씨를 만난 술집 이름이 떠올랐다. 왓슨 아줌마한테 하모니가 있을 만한 곳을 알겠다고 말해야 할까? 말한다면 우리가 전에 거기에 갔던 적이 있다는 것도 설명해야 한다.

“우린 하모니 어머니가 지금 어디 계신지 알아.”

잠시 정적이 흘렀다.

“사실 절대로 말하면 안 되는 일이야. 철저히 비밀을 지켜야 하는 일인데 너는 알고 있어야 할 것 같아. 하모니 어머니는 경찰에 연행되셨어.”

“연행이요? 왜요?”

나는 고함치듯 물었다.

“마약을 소지한 것이 발각된 데다가 체포 과정에서 저항하셨대. 심각한 것 같아. 사회복지사가 나하고 하모니에게 말하기를, 재판에 가는 데만도 반년이 걸릴 수 있고 판결은 최소 징역 6개월이 나올 거라는 거야. 만약 죄가 입증되면 더 길어질 수도 있고.”

일 년. 하모니는 최소 일 년 동안 엄마의 집으로 갈 수 없다. 그래서 도망친 거였다.

"우린 하모니한테 필요한 만큼 얼마든지 우리집에 있어도 좋다고 했어."

왓슨 아줌마가 말했다.

왓슨 아줌마는 하모니를 안심시키기 위해서 그런 말을 했겠지만 그 말은 역효과를 냈을 거였다.

"로버트, 하모니가 어디 있는지 알게 되면 알려 줄 거지?"

"당연히요! 하모니가 저한테 아줌마네 집이 이제까지 같이 있었던 집 중에서 최고라고 했어요."

왓슨 아줌마는 깊이 한숨을 내쉬었다.

"네 덕에 그래도 기운이 난다. 우리 잘못이지 않을까 생각하던 참이었어."

"아니에요."

나는 하모니가 나에게 왓슨 아줌마네 집이 너무 좋아서 나한테도 가 있기에 좋을 거라고 했다는 걸 알려 주고 싶었지만 그러려면 너무 많은 걸 말해야 했다.

"네가 혹시 무슨 소식을 듣거나 하모니가 전화하면 꼭 알려 다오. 그럴… 거지?"

"네, 당연히요. 그리고 만약에 하모니한테 전화 오면 집으로 돌아가라고 설득할게요."

"로버트, 고마워. 하모니가 네 말만은 들을 것 같아."

왓슨 아줌마는 친절하게 그렇게 말했지만, 만약 하모니가 정말로 내 말을 들었다면 처음부터 도망치지도 않았을 것이다.

나는 왓슨 아줌마에게 인사하고 수화기를 내려놓았다. 이제 어떻게 해야 할까? 아무렇지 않게 학교에 가서 하모니가 없어지지 않은 척 행동해도 될까? 나가서 하모니를 찾아야 할까? 아니, 그건 승산이 없는 일이다. 나는 어디부터 찾아야 하는지도 모른다. 어쩌면 하모니는 학교에 올 수도 있고, 어쩌면 학교 가는 길 어딘가에서 나를 기다리고 있을지도 모른다. 그 답을 알 방법은 하나뿐이다.

* * *

나는 토스트의 귀퉁이를 남겨 캔디에게 주었다. 캔디가 얼른 받아먹었다. 캔디는 아침 내내 나한테 달라붙어 있었다. 내가 불안해하는 걸 알고 있었다. 나는 캔디에게 내가 얼마나 필요한지 생각했고, 내가 이 집에서 떠나지, 아니 도망치지 않는 데에 캔디가 얼마나 큰 역할을 하는지 생각했다. 나에게도 캔디가 필요했다.

나는 아침 내내 일과대로 부지런히 움직였다. 일과대로 움직이자 생각하는 데서 벗어날 수 있었고 감정을 느끼는 데서 벗어날 수 있었으며 걱정하는 데서 벗어날 수 있었다.

사실 거짓말이다. 뭘 어떻게 해도 생각과 감정과 걱정에서 완전하게 벗어날 순 없었지만, 그래도 일과대로 움직이는 것은 도움이 되었다.

아빠는 늘 내가 걱정을 너무 많이 한다며 못마땅해한다. 나는 내가 매 순간 걱정에 사로잡혀 있지 않고 잘 해내고 있다고 생각했다.

하모니가 학교 가는 길에 나타날 수도 있으니까 난 우리가 늘 하던 대로 해야 했다. 나는 하모니 몫으로 땅콩버터 샌드위치를 하나 더 챙겼다. 하모니는 아침을 못 먹었을 것이고 따라서 배가 고플 거다. 나는 하모니에게 위탁 가정으로 돌아가라고 설득해 볼 수 있을 거다. 하모니가 같이 도망가자고 되려 나를 설득할까 봐 걱정스럽기는 했다. 나는 어디로도 도망치지 않을 것이다. 하모니의 계획이 틀어졌다고 해도 나에게는 아직 나의 계획이 있었고 나는 그 계획에 충실해야 했다.

나는 캔디에게 간다고 인사하고 문틈으로 빠져나와서 자물쇠를 잠그고 당겨서 문이 잠겼는지 확인했다. 계단을 반쯤 내려가다가 돌아섰다. 돌아가서 확인해야 했다. 피할 수 없는 일이었다. 계단을 두 칸 올라간 다음 펄쩍 뛰어 현관 앞으로 갔다. 문은 잠겨 있었다. 이제 학교에 갈 시간이었고, 나는 하모니가 학교에 있기를 또는 학교 가는 길 어딘가에서 나를 기다리고 있기를…

문득 하모니가 있을 곳이 떠올랐다.

나는 집을 끼고 돌아 창고로 갔다. 문을 열었다. 내 배낭이 없었다.

* * *

기차 철로로 올라서자 아래에 펜스 클립이 한 개 떨어져 있었다. 나는 얼른 클립을 주운 다음 본 사람이 없는지 주변을 살폈다. 아무도 없었다. 나는 클립을 한 개 더 빼내어 철조망을 연 다음 얼른 안으로 들어갔다. 열린 철조망을 재빨리 다시 닫고 반대편 경사를 내려갔다. 몇 번이나 왔던 길을 다시 달렸다. 공터로 들어가는 오솔길 입구에서 잠시 망설였지만, 주변의 소리에 귀를 기울이며 숲으로 들어갔다. 새소리, 멀리서 울리는 차량 경적뿐 아무 소리도 들리지 않았다. 공터가 나왔다. 거기에 내 텐트가 있었고, 하모니가 있었다. 캠핑용 의자에 앉아 있었다. 하모니는 나를 향해 흔드는 둥 마는 둥 손을 흔들었다.

"언제 나타나나 했어."

"내가 여길 찾아볼지 어떻게 알고?"

내가 물었다.

"너 똑똑하잖아. 어젯밤에 올지도 모른다고 생각했는데, 뭐."

“네가 없어진 걸 오늘 아침에 왔슨 아줌마한테 전화 받고야 알았어. 나보고 너 어디 있는지 아느냐고 하시던데.”

“그래서 뭐라고 했어?”

“모른다고 했지.”

“말 안 해서 고마워.”

“전화를 받았을 땐 정말 몰랐어. 학교에 가려다가 갑자기 생각이 나서 창고를 확인한 거야.”

“내가 배낭 좀 빌려 간다고 네가 기분 나빠할 거라고는 생각 안 했어. 게다가 한밤중에 너희 집 문을 두드려서 너희 아빠한테 네 캠핑 용품 좀 빌려 쓰겠다고 말할 수 있는 것도 아니잖아.”

“그래, 안 그런 게 나았을 거야.”

“만약 물어봤으면 빌려줬을 거야?”

하모니가 물었다.

나는 어깨를 으쓱했다.

“아마 집으로 돌아가라고 말해 봤겠지.”

“난 집이 없어.”

“네가 있는 위탁 가정 말이야. 다들 너 많이 걱정하고 있어.”

“상관 안 해.”

“나도 걱정했어.”

“미안해.”

나는 하모니 옆에 털썩 자리를 잡았다. 하모니가 이야기를 꺼내길 기다렸지만 하모니도 내가 먼저 이야기를 꺼내길 기다린다는 걸 느낄 수 있었다. 하모니가 나보다 더 고집이 세니까 내가 먼저 침묵을 깨야 했다.

"어제 여기서 자 보니까 어때?"

"잘 못 잤어. 집에서 워낙 늦게 나왔고, 네 배낭을 챙기고 보니까 더 늦었고, 그리고 손전등 불빛밖에 없는 데서 텐트를 치는 건 쉽지 않더라. 뭐, 여기가 좀 으스스하기도 했어."

"처음에 왔을 때 나도 그랬어. 그다음부터는 캔디를 데리고 다녔지."

"나도 너한테 캔디 빌려 올걸."

하모니가 장난스레 말했다.

"맞아. 그러면 훨씬 나았을 거야. 하모니, 나 너희 엄마 얘기 들었어."

하모니는 아무 말도 하지 않았다.

"그럼 이제 어떻게 되는 거야?"

내가 물었다.

"엄마는 재판 전까지 갇혀 있을 거고 재판 후에도 아마 갇혀 있을 거야."

"너 말이야. 너는 어떻게 되는 거야?"

"나는 이렇게 되는 거야."

"여기서 살 거야? 이 텐트에서?"

“너도 이렇게 하려고 한 거 아니었어? 이게 네 계획이었잖아?”

“먼저, 이건 내 대안 계획의 대안 계획이었어. 둘째, 우리는 둘 다 이 계획이 끝내준다고는 생각하지 않았고. 하모니, 넌 위탁 가정으로 돌아가야 해.”

“아니, 난 안 가. 그리고 넌 날 보내지 못해.”

“맞아, 난 널 보내지 못해. 그렇지만 너도 내가 그 집으로 가서 네가 어디에 있다고 말하는 것까지 막진 못해.”

“만약 네가 그렇게 한다 쳐. 네가 다시 돌아와 보면 나는 가고 없을 거야. 그리고 가고 없는 건 나만이 아니야. 네 캠핑 용품도 나하고 같이 갈 거야.”

“네가 안 그러면 좋겠어.”

내가 대답했다.

“네 귀중한 물건들을 잃기 싫으니까?”

“널 잃기 싫으니까야, 이 멍청아!”

우리는 둘 다 내가 한 말에 놀란 것 같았다.

나로 말하면, 생각지도 않은 말을 해서가 아니라 그 생각을 실제로 말했다는 데서 놀랐다.

“그리고 이 캠핑 용품들은 이제 내 대안의 대안도 아니야.”

“아니야? 그럼 대안의 대안은 뭐야?”

“너야.”

내가 대답했다.

"나?"

"너. 난 상황이 나빠지면 너한테 기댈 수 있을 거라고 믿고 있어."

하모니가 쿡쿡 웃었다.

"여기서 사는 게 대안 계획이라고 했을 때 네가 살짝 맛이 간 줄은 알고 있었어. 그래도 그때는 나한테 기댈 만큼 맛이 간 건 아니었는데."

"아니, 난 너한테 기대고 있어."

"많이 기대. 일을 망쳐 버리라고 기대고, 도망치라고 기대고, 얼굴에 한 방 먹이거나 헛소리하라고 기대. 그런 것들이 네가 나한테 기댈 수 있는 것들이야."

"네 말은 틀렸어."

나는 최대한 확신에 차게 들리도록 말했다.

"뭐가 틀려?"

"너는 그냥—."

나는 말을 하다 말았다.

"말해 봐. 내 말 어디가 틀렸는지."

"오늘은 안 돼."

"뭐?"

"내일 할게. 설명은 할게. 그런데 내일 할 거야."

"한심한 소리. 넌 그런 멍청한 거짓말로 날 잡아 둘 수 있다고 생각하는 거야?"

하모니가 물었다.

"이건 멍청한 말도 아니고 거짓말도 아니야. 이건 약속이야."

나는 잠시 쉬었다가 말했다.

"하모니, 만약 내가 그럴듯한, 정말 그럴듯한 이유를 말하지 못하면 그때 떠나도 되잖아."

하모니는 완전히 설득된 눈치는 아니었지만 기세는 조금씩 누그러지고 있었다.

"좋아. 그럼 스물네 시간 내에 설득해."

하모니가 말했다.

"그럼 내가 그럴듯한 이유를 대면 넌 도망치지 않겠다고 약속해야 해. 내일도, 모레도, 그다음 주에도 도망치지 않는 거야. 맞아?"

"좋아, 그렇지만 한 가지 더 설명해 줘야 할 게 있어."

"좋아, 말해 봐."

내가 대답했다.

"어떻게 넌 여기서 벗어날 수 있다고 생각하게 된 거야? 모든 상황이 다 넌 못 할 거라고 하는데?"

나는 고개를 저었다.

"몰라. 그냥 알아. 난 벗어날 수 있어."

"그걸로는 부족한데. 왜 네가 그토록 할 수 있다고 확신하는지 설명할 수 있다면, 어쩌면 나도 확신할 수 있을지 모르겠어."

"그냥 잘 모르겠어."

"그럼 지금부터 생각해 봐. 날 왓슨 아줌마네 집에 데려다주면서 생각해 보면 되겠다."

하모니가 일어섰다. 허리를 굽혀 캠핑 의자를 들더니 접기 시작했다.

"집에 도착하면 같이 들어가 줄 수 있어? 왓슨 아줌마한테 설명할 때?"

하모니가 물었다.

"네가 그러자고 하면 그럴게."

"아마 왓슨 아줌마는 내 담당 사회복지사한테 전화할 거야. 잘하면 경찰한테 전화할 수도 있고. 그럼 다 찾아올걸."

"네가 그 사람들한테 설명할 때 내가 같이 있을게. 지금 같이 있어 달라고 부탁하는 거라면."

"같이 있어 줘."

나는 텐트를 정리하고, 하모니는 캠핑 용품을 배낭에 챙겨 넣기 시작했다.

"로버트, 네가 내 남자친구가 될 수 없는 진짜 이유가 뭔지 알아?"

"내가 웃겨서, 너는 나를 보면 너희 할머니가 생각나서, 사귀게 되면 결국 끝이 안 좋아서, 그리고 네가 날 잃을 수 없어서. 이거면 다 말했나?"

나는 텐트를 계속 접으며 물었다.

"하나 더 있어. 넌 나보다 좋은 사람을 만날 수 있어."

나는 텐트를 배낭에 넣은 다음 하모니를 쳐다보았다.

"자신을 그렇게 깎아내리지 마."

"날 깎아내리는 게 아니야. 넌 너에게 잘해 줄 사람을 만날 자격이 있어. 너에게 좋은 아내가 되고 아이들의 좋은 엄마가 되어 줄 사람을 말이야. 아무 때나 욱하지 않고 대학을 졸업하고… 아마 대학이 네가 그런 사람을 만날 곳이겠지."

"그런 소리 그만해."

"그리고 그런 사람의 가정은 완전히 정상이겠지. 부모님이 둘 다 있을 거고, 부모님은 서로를 진짜로 사랑하고."

"그만해."

"우리 엄마하고는 완전히 다른 사람일 거고—."

"이제 그만하라고!"

나는 소리를 질렀다.

놀랍게도 하모니가 그렇게 했다.

"지금은 그냥 우리 서로를 정말로 이해하는 친구를 잃지 않을 거라는 것만 확실히 하자. 됐지?"

하모니가 고개를 끄덕였다.

"좋아. 그리고 참고로 말하자면 여기에서 벗어날 사람이 꼭 나 하나일 필요는 없어."

나는 잠시 쉬었다가 말을 이었다.

"둘이어도 돼."

~~1,580~~ 1,579

스물둘

나는 왓슨 아줌마와 하모니가 안에서 이야기하는 동안 현관에서 기다렸다. 적어도 오늘 아침에는 대화에서 빠져 있을 수 있었다. 전날 하모니를 데리고 돌아왔을 때는 하모니의 위탁 부모님과 담당 사회복지사님뿐만 아니라 경찰한테까지 내가 다 설명해야 했다. 나는 학교 가는 길에 우연히 하모니를 만났다고 했다. 처음에는 설마 모두가 내 말을 믿을 줄 몰랐다. 나는 우리가 어디서 만났는지, 내 캠핑 용품은 왜 가지고 있는지, 하모니가 밤에 어디 있었는지 같은 것들을 하나도 말하지 않았다.

왓슨 아줌마는 대부분 전날 했던 말을 또 하고 있었다. 왓슨 아줌마는 하모니를 소중하게 생각하고 있으며 가족 모두가 하모니가 계속 같이 살기를 바라고 있고 사람은 누구나 실수를 저지를 때가 있다는 이야기였다. 그리고 하모니는 이번 주와 주말까지 계속 외출 금지였는데, 그것도 하모니를 소중하게 생각하고 있기 때문에 그럴 수밖에 없다는 걸 알아 달라고 했다. 하모니는 별로 말을 많이 하진 않았고 말대꾸는 한 번도 하지 않았다.

나는 초조하게 시간을 확인했다. 오늘은 지각하고 싶지 않았다. 전날에는 하모니의 사회복지사와 왓슨 아줌마가 학교에 전화해서 아침의 사정을 설명하고 내가 왜 등교하지 못했는지 양해를 구해 주었다. 오후에 학교에 가 보니 요먼 선생님은 내가 자랑스럽다고 했고 아르시노 교장 선생님은 나를 행정실로 불러 내가 옳은 일을 할 거라고 늘 생각해 왔다고 말했다. 내가 지도자감이며 앞으로 크게 될 거란 걸 안다고도 말해 주었다.

나빴던 부분은 두 사람이 사정을 알리기 위해 우리 아빠 회사로도 전화를 걸어야 했다는 거였다. 나는 아빠가 퇴근하고 오면 그 얘기를 꺼낼 줄 알았다. 아주 잘했다거나 아니면 그러지 말았어야 했다거나 아무튼 무슨 말이든 할 줄 알았는데, 아빠는 하지 않았다. 놀랍지는 않았지만 그래도 실망스럽기는 했다. 실망을 각오하고 있을 때도 실제로 일이 닥치면 왜인지 실망을 아예 하지 않을 수는 없었다.

하모니가 위탁 엄마와 함께 복도로 나왔다.

"오래 세워 둬서 미안해."

왓슨 아줌마가 말했다.

"괜찮아요. 시간 있어요."

"하모니하고 같이 등교해 줘서 고마워. 다시 한 번 말하지만 어제 하모니를 데려와 주어서 정말 고맙고."

"전 그냥 같이 온 거뿐이에요. 돌아가겠다고 한 건 하모니예요."

왓슨 아줌마가 하모니를 끌어안았다. 놀랍게도 하모니도 왓슨 아줌마를 안았다.

그리고 왓슨 아줌마는 나를 안았다. 처음에는 내 팔이 제자리를 지켰지만, 오른손이 올라가 왓슨 아줌마의 등에 앉았다.

"이제 너흰 학교 가야지."

사실 그랬다. 우리는 학교에 가는 것 말고도 할 일이 있었다. 이야기할 시간이 있어야 했다.

나는 바닥에 두었던 책가방을 어깨에 멨다. 하모니와 함께 학교로 출발했다. 지난 두 달간의 보통 등굣길과 같을 것이다.

"나 잼 샌드위치하고 땅콩버터 샌드위치 싸 왔어."

내가 말했다.

"완전히 자기 마음대로네."

"우리 점심시간에 샌드위치 바꿔 먹는 거 아니었어?"

"내가 점심시간까지 학교에 있을 거라고 자기 마음대로 생각한다고. 스물네 시간은 거의 끝나 가. 도망치지 말라고 날 설득할 시간은 지금부터 학교에 도착할 때까지야."

"너 방금 왓슨 아줌마한테 학교에 가겠다고 약속하지 않았어?"

"넌 나한테 여기에 붙어 있어야 할 이유를 말하겠다고 약속했고. 약속 지킬 거야?"

나는 주머니에 손을 넣었다.

"너한테 줄 게 있어. 손 줘 봐."

하모니가 손을 내밀었다. 나는 하모니의 손바닥 위에 그것을 올려놓았다.

"부러진 크레용 토막을 주겠다고?"

"트램에서 너한테 받은 걸 돌려주는 거야."

"그걸 여태 가지고 있었어?"

"네가 나한테 줬잖아."

"그리고 넌 그날 대화가 멍청한 대화라고 했고."

"멍청한 것 같았는데, 아니었어. 세상에는 부러진 크레용들이 많아."

"내 눈에는 다 부러진 크레용이야."

"많이 닳은 크레용일 수도 있어. 너무 오래 써서 닳았을 수도 있고 그것만 많이 써서 닳았을 수도 있고, 새 크레용이 너무 비싸서—."

"크레용 얘기는 좀 그만하지?"

나는 어깨를 으쓱했다.

"너하고 나는 우리가 어딘가 이상하다는 걸 알아. 그런데 다른 사람들은 자신의 그런 점을 보지 않아. 아니면 너무 늦게 알지. 너무 늙거나, 잘못된 결정을 너무 많이 내려서 되돌릴 수 없어진 다음에 알기도 해. 만약 자신이 어딘가 이상하고 그 사실을 스스로 안다면, 매일 일찍 일어나고 누구보다 열심히 살고 그 누구보다 오래 노력해야 해. 뭔가를 이루고 싶다면 말이야."

"지금 네가 그렇게 하고 있잖아."

"네가 해야 할 일이기도 해. 그런데 그렇게 다 한다고 해도 성공이 보장되는 건 아니야."

"어차피 안 될 거면 굳이 왜 해야 하는데?"

"왜냐하면 기회가 생기니까. 해 보지도 않으면 기회는 아예 없어."

내가 대답했다.

"넌 그냥 그만두고 싶었던 적도 없어?"

"가끔은 아침에 침대 밖으로 나가기도 싫어. 도망치고 싶기도 하고 사라져 버리고 싶기도 하고 다 그만두고 싶기도 해."

"그런데 그렇게 안 하잖아."

나는 고개를 끄덕였다.

"그렇지만 그렇게 안 해."

"나하고 같이 도망쳐도 돼."

하모니가 말했다.

"난 아무 데서도 도망 안 쳐. 난 포기 안 해."

"왜? 왜 포기 안 하는데? 그리고 난 왜 포기하면 안 되는데?"

"말하면 넌 내가 멍청하다고 생각할걸."

"너에 관해 생각하는 바는 많지만, 멍청하다고는 생각 안 해. 말해. 시도라도 해 보려면 알아야겠어."

"우리 엄마가 내가 초등학교에 들어가기도 전에 돌아가신 거 알지?"

나는 깊이 한숨을 쉬었다.

"알아. 네 살 때라며."

"초등학교 입학식 날, 할머니가 학교까지 같이 걸어가 주셨고 또 집까지 같이 와 주셨어. 그날 학교 앞에서 날 기다리는 할머니를 본 순간 너무 행복했어. 내가 달려가니까 할머니가 안아 주시면서 그러셨어. 학교에 다니는 날 봤으면 엄마가 정말 자랑스러워하셨을 거라고."

나는 또 한 번 깊이 한숨을 쉬었다. 쉽지 않았다. 누구한테 말해 본 적이 없고 혼자서도 소리 내어 말해 본 적 없는 이야기다.

"그때의 기분이 선명해. 아, 우리 엄마가 날 자랑스럽게 생각하겠구나. 난 아직도 엄마가 나를 자랑스러워해 주시길 바라는 것 같아."

"무슨 수로 세상을 떠난 분한테 자랑스러운 사람이 될 수 있어?"

하모니가 물었다.

"난 그냥 알 수 있어. 엄마는 다 알고 있어."

"너희 엄마가 구름에라도 앉아서 널 내려다보고 있다고 생각하는 거야?"

"모르지. 내가 아는 건 내가 아직도 엄마한테 자랑스러운 사람이 되고 싶다는 것뿐이야."

"우리 엄마는 내가 무슨 짓을 해도 날 자랑스러워하지 않을 거야."

나는 하모니의 목소리가 잠기는 걸 느낄 수 있었다.

"그럼 넌 엄마랑 제쳐 둬.. 너희 엄마가 틀렸다는 걸 증명하게 될 때 빼고. 넌 할머니가 널 자랑스럽게 생각하시도록 하면 되잖아. 어쩌면 너희 할머니는 우리 엄마가 앉아 있는 구름에 앉아 계실 수도 있어. 같이 우리를 내려다보면서 이야기를 나누시는 거지."

"난 신이나 천국 같은 거 안 믿어."

"너희 할머니를 믿고, 너희 할머니가 너를 자랑스러워하시도록 하는 거야."

"할머니는 언제나 내가 자랑스럽다고 하셨는데."

"그럴 때 넌 진짜 기분 좋았을 거야."

하모니가 고개를 끄덕이는가 싶더니 하모니의 눈에서 눈

물이 흐르기 시작했다. 하모니는 눈물을 숨기려는 듯 눈가를 닦았다.

"할머니가 널 자랑스럽게 생각하실 일을 해. 그리고 그걸 할머니한테 다 얘기한다고 상상하는 거야. 난 엄마를 생각하며 그렇게 하고 있어."

하모니가 몸을 들썩이며 흐느끼기 시작했다. 나는 한쪽 팔을 뻗어 하모니의 어깨를 안았다가 나머지 한쪽 팔도 마저 뻗어 감싸 안았다.

"줄 것이 하나 더 있어."

"남은 크레용도 주게?"

하모니는 울면서 키득거렸다.

"편지야. 내가 썼어."

"편지를 왜?"

"내가 지금 말한 걸 네가 언제든 읽을 수도 있었으면 해서. 힘든 일이 생길 때마다, 다 그만두고 싶어질 때마다."

나는 주머니에서 편지를 꺼내서 하모니에게 주었다.

하모니는 접은 편지를 곧장 폈다. 앞면에 하모니의 이름이 적혀 있었다.

"내 이름을 크레용으로 썼네."

"편지를 다 크레용으로…, 네가 준 그 크레용으로 썼어. 네가 나한테 줬고 지금 내가 너한테 준 그 크레용으로."

"그렇지만 왜?"

"네가 언제나 기억해야 하니까. 부러진 크레용도 여전히 색깔을 낸다는 걸."

"넌 네가 하는 얘길 믿어?"

하모니가 물었다.

"안 믿었으면 말하지도 않았을 거야."

"말이야 쉽네. 넌 나한테 옳은 일을 하라고 해. 그런데 너도 옳은 일을 하는 건 어때?"

"하고 있어. 매일매일."

"아니, 넌 안 해. 넌 그냥 꾸역꾸역 버틸 뿐이야. 정말로 지금처럼 계속 살 수 있다고 생각해?"

"난 벌써 이만큼 버텼어."

내가 대답했다.

"넌 너무 오래 버텼어. 너희 아빠한테 무슨 문제가 생기면 너 혼자 살 수 있을 것 같아? 철도 옆에 텐트를 치고 들어가서 산다고?"

"난 해야 하는 일을 할 거야."

"며칠이나 남았지?"

하모니가 물었다.

"1,579일."

"너무 많이 남았어."

"네가 처음 여기에 왔을 때보다는 많이 안 남았고, 내일이면 또 하루가 줄어. 난 견뎌 낼 거야."

"견디겠지. 그렇지만 넌 네가 그냥 견뎌 내는 삶보다 나은 삶을 살 자격이 있다고는 생각 안 해 봤어?"

하모니가 물었다.

"견뎌 내지 못하는 삶보단 나아."

"넌 그보다는 더 가질 자격이 있어. 넌 똑똑하잖아. 더 나은 방법을 찾을 수 있잖아."

하모니는 잠시 말이 없다가 다시 입을 열었다.

"알았어. 네가 버틸 때까진 나도 도망치지 않을게."

"오래 걸릴 수도 있어."

"많이 걸려야 1,579일이야."

하모니는 잠시 말이 없다가 덧붙였다.

"나도 공책을 사다가 거기다 날짜를 써놓고 줄을 그어 나가야 할지 모르지, 뭐."

~~1,549~~ 1,548

스물셋

한 달이 무난히 지났다. 아니, 최고로 멋지게 지났다. 하모니는 자기가 한 말을 지켰다. 더 즐겁게 지냈고 학교생활도 더 잘 해냈다. 왓슨 아줌마네 집을 대안으로 생각하는 것 같았다. 그리고 나로 말하자면 여러 면에서 하모니를 나의 대안으로 삼았다.

아빠도 훨씬 좋아졌다. 너무 좋아진 나머지 나는 모든 것이 좋아질 것이고 이제 계획이든 대안이든 필요 없을지 모르겠다고 믿기 시작했다.

그렇지만 이렇게 되었다. 새벽 두 시고, 아빠는 집에 들어오지 않았고 전화도 없었다. 이럴 줄은 몰랐다. 모든 것이 아주 잘 되어 가고 있다고 생각했다. 어떻게 그렇게 멍청했을까? 희망은 높이 띄울수록 더 큰 폭으로 떨어질 뿐인데.

캔디가 낑낑거리기 시작했다. 나는 손을 뻗어서 캔디를

긁어 주었다. 다 괜찮을 거라고 말해 주고 싶지만 캔디에게 거짓말하고 싶지 않았다. 그저 창문 바깥만 계속해서 바라보았다.

길은 한 시간 사이에 고요한 공간에서 완전한 적막으로 바뀌어 있었다. 차도 없고 강아지를 산책시키는 사람도 없었다. 길 건너 반 블록 떨어진 집 하나에만 불이 켜져 있을 뿐, 캄캄한 길가에는 가로등만이 희미했다. 우리 집 불은 이미 모두 껐다. 그래야 누가 우리 집 앞을 지나가더라도 창문에 선 내 모습이 보이지 않을 거였다.

만약 아빠가 오늘 밤 들어오지 않더라도 나는 견뎌 낼 것이다. 전에도 견딜 수 있었으니까 또 견딜 수 있을 것이다. 다음에도 또… 그 다음에도 또… 그리고 그 다음에도 또. 밤이 깊기 전에 하모니에게 전화할까 생각했지만 지금은 너무 늦었다. 게다가 하모니는 지금 이 상황을 두고 화를 내며 나에게 어떻게 할 생각인지 말하라고 재촉할 것이다.

나는 아빠가 집에 들어오지 않으리라는 것을 알고 있었다. 그런데 왜 여기 창가에 서 있는 것일까? 왜 하염없이 밖을 바라보며, 기다리는 것일까? 나는 방으로 돌아가서 자야 한다는 것을 알고 있었다. 내가 할 수 있는 일은 없었다. 아침이 되어 일어나면 또 하루가 지날 것이고 나의 날짜에는 하루 더 가로줄이 그어질 것이다. 이렇게 오래 버텼는데 1,548일이 남았다고 뭐? 나는 부르르 떨며 진저리를 쳤다.

천오백사십팔 개의 밤과 낮이 남았다. 나는 버텨 낼 수 있을까? 어쩌면 더 나은 대접을 받아야 할 사람은 하모니만이 아닐지 모른다. 그걸 알 방법은 한 가지밖에 없었다.

나는 거실 반대편으로 가서 전화기 앞에 섰다. 수화기를 잡으려고 손을 뻗었다가 너무 뜨거워 잡을 수 없기라도 한 듯 거두어 들였다.

힘들게 손을 뻗어 수화기를 들고 전화번호를 눌렀다. 번호는 이미 외우고 있었다. 통화 연결음이 들리기 시작했다.

'전화를 받기 전에 어서 끊어야 할지 몰라.'

"여보세요?"

나는 잠시 아무 말도 하지 않았다. 입을 여는 순간 돌이킬 방법은 없었다.

"큰아빠, 안녕하세요. 저 로비예요."

"로비구나! 무슨 일이야?"

"갑자기 전화해서 죄송해요. 너무 늦었는데."

"로비, 아무튼 목소리 들으니 반갑구나. 잠깐 기다릴래? 네 큰엄마한테도 전화 받으라고 할 테니."

큰아빠가 고함치는 소리가 들렸다.

"코라! 거기서 전화 좀 받아봐! 로비 전화야!"

뒤에서 큰엄마 목소리도 들렸다.

"로비라고! 이 시간에 로비가 왜 전화를— 로비한테 무슨 일 없지?"

곧바로 다른 수화기를 드는 소리가 들렸다.
"로비! 무슨 일 있어?"
큰엄마가 물었다.
"네… 있어요…. 도와주세요."
"네 아버지한테 무슨 일이 생겼어?"
큰아빠가 물었다.
"아빠는 집에 없어요. 집에 안 왔어요."
"사고가 난 거야? 무슨 일인데?"
나는 고개를 설레설레 젓다가 큰아빠와 큰엄마에게는 내 모습이 보이지 않는다는 걸 깨닫고 대답했다.
"아니요, 아빠는 그냥 이래요."
"그냥 이런다니?"
나는 깊이 숨을 들이마셨다. 돌아가기에는 너무 멀리 와 버렸다.
"아빠가 집에 안 와요. 어떨 때는 며칠씩 안 오기도 해요."
"널 혼자 두고?"
큰엄마가 물었다.
"네."
"그런… 그런… 네 아빠는 너한테 그러면 안 되는 거야."
큰엄마가 말했다.
"우리가 지금 데리러 가마."
큰아빠가 말했다.

"금방 갈 거야. 오늘은 우리 집에서 자자."

큰엄마가 말했다.

"캔디를 두고 갈 수 없어요."

"캔디도 물론 너만큼 환영이지. 알잖니."

나는 몰랐다. 나는 아무것도 몰랐다. 그러길 꿈꾸었을 뿐이다.

"그런데 제가 며칠 동안 거기 있어야 할 수도 있어요. 저번에 한번은 아빠가 일주일 동안 안 온 적도 있거든요."

내가 말했다.

큰아빠가 욕설을 뱉었다. 큰아빠가 욕을 하는 건 처음 들었다.

"얼마든지 있어도 좋아."

큰엄마가 말했다.

"아예 살아도 좋다. 아예 우리 집에서 말이야."

큰아빠가 말했다.

나는 울기 시작했다. 나 자신을 주체할 수 없었다.

"다 괜찮을 거야. 우리가 널 얼마나 사랑하는지 알잖니."

큰엄마가 말했다.

어쩌면 나는 그걸 알았어야 했는지 모른다. 그런데 알지 못했다. 몰랐다. 지금까지는.

"짐 챙기고 있어라. 곧 보자."

"고맙습니다."

나는 전화기를 내려놓았다.

나는 캔디를 바라보았다. 캔디가 나를 올려다보고 있었다. 걱정스러운 표정이었다.

"다 괜찮을 거야."

나는 캔디에게 말했다. 그리고 어쩌면 태어나서 처음으로, 나는 정말로 그렇게 믿고 있었다.

후기

소설은 이렇게 끝이 났지만 이야기는 끝나지 않았습니다. 그 뒤로 어떻게 되었는지 알려 주고 싶습니다.

하모니는 돌아가서 엄마와 같이 살기 시작했지만 그리 오래가지 못했습니다. 결국 왓슨 아줌마의 집에서 고등학교를 졸업했습니다. 하모니는 대학에 진학해 연극을 전공했습니다. 로비는 늘 하모니에게 사실 둘이 처음 만난 날부터 하모니는 주목받는 일을 해야 한다고 생각했다며 놀리곤 하지요. 대학을 다니던 하모니는 2학년 학기 중반에 학교를 중퇴했는데, 한 영화에 출연 제의를 받았기 때문입니다. 하모니의 인생을 바꿔 놓은 기회였지요. 지금 하모니는 상당한 성공을 거두었습니다. 여러분도 알 만한 배우가 되었어요. 그렇지만 지금은 하모니라는 이름을 쓰지 않습니다. 예명을 쓰고 있어요. 힌트라면, 하모니는 주(state)의 이름을 예명으로 쓰고 있습니다.

하모니는 결혼하지 않고 두 명의 아이를 입양했습니다. 최고의 엄마고요. 또 하모니는 익명으로 꽤 큰 금액을 북미 당나귀 보호 구역에 기부하고 있습니다. 사실 하모니는 부러진 크레용보다는 고집 센 당나귀에 더 가깝거든요. 하모니는 바쁜 일정과 장거리 이동, 유명세에도 불구하고 로비와 여전히 연락하고 있습니다. 로비는 지금도 하모니가 완전히 믿는 유일한 사람입니다.

로비는 큰엄마와 큰아빠 집에서 1,548일을 지냈습니다. 그렇지만 처음 몇백 일이 지난 다음에는 공책의 숫자를 지워 나가는 일을 그만두었죠. 더는 날짜를 지울 필요가 없었거든요. 고등학교를 마치고 대학을 졸업했습니다. 이상형인 여성을 만나 결혼했고요. 그리고 최고의 자녀들을 두었습니다. 로비는 자신이 가져 보지 못했던 가정을 이루었고 가족들을 매일같이 소중히 대했습니다. 가족은 로비 세계의 중심입니다. 로비는 여전히 하루하루를 그 누구보다 성실하고 열심히 살고 있습니다. 여전히 문이 잠겼는지 두 번씩 확인합니다. 가끔은 한밤중에 손을 뻗어 아내의 손을 잡고 행복하고 만족스럽게 잠이 듭니다. 부러진 크레용도 여전히 색깔을 내기 때문입니다. 그 색깔들이 너무도 아름다울 수 있기 때문입니다.

교육에 몸담고 계신 분들께

나는 몹시 빈곤한 환경에서 자랐습니다. 빈곤이란 괴로움의 근원도 아니고 치료해야 하는 질병도 아닙니다. 다만 여느 생활 양식과 마찬가지로 뚜렷이 구별되는 생활 양식입니다. 굳어진 전통, 근거 없는 믿음, 습관처럼 하는 행동이 있습니다. 가난하다는 것은 지극히 불리한 조건에서 자라는 것을 의미합니다. 삶은 더 힘들고 더 고단하며 더 어렵고, 때로는 도저히 견딜 수 없다고 느껴집니다. 가난하면 삶이 불공정하다는 것을, 장애물이 앞날을 가로막고 있다는 것을 알게 됩니다. 자라면서 자신은 남들만큼 좋은 사람이 아니라고, 그래야 하는 만큼 좋은 사람이 아니라고 굳게 믿게 됩니다. 다른 사람의 눈은 어떻게든 속인다 해도, 자기 자신은 결코 진정으로 설득하지 못하지요.

어떤 사람은 탈출합니다. 어떻게 해서든지요. 나는 탈출했습니다. 가난하게 자라면 그 누구보다 성실하고 열심히 살아야 한다는 것을 배우게 됩니다. 만약 운이 좋다면, 삶의 여정에서 좋은 사람들을 만납니다. 자신의 존재를 보아 주고 잠재력을 발견해 주는 이 좋은 사람들은 인생의 초반부에서는 주로 한 사람의, 또는 여러 사람의 선생님입니다.

선생님에게 어려운 일은 가난한 아이들 내면에 있는 잠재력을 발견하는 것이 아닙니다. 오히려 그들에게 내면의 잠재력이 정말로 있다는 것을 믿게 하기가 어렵습니다. 성공할 수 있는 잠재력, 대단한 일을 이룰 수 있는 잠재력, 더 나은 사람이 될 수 있다는 잠재력이 있다는 것을요. 자신이 사랑받고 소중히 다루어져 마땅한 존재라는 사실을요. 선생님께서 아이들을 설득하고 보여 주셔야 합니다. 힘든 현실에도 불구하고 성공이란 가능하다는 것을요. 아이들이 일부러 자신들의 인생을 망치는 말과 행동을 통해 선생님이 틀렸다는 것을 증명하려고 들 때면 더 큰 목소리로 말해 주어야 합니다. 선생님은 너희를 믿는다고, 너희는 성공할 만한 아이들이라고요. 아이들에게 되풀이해서 말해 주세요. 말하고, 말하고, 말해 주세요. 그리고 또 말해 주세요. 다시 말해 주세요. 설령 온 세상이 아이들에게 너희는 못 할 거라고 주문을 걸듯 되뇐다고 해도, 선생님들은 아이들에게 더 많이 더 큰 목소리로 너희들은 할 수 있다고 말해 주어야 합니다.

왜 선생님이 전하는 희망의 말이 아이들에게 세상이 보여 주는 많은 것들보다 더 큰 의미를 지닐까요? 말에는 강력한 힘이 있기 때문입니다. 말은 세상을 바꿀 수 있습니다. 적어도 그 아이들의 세상은 바꿀 수 있습니다. 선생님이 아이들의 삶을 바꾸는 사람이 될 수 있습니다. 아마도 그러려고 선생님이 되고자 생각하셨겠지요. 나는 선생님께서 아이들을 저버리지 않으리라는 것을 압니다.

— EW(에릭 월터스)

꿈꾸는섬 청소년문학 02
날짜 지우는 아이

초판 1쇄 인쇄 2022년 12월 26일
초판 1쇄 발행 2023년 1월 2일

지은이 에릭 월터스
옮긴이 김선영
펴낸이 고대룡

편집인 이지수
디자인 마히나

펴낸곳 꿈꾸는섬
등록 제2015-000149호
전화 031)819-7896
팩시밀리 031)624-7896
전자우편 ggumsum1@naver.com
홈페이지 https://www.instagram.com/ggum.sum

ISBN 979-11-92352-06-0 44840
ISBN 979-11-92352-02-2 (세트)